HERBERT PETZ

Scrobinhusen

Edition Kulturbüro8

Bibliografische Information der Deutschen Nationalbibliothek:
Die Deutsche Nationalbibliothek verzeichnet diese Publikation
in der Deutschen Nationalbibliografie; detaillierte bibliografische
Daten sind im Internet über dnb.dnb.de abrufbar.

Die automatisierte Analyse des Werkes, um daraus Informationen
insbesondere über Muster, Trends und Korrelationen
gemäß §44b UrhG („Text und Data Mining") zu gewinnen, ist untersagt.

Ähnlichkeiten mit lebenden Personen sind nicht direkt beabsichtigt und wären ziemlicher Zufall.

Impressum

Erschienen in der Edition Kulturbuero8
Lenbachstr. 18 * 86529 Schrobenhausen
www.kulturbuero8.de

Erste Auflage 2024

Bearbeitung und Lektorat: Thomas Floerecke und Mathias Petry
Covergestaltung und Satz: Sabine Beck
Korrektorat: Hans Dieter Vogl

Verlag: BoD · Books on Demand GmbH, In de Tarpen 42, 22848 Norderstedt
Druck: Libri Plureos GmbH, Friedensallee 273, 22763 Hamburg

ISBN: 978-3-7693-1526-4

Der Auszug - Abschied von der Kindheit

»Was machst du jetzt aus deinem Leben?«, fragte Johanna Kronleichter, die zierliche Mutter von Matthias, einen Tag nach seinem achtzehnten Geburtstag. Es war Montag, der 8. Juli 1744. Sie stellte damit eine Frage, die ihn bis dahin nicht wirklich beschäftigt hatte. Seit er die Schule in Gerolsbach verlassen hatte, lebte er einfach in den Tag hinein. Und manchmal, da sinnierte er zur Abwechslung auch ein wenig vor sich hin. So zogen die Tage, Wochen, Monate, Jahre ins Land.

»Warum, was passt dir denn nicht? Ich fühl mich doch wohl hier«, murmelte Matthias.

»Schon, aber was hättest du denn für Aussichten, hier im Dorf?«

»Wie meinst du das? Hier bin ich Mensch, hier darf ichs sein.«

»Du mit deinen Sprüchen. Davon kannst du dir nichts kaufen.«

»Ich habe doch alles.«

»Und ich wasche dir die Wäsche.«

»Ich brauche auch nicht mehr.«

»Und ich putze dir dein Zimmer.«

»Ich bin glücklich. Ist dir das Glück deines Sohnes denn gar nichts wert?«

»Und ich koche dir dein Essen.«

»Ist ja schon gut. Ich überleg es mir.«

»Es reicht, du ziehst heute noch aus.« Damit war es ausgesprochen. Schon lange hatte er darauf gewartet. In seinem Alter war keiner seiner Freunde noch zuhause. Mit achtzehn. Aber gut. Sie hatte ja recht.

Matthias war zu einem hochgewachsenen schlanken Mann herangewachsen. Nur der Bartwuchs ließ noch zu wünschen übrig. Um so üppiger wuchsen seine braunen welligen Haare, die ihm fast bis auf die Schultern herabhingen.

Immer, wenn es seine Zeit in all den Jahren zugelassen hatte, lag er einfach gern im Gras, manchmal mit einem Halm zum Kauen im Mund, und dann beobachtete er die vorbeiziehenden Wolken. Manchmal, da stand er nachts nochmal auf, schlich sich aus dem Haus – die Dielen, die knarzten, kannte er in- und auswendig – und legte sich in den Garten, um die Bewegungen der Sterne zu beobachten. Es faszinierte ihn, wie alles da oben in geordneten Bahnen ablief. Genauso wie sein eigenes Leben. Nicht selten sagte er dann in Gedanken Gedichte auf oder versuchte selbst welche zu reimen. Seine Versuche scheiterten jedoch zumeist kläglich. Anfangs. Die Reime waren alle so abgedroschen. Aus – Maus. Schatz – Schmatz. Herrje, das war aber auch schwierig. Mit der Zeit, redete er sich ein, würde er schon immer besser werden, je mehr Übung er bekäme.

Zum Leidwesen seiner Familie und Freunde ließ er bei jeder Gelegenheit Sprüche los, die oft die nötige Ernsthaftigkeit vermissen ließen. Deshalb wurde er manches Mal nicht ernst genommen, obwohl er die Situation schon längst begriffen hatte. Eines Tages, so hoffte er, würde er die Feinheiten der deutschen Sprache so nutzen können, dass er dafür berühmt werden würde. Das war sein Traum.

Um keiner seiner verbalen Ergüsse wieder zu vergessen, schrieb er alles auf, was ihm einfiel, so sinnfrei wie manches im Moment auch scheinen mochte. Irgendwann, wusste er, irgendwann, da würde er das alles ganz bestimmt noch brauchen können.

»Lern doch einen Beruf!« Das hatte die Mutter ihm wieder und wieder gesagt. Aber welchen? Welche Ausbildung könnte für ihn schon die richtige sein? Matthias konnte sich einfach nicht entscheiden. Also hütete er Schafe, Ziegen oder auch Kühe. Aber nie lange. Die Eigentümer reagierten immer merkwürdig unwirsch, nur, weil er ab und an einmal einschlief, und weil dann vielleicht ein, zwei oder drei Tiere ein wenig ausbüxten. Da muss man sich doch nicht so aufregen, dachte Matthias und arbeitete erst mal eine Weile wieder gar nichts. Ansonsten war er mit seinem Leben völlig zufrieden. Frühmorgens erwachte das Dorf und die Bauern begaben sich in den Stall, um die Kühe zu melken. Dann wurde gefrühstückt und wie es die Feldarbeit erforderte, der Tagesablauf danach ausgerichtet. Die Landwirte, die keine Kühe hatten, gingen auf ihre Felder und Äcker oder bewirtschafteten den Wald. Gegen Abend wurden die Kühe ein weiteres Mal gemolken und der Arbeitstag endete mit einer Brotzeit und einer Abendhalbe. Da half dann Matthias gerne mit. So zog ein Tag nach dem anderen ins Land.

Eines Tages entdeckte Matthias etwas merkwürdig Leuchtendes am Boden. Er hob es auf und betrachtete das Teil. Das war ein … Kupferstich. Einer der fahrenden Händler schien ihn verloren zu haben, er war sogar signiert: Merian, der Ältere, stand da zu lesen. Der Stich zeigte eine Stadt: Scrobinhusen.

Matthias hatte von dieser Stadt schon oft gehört, aber bisher hatte sie ihn nicht wirklich interessiert. Hier, in seinem kleinen Dorf, hatte er alles, was er brauchte, und was es nicht gab, bekam er in Gerolsbach. Und was sonst noch hätte man wollen können.

Der Kupferstich zeigte ein gewaltiges Stadttor, daneben eine festungsartige Stadtmauer mit Wehrtürmen, auf der anderen Seite noch ein Tor und in der Mitte zwei erhabene Kirchtürme. Prächtig sah sie aus, diese Stadt. Das erweckte Matthias' Neugierde. Vielleicht sollte er sich ja doch einmal aufmachen, um zu schauen, was es da draußen noch alles gab?

Als er an diesem Tag nach Hause kam, musste er sich die hundertste Standpauke seiner Mutter anhören. Wie seine Zukunft aussehe, wie er sich sein Leben so vorstelle, dass sie nicht seine Köchin und schon gar nicht seine Putzfrau sei.

»Also gut«, sagte Matthias, »das hast du nun davon. Ich geh noch heute in die Stadt und suche mir einen Lehrstelle«.

Seine Mutter sah ihn ungläubig an und entgegnete: »Seit wann wärst jetzt du so zielstrebig geworden? Ich glaube es erst, wenn ich sehe, dass du beim Dorf hinausmarschierst.«

»Was, du glaubst es nicht? Dann werde ich es dir beweisen.« Matthias machte auf dem Absatz kehrt, drehte sich um, ging in sein Zimmer und verfiel in eine merkwürdige Starre.

Was hatte er da grad gesagt? Er wollte doch gar nicht weg. Aber sich jetzt die Blöße zu geben und einzuknicken? Herrje. Also gut. Matthias dachte fieberhaft nach. Was braucht man, wenn man eine Reise tut? Er griff zu seinem Handtuch, das ist immer gut. Damit kann man sich immer abrubbeln. Aber was noch? Er hatte einen komischen Gedanken: Ein Buch, in dem beschrieben wird, wie man sich in gewissen Situationen verhalten sollte, wenn man unterwegs ist. Nein. Blödsinn. So etwas gab es ja überhaupt nicht. Aber ein Notizbuch. Man muss alles aufschreiben, so wie man früher alles Nötige und Unnötige in den Schulheften notiert hatte. Das war es. Genau.

Er packte das Nötigste zusammen, zog seinen einzigen Gehrock über, den er von seinem Großvater übernommen hatte und der schon bessere Zeiten gesehen hatte, streifte seine Kniebundhose, die um die Taille schon etwas spannte, glatt und zupfte seine Socken, waren die nicht mal weiß?, zurecht. Unter der Matratze lag sein Erspartes, etwas mehr als zehn Gulden und einige Kreuzer.

Dann trat er aus seiner Kammer, umarmte seine Mutter und reichte seinem Vater Sebastian zum Abschied die Hand. Täuschte das, oder schauten jetzt etwa die Eltern verwundert drein? Jahrelang hatten sie ihn gedrängt, in die Welt hinauszuziehen und einen Beruf zu ergreifen. Und jetzt, wo es soweit war, schauten sie ihn traurig an.

Naja, es waren keine friedlichen Jahre. Immer wieder zogen Soldaten durch die Gegend. Erst recht in einer großen Stadt wie Scrobinhusen. Er würde doch nicht in schlechte Gesellschaft geraten. Was die Eltern nicht wussten: Genau vor vier Tagen, am 4. Juli 1744, waren die letzten fremdländischen Soldaten aus Scrobinhusen abgezogen. Die Stadt hatte sich von den österreichischen Truppen freigekauft und 1560 Gulden bezahlt, damit sie abzögen.

Der Vater, ein breitschultriger Mann mit gütigen Augen, fing sich als erster:»Hauptsache, du träumst nicht mehr vor dich hin, dann wird es schon werden. Versuche ab jetzt in der Gegenwart zu leben. So wirst du ein selbstständiger Mann werden.«

»Ja, ist gut, Vater. Keine Angst. Ich hab meine fünf Sinne beisammen«, versprach Matthias, drehte sich auf dem Absatz um und schritt aus dem geliebten Dorf hinaus.

»Außerdem bist du alt genug, um nach einem Weibe Ausschau zu halten, bevor unser Dorf aussterben wird«, rief ihm die Mutter hinterher. »Ist schon recht, Mutter«, brüllte Matthias zurück, und er versuchte dabei fest und zuversichtlich zu klingen, auch wenn ihm ganz anders zumute war.

»Oder, noch schlimmer, es gibt niemanden, der den Hof übernehmen wird«, murmelte der Vater nur noch so vor sich hin. Aber das hörte Matthias schon nicht mehr.

Er wanderte über die hügelige Landschaft Richtung Gerolsbach. Das war über viele Jahre sein Schulweg gewesen. Erinnerungen an langweilige oder auch interessante Stunden kamen dabei hoch. Lesen, Schreiben und Rechnen waren ihm schnell geläufig. Nur manchmal war es gut, wenn der Lehrer vom allgemeinen Stoff abwich. Einmal, da erzählte er von einem gewissen Johannes Kepler. Dieser Kepler soll vor über hundert Jahren entdeckt haben, dass die Planeten sich nach eigenen Gesetzen bewegen. Die grundlegende Änderung zur bisherigen Anschauung war, dass sich die Planeten also nicht mehr um die Erde drehen, sondern dass sie sich, die Erde eingeschlossen, um die Sonne drehen. Wie unglaublich ist das denn? Nicht die Sonne kreist in riesiger Geschwindigkeit um uns, sondern wir bewegen uns atemberaubend schnell im Weltall. Ein unvorstellbarer Gedanke. Matthias hörte wie gebannt zu. Dass die Wissenschaft der Gestirne Astronomie heißt. Dass man die Mathematik benötigt, um das alles berechnen zu können. Auch darin war dieser Herr Kepler ein Meister. Und wer geistig so fortgeschritten war, der machte sich auch Gedanken über den Sinn des Lebens. Das alles zusammen nannte man dann Philosophie. Dann aber kehrte der Lehrer wieder zum üblichen Unterrichtsstoff zurück. Matthias aber konnte tagelang an nichts anderes mehr denken.

Das fiel ihm jetzt wieder ein, während er so über die Felder und Auen wanderte. Genau. Er wollte auch so ein Philosoph werden. Endlich verstand er sich selbst. Und in dieser Sekunde ergab alles einen Sinn. Warum er so gerne im Gras lag und den Himmel beobachtete, vor allem in der Nacht.

Und er brauchte sich im Nachhinein nicht mehr für seine ganz eigene Version der Geschichte der Schöpfung in Gedichtform schämen, die in seiner Schultasche entdeckt wurde. Der Lehrer hatte ihn darauf beinahe des Größenwahns und fast schon der Ketzerei bezichtigt, konfiszierte dann aber das Blatt, ehe es jemand anderer zu Gesicht bekam.

Nach ein paar hundert Metern kam er an einem kleinen Weiler vorbei. Dort, auf dem Hügel, wohnte eine Magd, die während der Feldarbeit gerne sang. Außerdem war sie ein gern gesehener Gast bei allen Dorffesten, denn ihre Lieder waren sehr unterhaltsam. Sie hatte Pferde, Hunde, Katzen, Hühner und eine liebreizende Tochter. Sie hieß Annamaria, hatte rötliche schulterlange Haare und die süßesten Sommersprossen, die man sich vorstellen konnte.

Vor einer Weile hatte er sie besucht, da waren sie dann nachts neben der Scheune gelegen, und er hatte ihr von den Sternzeichen erzählt. Von Steinböcken, die sprangen, von Skorpionen, die zwickten, von den Sternschnuppen, bei denen man sich etwas wünschen durfte. Am liebsten mochte sie die Geschichte vom Wendekreis des Krebses, wobei Matthias ihr dabei immer mit dem Finger um den Bauchnabel kreiste.

Annamaria hatte gerade auf dem Feld zu tun. Ihre Haare klebten an ihrem verschwitzten Gesicht. Und Matthias bog nicht zu ihr ab. Das machte sie stutzig. Also lief sie ihm entgegen. »Was machst du hier mit deinem Wanderstock?«

»Ich will in die Stadt. Ich suche mir eine Lehrstelle.«

»Du hast mir doch ewige Treue geschworen und dass wir für immer zusammen bleiben. Und nun gehst du auf Wanderschaft. Muss ich das verstehen?«

»Verstehe es bitte. Ich will etwas aus meinem Leben machen.«

»Und bin ich nichts?«

»Ja schon. Aber meine Mutter … «

»Aber du kommst doch zurück?«

»Ja natürlich.«

»Also gut. Aber sei gewiss: Allzu lange warte ich nicht auf

dich. Und wehe, du lässt dir von einer Städterin den Kopf verdrehn.«

Matthias schüttelte eifrig den Kopf und legte die größtmögliche Empörung in seine Stimme:»Niemals!«

Sie umarmte ihn innig und küsste ihn, während ihr eine Träne die Wange hinunterlief. Vielleicht war das doch ein Fehler zu gehen, dachte Matthias. Ihm war gar nicht bewusst gewesen, dass Annamaria dermaßen viel an ihm lag. Dann löste er sich doch aus der Umarmung, drehte sich um und wanderte weiter.

Die Wanderung - Auf Schusters Rappen

Immer wieder ging es bergauf und bergab an Wiesen und Äckern vorbei. Auf den Feldern arbeiteten die Bauern mit ihren Knechten. Die einen waren mit der Sense zugange, andere pflügten mit den Ochsen den Acker um. Allen winkte er von weitem zu, denn mittlerweile freute er sich seines Lebens, und in seinem Herzen spürte er das gute Gefühl, das ihn ergriffen hatte, als er endlich die Entscheidung getroffen hatte, in die Welt hinauszuziehen. Nach einer Anhöhe marschierte er in den Wald, der nach Aresing führte. Im Wald schlängelte sich die Straße mehrere Kilometer bergabwärts. Er traf auf Fuhrwerke und Kutschen. Die einen, die mit ihren Pferden den Weg hinab bremsen, die anderen, deren Ochsen sich Schritt für Schritt den schweren Wagen ziehend, bergauf plagen mussten.

Am Ende des Waldes mündete der Weg in die Straße von Jetzendorf nach Aresing, der direkten Verbindungsstraße zwischen München, der großen Hauptstadt mit dem Sitz des Kurfürsten, und Scrobinhusen. Als er durch das langgezogene Aresing an Bauernhöfen und Wohnhäusern vorbeimarschierte, öffnete sich die Haustüre eines Hauses. Ein vielleicht dreißigjähriger Mann mit kurzen dunklen Haaren und markantem Kinn kam heraus, er hatte mehrere Taschen umgehängt.

Matthias war gerade so in Gedanken, dass er dem Mann direkt in die Arme lief. Da der Mann nicht mehr ausweichen konnte, stolperten beide und fielen auf die sandige Straße.

Der Mann rief: »Ja kannst du denn nicht aufpassen?«

»Tut mir leid, ich hab Sie nicht gesehen«, entschuldigte sich Matthias.

»Die Straße ist doch breit genug.«

»Sie hätten ja auch schauen können«, versuchte er die Schuld auf diesen Herrn zu lenken.

»Wer bist denn du eigentlich? Dich hab ich hier noch nie gesehen.«

13

»Ich bin Matthias Kronleichter und bin auf Reisen.«

»Wie Reisen? Was machst du gerade hier?«

»Man reist ja nicht, um anzukommen, sondern um zu reisen.«

»Du, ich hab dich ganz normal was gefragt. Dann erwarte ich auch eine Antwort.«

»Aber das war die Antwort. Ich bin auf dem Weg nach Scrobinhusen.«

»Ach, das nennst du Reisen? Nun gut. Da will ich auch hin. Aber wenn du weiter so tollpatschig daherkommst, wirst du dort nie ankommen«, sagte der Mann. »Du kannst mir gleich helfen, meine Ware in die Stadt zu tragen, bevor du anderen Leuten wieder in die Arme stolperst. Ich bin viel zu spät dran und muss eiligst los, denn die Stadttore schließen um acht Uhr abends.«

Matthias, der bereits seinen Wanderstock und das Bündel mit seinen Habseligkeiten bei sich trug, wurde von dieser Aufforderung derart überrascht, dass er widerspruchslos zustimmte. Er hatte ja tatsächlich eine Hand frei und dachte sich, das würde sich gut fügen. Denn dann hätte er gleich einen Weggefährten, der ihm vielleicht Ratschläge geben könnte, wie man sich in der Stadt besser zurechtfindet.

Er bekam einige Taschen mit Riemen um die Schulter gehängt und die beiden liefen los. Nach einiger Zeit, als sie schon am Ende der Hauptstraße von Aresing waren, begann der neue Bekannte ihn auszufragen: »Was willst denn du überhaupt in der Stadt?«

»Ich bin auf der Suche, ein Handwerk zu erlernen«, antwortete Matthias.

»Hast du denn bisher nichts gelernt? Du bist doch bestimmt schon 18 Jahre alt. Da hätten andere schon mindestens drei Jahre Arbeit hinter sich.«

Matthias antwortete: »Ich hab bisher Kühe und Schafe gehütet. Und wer bist du?«

»Ich bin der Andreas Sailer«, stellte er sich vor.

»Und welchen Beruf hast du dir einst rausgesucht?«, bohrte Matthias weiter.

»Ich bin Schuster«, klärte er ihn auf. »Eigentlich bin ich von Gachenbach, aber die Liebe hat mich vor ein paar Jahren hierher geführt.«

»Und was trage ich da für Schachteln?«, fragte Matthias.

Der Sailer Andreas antwortete: »Na, was wird es wohl sein, wenn ich Schuster bin? Ich hab natürlich Schuhe dabei. Du kannst vielleicht fragen.«

Matthias aber bohrte nach: »Und die trägst du jetzt alle in die Stadt?«

»Ja natürlich. Dort kann ich meist gute Geschäfte machen. Einige will ich in der Stadt verkaufen und ein Paar sind eine Maßanfertigung für den Leiter vom Pflegschloss. Der hatte bei mir Schuhe bestellt und die bring ich ihm nun vorbei. Gleich morgen in der Früh erwartet er mich.«

»Aber warum machst du dich jetzt auf den Weg? Es hätte doch morgen auch gereicht.«

»Ja schon. Ich dachte, ich übernachte beim Lacherbräu. Der Wirt ist ein Freund von mir und lässt mich kostenlos übernachten.«

»Das ist praktisch.«

»Genau. Und dann kann ich mich mit ihm auch mal wieder unterhalten. Er hat immer interessante Neuigkeiten aus der Stadt auf Lager. Denn in seiner Wirtschaft wird halt einfach alles Mögliche diskutiert.«

»Meinst du, du könntest ein gutes Wort für mich einlegen, so dass ich auch günstig übernachten kann?«

»Ich kann es versuchen. Also los jetzt. Wir müssen vorankommen.«

So liefen sie auf dem Weg in Richtung Scrobinhusen eine Viertelstunde nebeneinander her, bis sie auf dem kleinen Hügel angekommen waren und die Stadt vor ihnen auftauchte. Die Stadtmauer mit ihren Wehrtürmen und der mit Wasser gefüllte Stadtgraben beeindruckten Matthias sehr. Verblüfft fiel sein Kinnladen herunter.

»Na, was sagst du zu dieser Stadtmauer«, erriet Andreas seine Gedanken. »Sie ist sechs Meter hoch und oben auf dem Wehrgang kannst du herumlaufen. Gebaut wurde sie schon vor 250 Jahren, nachdem die Holzpalisaden den Angriffen der Feinde nicht mehr standgehalten hatten.«

»Ich bin beeindruckt. Wenn man direkt davor steht, ist es schon etwas anderes als auf dem Kupferstich, den ich davon gesehen habe.«

Von Westen her kam eine größere Straße, die auf die Vorstadt zulief. Auf dieser Straße herrschte reger Verkehr. Kleine Kutschen wechselten mit schweren Fuhrwerken ab.

Andreas stupste Matthias an: »Siehst du links diese Straße? Die führt nach Augsburg. Und damit du gleich verstehst, welch wichtiger Knotenpunkt sich hier vor den Toren von Scrobinhusen befindet, erkläre ich dir die andere Straße auch gleich. Da rechts an der Stadt vorbei führt sie nach Ingolstadt und Regensburg. Und wenn du durch die Stadt durchgelaufen bist, dann führt sie links nach Sandizell zum Schloss vom Grafen von Sandizell und noch weiter westlich nach Pöttmes zu den Baronen von Gumppenberg.«

Matthias versuchte, den Ausführungen vom Andreas zu folgen und sich die Fakten einzuprägen, sagte aber: »Das kann ich mir auf die Schnelle eh nicht merken. Augsburg, Ingolstadt, Graf und Baron. Lass es gut sein. Keine Details mehr, bitte.«

»Also gut. Lass Worten Taten folgen, bevor wir hier Wurzeln schlagen. Packen wir es!«

Als sie nur noch wenige Meter vor den ersten Häusern der Vorstadt waren, zeigte Andreas auf ein paar Ruinen: »Damit du gleich was lernst von der Geschichte von Scrobinhusen. Du willst doch was lernen, oder?«

»Ja natürlich möchte ich.«

»Siehst du da links und rechts von der Straße die Reste von verbrannten Fabrikruinen?« Matthias ließ seinen Blick schweifen und nickte. »Das waren die von den Österreichern vor ein paar Jahren niedergebrannten Hallen der Tuchmacherfabrik.«

»In Scrobinhusen war eine Fabrik für Stoffe?«, fragte er ungläubig.

»Da schaust, gell? Der Johann Senser hatte hier um die Vorstadt viele Arbeiter beschäftigt.«

»Was hat der Herr Senser dann getan, dass man seine Hallen angezündet hatte?«, wollte Matthias wissen.

»Im Spanischen Erbfolgekrieg waren die Österreicher auf einige in Ungnade gefallene Geschäftsleute so grantig gewesen, dass sie unter anderem auch dem Senser sein Hab und Gut vernichtet haben.«

»Im Krieg muss man wohl nicht immer alle Zusammenhänge verstehen«, meinte Matthias.

»Auf alle Fälle darf man nicht zwischen die Fronten geraten. Dann ruiniert irgendjemand deine Existenz.«

Inzwischen befanden sie sich nur noch ein paar Meter vor der Vorstadt, die aus einigen Häusern auf beiden Seiten der Straße und einer hübschen Kirche bestand.

»Siehst du«, sagte Andreas, »jetzt stehen wir genau an der Verbindungsstraße von Augsburg nach Regensburg, eine der wichtigsten und viel befahrensten Straßen in der Gegend. Und die geht genau hier entlang.«

»Aber wenn diese Straße so wichtig ist, warum führt sie dann nicht durch die Vorstadt und durch Scrobinhusen?«

»Genau das ist das Problem. Die wichtigste Straße der Gegend geht über Altenfurt und an Scrobinhusen vorbei. Die Scrobinhusener sind seit Jahren verärgert, weil daran nichts geändert wird. Und erst das Problem mit der Post.«

»Was ist da so schwierig?«

»Es gibt in Aichach eine Poststelle mit einem Posthalter und in Waidhofen eine Poststelle mit einem Posthalter.«

»Da wäre ich aber auch neidisch.«

»Es ist nicht nur der Neid. Es gibt auch praktische Gründe, um darauf zu drängen, dass Scrobinhusen endlich eine Poststelle bekommt.«

»Kann ich in Scrobinhusen keine Briefe verschicken? Das ist ja wie bei uns auf dem Land.«

»Doch, aber das ist eben etwas zeitaufwendig. Weil, dann musst du bis nach Waidhofen auf die Post.«

»Ach, ist dieses Waidhofen auch so eine schöne große Stadt wie Scrobinhusen?«

»Du machst Witze. Natürlich nicht. Darum finden es die Scrobinhusener ja so ungerecht. Bis nach Waidhofen läufst du auch eine Stunde.«

»Aber du könntest dich hierher an die Kreuzung stellen. Und wenn die Postkutsche vorbeikommt, musst du nur schnell dem Postkutscher den Brief überreichen.«

»Schon. Aber hier stehst du im Regen in Wasserpfützen oder in der Sonne und es staubt und stehst dir dabei die Beine in den Bauch.«

»Ist die Postkutsche denn nicht pünktlich?«

»Wo denkst du hin? Selbst von Aichach sind es drei Stunden hier herüber. Da musst immer mit Verspätung rechnen.«

»Vielleicht werden die Zeiten einmal besser. Dann wird die Post auch pünktlicher.«

»Dein Wort in Gottes Ohr. «

Matthias staunte über die Vorstadtgebäude. Aus der Nähe waren sie noch beeindruckender, vor allem das imposante Wirtshaus mit seinem Torbogen. Davor standen einige Bierbänke und Biertische, an denen ein paar Männer saßen, die es sich wohl bei einem Bier und einer Brotzeit gutgehen ließen.

»Das ist der Gritschenbräu. Der gehört dem Franz Gritsch.«

»Sieht sehr einladend aus. Wenn ich nicht so neugierig auf die Stadt wäre, könnten wir uns gleich da niederlassen.«

»Dafür haben wir keine Zeit mehr.«

»Ja ich weiß. Aber es sieht gemütlich aus.«

»Das mag sein, aber es könnte sich ganz schnell ändern, wenn die geplante Umlegung der Straßenführung kommt. Denn wenn die Straße umgeleitet wird, dann führt sie links an diesem Wirtshaus und Kirchlein vorbei. Dann ist es nicht mehr so idyllisch und beschaulich.«

»Aber das ist doch auch interessant. Leute kennenzulernen, die von weit herkommen, muss doch eine schöne Erfahrung sein.«

»Es kommt immer auf die Menge an Erfahrungen an, die ich machen will. Aber du hast recht. Man kann hier die unterschiedlichsten Leute treffen. Sogar von Prag kommen manche her. Und Pilger gibt es auch, die auf ihrem Jakobsweg vorbeiwandern. Das ist auch der eigentliche Grund, warum vor 250 Jahren sich ein vorausschauender Wirt gedacht hat, dass er die Pilger verköstigen könnte, wenn er hier ein Wirtshaus bauen würde.«

Matthias überlegte. »Verstehe. Wanderer kehren hier gerne ein. Die müssen immer mal wieder eine Pause einlegen. Und in das Kirchlein können sie auch gleich reinschauen und den Herrgott um Schutz auf ihrem Weg bitten.«

»Sofern Gott sie erhört. Da hast du recht. Die Kirche hat übrigens der Bürgermeister Götz vor 300 Jahren gestiftet.«

»Ach. Der macht mal schnell ein paar Gulden locker und lässt eine Kirche hinstellen?«

»Vielleicht kommt er dadurch auch selbst dem Himmel etwas näher.«

»Aha. Und wann wird die Straßenführung umgebaut?«

Der Schuster zuckte mit den Schultern. »Irgendwann. Du siehst ja, wie viel los ist. Bis aus Regensburg an der Donau kommen die Fuhrwerke, und sie alle müssen hier vorbei. In Regensburg laden sie das Salz, das dort auf Schiffen ankommt. Ich war schon dort, an der Steinernen Brücke, ein wahrlich stattliches Bauwerk. Und daneben steht seit hundertzwanzig Jahren ein wuchtiger achtstöckiger Salzstadel ...«

»Wie, achtstöckiges Gebäude? Nur für Salz?«

»Hunderte von Tonnen! Und daneben steht seit achtzig Jahren eine Wurstkuchl. Da kannst du die besten Regensburger Bratwürste essen.«

»Jetzt läuft mir das Wasser im Mund zusammen und ich kann mir nichts mehr merken. Also wie war das? Pilger, Donau, mit Salz beladene Schiffe, Steinerne Brücke. Baron, Sandiszell, Gumppenbert.« Matthias wiederholte verwirrt die aufgeschnappten Worte.

»Sand-i-zell und Gump-pen-berg«, korrigierte ihn Andreas.

»Das ist kom-pli-ziert«, griff Matthias die Silbentrennung auf. »Sag. Warum warst du in Regensburg?«

»Als Geselle musst du auf Wanderschaft gehen, damit du deinen Meister machen kannst.«

»Ich will auch Meister werden. In irgendwas. Und auf Wanderschaft will ich dann auch gehen.«

»Jetzt geh aber erst mal vor bis zum Stadttor.«

Von hinten kam ein schweres Fuhrwerk. Die beiden Wandergesellen mussten darauf achten, nicht abgedrängt zu werden. Denn Kutscher, die viel herumkommen, müssen sich überall behaupten und denken gar nicht daran ihre Gespanne zu stoppen, nur weil andere auch auf der Straße laufen oder gar vor sich hinträumen.

Als der Kutscher sein Fuhrwerk direkt an ihnen vorbeilenkte, fragte Matthias den stattlichen Fuhrmann: »Entschuldigung, darf ich dich etwas fragen?«

»Was willsch wisse?«, fragte er mit tiefem Bariton.

»Wo kommt ihr denn her?«,

Der antwortete in einem ihm bisher nicht bekannten Dialekt: »Mir kommet aus Augschburg.«

»Und was habt ihr geladen?«

»Mir bringet edles Tuch vo de Fuggerschen Webereien«, bekam er bereitwillig Auskunft.

»Und wo lieferst du deine Ware hin?«

»Du bisch aber neigierig.«

»Ja, sonst lern ich ja nichts.«

»Da hasch au wieda recht. Also, damitsch was lernsch: A Teil lad i in Schrobahausa ab und a Teil fahr i morge nach Ingolschtadt. Aber jetz lass mi weidafahra, mir pressierts.«

Matthias verstand den fremden Dialekt nur sehr vage. Andreas stupste ihn von der Seite an und erklärte: »Das ist schwäbisch. Das wirst du noch öfter hören.«

Die Ladung auf dem schweren Fuhrwerk war abgedeckt und gut verzurrt, aber einige Stoffballen waren zu sehen und sahen sehr beeindruckend aus. Matthias fragte sich, ob es ihm Spaß machen würde, das Handwerk des Tuchmachers zu erlernen oder vielleicht doch Fuhrmann. Wenn man so weit gereist ist, wie dieser Kutscher, der aus einem Land kommt, wo man so eine Sprache spricht, das wäre doch bestimmt mit gelegentlichen Abenteuern verbunden.

Ihr Weg führte sie an den Flusslauf der Paar. Auf der Brücke blieben sie stehen.

Die Fischer - Die Paar Fische

Von der Brücke aus konnte man gut sehen, wie fischreich der Fluss war. Ein paar Fischer standen direkt in der Paar und luden ihren Fang in Bottiche. Da konnte man wohl annehmen, dass sie ein ausreichendes Einkommen haben. Andreas blieb neben Matthias stehen und klärte ihn auf: »Die Fischerfamilien wohnen alle hinter dem mächtigen Brauhaus in der Kurve der Straße, die durch die Vorstadt verläuft.«

Matthias gefiel das quirlige Treiben an diesem Fluss. Deshalb sprach er ganz unbedarft einen der Fischer an: »Ihr habt heute ja einen großen Fang gemacht. Habt ihr immer so viel Glück?«

»Wer will das wissen?«

»Ich bin der Matthias.«

»Willst du uns ausspionieren?«

»Nein, ich bin nur neugierig.«

»Die Zeiten sind schlecht. Da weiß man nie.«

»Ich bin nicht von hier, drum frag ich so dumm.«

»Trotzdem brauchst du dich nicht so für das Fischen interessieren. Wir sind nämlich die einzigen, die hier fischen dürfen.«

»Wie das denn? Ich dachte, hier darf jeder fischen.«

»Wo denkst du hin? Fischen ist da für Unbefugte verboten.«

»Aber ihr dürft?«

»Wir schon. Der Heinrich, der 16., den man auch Heinrich der Reiche genannt hat, der hat uns Fischern schon vor mehr als hundert Jahren das Recht gegeben, Fische einzusetzen und zu fangen und auf dem Markt zu verkaufen.«

»Und dieses Recht hat er euch einfach aus Gutmütigkeit gewährt?«

»Die Frage ist berechtigt. Nein, natürlich ist Heinrich der Reiche nicht ohne Hintergedanken so freigebig gewesen. Du bist mir ja ein kluger Bursche. Wir mussten uns als Gegenleistung bereiterklären, an den Toren, Türmen und Wehren von Scrobinhusen Ausbesserungsarbeiten zu verrichten, sofern es notwendig sein sollte.«

»Aber das Mauerwerk ist doch stabil, oder?«

Dem Fischer flutschte gerade wieder ein Fisch durch die Finger. Deshalb konnte er nicht gleich antworten. Aber der nächste ließ sich schnappen.

»Ja, schon«, sagte er zwischen zwei Fangversuchen. »Man wird nur selten beauftragt, an diesen Gebäuden zu arbeiten. Und dann helfen halt alle zusammen und nach ein paar Tagen ist die Reparatur auch wieder geschafft.«

»Dann hoffe ich, dass ihr möglichst wenig zu tun habt.«

»Aber erzähl, was machst du so?«, fragte sein Kollege.

»Ach, keine Zeit, ich muss mich wieder auf den Weg machen«, wich Matthias aus.

»Noch einen schönen Tag.«

»Euch auch.« Matthias winkte ihnen zum Abschied zu und die beiden gingen nun endlich auf das Stadttor zu. Matthias musste kurz stehenbleiben, um das Bild, das sich ihm bot, in sich aufzunehmen. So etwas Schönes hatte er noch nie gesehen. Der massige Torbogen und die links und rechts davon aufragenden Stadtmauern machten großen Eindruck auf ihn. Schließlich ging Matthias weiter und schritt über die Brücke des mit Wasser gefüllten Stadtgrabens.

Dann standen sie vor dem geöffneten Oberen Stadttor und Andreas, der sich hier ja auskannte, sagte: »Komm, wir müssen uns anmelden.« Er ging auf die beiden Stadtwachen zu und sprach sie an: »Mein Begleiter und ich begehren Einlass.«

Der Dickere der beiden fragte: »Wie heißt ihr denn, und was habt ihr in der Stadt zu suchen?«

Andreas antwortete mit seinem vollständigen Namen: »Ich bin der Andreas Sailer, habe Schuhe dabei und will diese hier verkaufen.«

Die Stadtwachen begutachteten die Taschen und ließen den Schuster Sailer herein.

»Und wer bist du?«, wandte sich der Schlankere der beiden an Matthias. »Ich heiße Matthias Kronleichter.« Und weil er noch nie in seinem Leben einer Stadtwache mit ihrer beeindruckenden Uniform gegenübergestanden war, konnte er seinen Redeschwall nicht bremsen und es brach aus ihm heraus:»Außerdem hoffe ich in dieser Stadt eine Anstellung zu finden, bei der ich ein Handwerk erlernen kann. Und dann will ich nach Gumppenberg und diesem Sandeszell oder wie das heißt und auf Wanderschaft will ich auch noch.«

Die Stadtwachen sahen sich an, dann betrachteten sie diesen Matthias Kronleichter von oben bis unten und lachten über das ganze Gesicht. Seine armselig wirkende Erscheinung mit dem abgewetzten Gehrock, der zu engen Kniebundhose und den grau-braunen Socken passte zu seinem sonstigen etwas unbeholfenen Auftreten. Aber das konnte auch täuschen, dachten sich die Wachen wohl.

»Möglicherweise gibt es tatsächlich in unserem Städtchen eine Tätigkeit, wozu deine Fähigkeiten ausreichen. Dazu wünsche ich dir jedenfalls viel Erfolg.«

Der andere Wachmann fügte hinzu:»Also los, herein mit euch. Wir schließen gleich das Stadttor. Um acht Uhr abends machen wir zu. Und erst am nächsten Tag um sechs Uhr wieder auf.«

»Und nun ist es fünf vor acht«, sagte Andreas, der durch das Stadttor hindurch auf die Kirchturmuhr blickte.

»So ist es«, ergänzte eine der Wachen.

»Bald hättet ihr wieder nach Hause marschieren oder vor den Toren der Stadt im Wirtshaus an der Salvatorkirche die Nacht verbringen müssen. Das Bier ist dort auch nicht schlecht, aber probiert erst einmal eines unserer Brauereien direkt in der Stadt.«

Matthias und der Schuster bedankten sich für den gut gemeinten Rat und verabschiedeten sich von den Wachen, die tatsächlich direkt hinter ihnen das schwere Stadttor schlossen. Sie schritten einige Meter der Hauptstraße entlang. Matthias starrte ganz gebannt auf die imposante Häuserzeile. Ein beeindruckender Giebel folgte dem anderen. Aber das alles eingehend zu betrachten, dafür war jetzt nicht die Zeit.

»Das Wichtigste ist nun, sich um ein Nachtlager zu bemühen«, sagte der Schuster.»Denn auf der Straße wollen wir ja

23

nicht übernachten. »Es ist nicht gut, nach zehn Uhr dem strengen Nachtwächter auf seiner Runde in die Hände zu laufen. Das gäbe vielleicht Ärger und man muss womöglich im Gefängnisturm die Nacht verbringen.«

Andreas packte Matthias, der sich auf der belebten Hauptstraße noch weiter umsehen wollte, am Arm und zog ihn rechts in die Gasse. Matthias musste seine Neugierde zügeln.

»Dort, am Ende des Sträßchens, befindet sich das feuchteste Plätzchen der Stadt. Drum heißt er auch In der Lachen. Aber das Wirtshaus zum Lacherbräu hat einen guten Ruf und man kann dort günstig übernachten, vor allem, wenn man ein Freund vom Wirt ist«, erzählte Andreas augenzwinkernd.

Matthias folgte ihm über den mit Wasserpfützen übersäten Platz. Dort standen einige beladene Fuhrwerke vor dem Wirtshaus und auch im Torbogen, der wohl zum Hinterhof führte. Daneben standen die aus ihrem Geschirr befreiten schweren Rösser an Pflöcken angebunden herum. Am Boden standen Bottiche mit Hafer und Wasser zum Tränken der Pferde. Entschlossen gingen beide an den Fuhrwerken vorbei und auf die Eingangstür zu.

Der Lacherbräu - Wirtshauswissen

Sie betraten das Wirtshaus und sahen sich um. Mehrere Tische waren besetzt, und die Gäste unterhielten sich lauthals und angeregt miteinander. Ein stattlicher Mann mit schwarzen kurzen Haaren und einem Schnauzer, ging humpelnd von Tisch zu Tisch. Die Lederschürze, die er sich umgebunden hatte, ließ ihn noch kräftiger erscheinen.

»Schau, Matthias. Das ist der Wirt«, sagte Andreas. Dann gingen sie schnurstracks auf den wuchtigen Tresen zu und warteten, bis der Wirt ihnen seine Aufmerksamkeit schenkte.

»Servus, Andreas, ich grüße dich.« Und zu Matthias gewandt sagte er: »Ich bin der Wirt hier, der Stemmer Franz. Und wer bist du?«

»Ich bin der Matthias von irgendwo hinter Gerolsbach.«

»Woher genau?«

»Das kennst du sowieso nicht«, meinte Matthias. »Es ist nur ein kleiner Weiler.«

»Also, bei Jetzendorf?«

»Ja, dazwischen. Wenn du links in den Wald abbiegst, dann kommst zu meinem kleinen Dorf.«

»Gottes Garten ist groß«, sagte der Wirt.

»Na ja, das Paradies ist es aber grad nicht«, meinte Matthias. »Darum bin ich jetzt hier und möchte auch noch nach Sandelzell oder wie das heißt und nach Gumppenberg und auf Wanderschaft.«

»Jetzt kommst du gerade das erste Mal aus deinem Dorf heraus und willst gleich die Welt erobern?«

»Warum nicht?«

»Also, wie schaut es aus? Hättest du für heute Nacht noch zwei Betten frei?«, kam Andreas wieder auf ihr Ansinnen zurück.

«Du willst wohl wieder kostenlos übernachten?«

»Wenn es irgendwie machbar ist ...«

25

Der Wirt begutachtete Matthias noch einmal von oben bis unten und meinte:»Geht in Ordnung. Ihr könnt in der Gemeinschaftsunterkunft übernachten. Da schlafen alle Gesellen in einer Kammer. Dafür lasst ihr euch bei mir auch nieder, um etwas zu essen.«

Ohne die Antwort von Matthias abzuwarten, willigte Andreas mit Handschlag ein.»Kommt mit, ich zeig euch, wo ihr euch zur Nachtruhe betten könnt.« Der Wirt ging voraus und zeigte ihnen im oberen Stockwerk ein großes Zimmer mit mehreren Betten und ein paar Fenstern zum Stadtgraben hin. Sie nickten ihm zustimmend zu, worauf er auf dem Absatz kehrt machte und wieder hinunterging.

Matthias und der Schuster reservierten sich jeweils eines der Betten, indem sie ihre Bündel und Taschen darauf deponierten.

»Schnarchst du?«, fragte Andreas.

»Keine Ahnung, aber fast alle Schafe waren immer noch da, wenn ich beim Hüten mal eingeschlafen bin. Also kann es nicht so schlimm sein.«

»Also ich schnarche, sagt meine Frau immer. Hältst dir halt die Ohren zu.«

Sie gingen wieder hinunter und setzten sich an einen der freien Tische, wo man auf den feuchten Platz In der Lachen schauen konnte und bestellten sich eine Mahlzeit und ein Bier. Bald wurden die Gerichte serviert und man ließ es sich schmecken. Und weil das üppige Mahl so fett war, die hungrigen Burschen aber komplett aufgegessen hatten, freute sich der Wirt und stellte ihnen ein selbst gebranntes Obstwässerchen hin.

Der Stemmer Franz war offenbar einem Gespräch nicht abgeneigt und fragte:»Darf ich mich zu euch jungen Leuten ein bisschen dazusetzen?« Dabei rückte er einen Stuhl zurecht und machte es sich mit einer eigenen Halbe Bier am Tisch bequem.

»Na, dann Prost.«

»Prost«

»Prost«

»Das Bier ist selbst gebraut. Schmeckt es euch denn?«, fragte er, was beide durch wohlwollendes Nicken bestätigten.

»Das war nicht immer so«, fuhr dieser gleich ungeniert fort, »denn bis vor einigen Jahren war die Qualität der Scrobinhusener Biere recht bescheiden. Man hätte nicht mal das Reinheitsgebot aus dem Jahr 1516, so wie es in Ingolstadt erlassen wurde, einhalten können«.

»Das wäre ja das Mindeste gewesen, was man verlangen könne«, meinte Andreas. Matthias hatte von diesem Reinheitsgebot noch nie etwas gehört, hielt aber besser den Mund.

»Jede unserer innerstädtischen Brauereien braute früher mit dem eigenen Brunnenwasser, und das war durch die Misthaufen und Odelgruben vor und hinter den Häusern in der Stadt von sehr schlechter Qualität.«

»Und was konnten die Bierbrauer dagegen unternehmen?«, fragte Matthias.

»Der Oefele Georg, ein guter Brauer, der hat sein Wirtshaus in der Nähe des Unteren Tores.« Er wandte sich Matthias nun direkt zu. »Das wirst du sicher morgen noch entdecken. Und diesem Oefele hat es irgendwann gereicht und da hat er von der Scrobinhusener Stadtverwaltung einfach ganz frech verlangt, dass er aus dem städtischen Brunnen sein Brauwasser ableiten dürfe«, erklärte der Wirt.

»Hat er die Stadtverwaltung überreden können?«, wollte Matthias wissen.

»Ja. Der Magistrat hatte es dem Oefele erlaubt. Die haben das Bier ja selbst auch getrunken und deshalb gewusst, dass es manchmal eine rechte Plörre war. Da war nicht viel Überredungskunst nötig.«

»Und dann ist der Oefele Georg aber stinkreich geworden mit seinem guten Bier, oder?«, spann Matthias den Gedanken weiter.

»Nein, denn die anderen Brauereien in der Stadt haben natürlich sofort protestiert.«

»Ja klar. Das geht doch nicht, dass der eine ein Privileg hat und die anderen nicht. Wo kämen wir denn da hin, wenn sich einige durch gute Verbindungen zum Stadtrat Vorteile verschaffen würden?«, meinte Andreas.

»Deshalb konnte man es dem Bräuhias, dem Unterbräu, dem

Zacherbräu, dem Bräumichl, dem Stieglbräu, dem Barthenbräu und dem Schusterbräu auch nicht mehr abschlagen. Sogar das Franziskanerkloster mit seiner Brauerei hat einen Wasseranschluss bekommen.«

»Wie, die Brauereien, die du grad aufgezählt hast, sind alle in der Innenstadt?«, staunte Matthias.

»Ja alle. Und darum habe auch ich als Brauer einen Wasseranschluss.«

»So etwas gibt es bei uns auf dem Land nicht«, sagte Matthias, als ob man das eigens erwähnen müsste.

»Aber bei uns hat halt fast jeder einen Brunnen gebohrt. Und wer keinen hat, der muss zum Dorfbrunnen gehen.«

»Das sind doch keine unüberwindbaren Strecken«, meinte der Wirt und lachte.

»Mein Dorf besteht immerhin aus zwölf Häusern. Das ist nicht zu unterschätzen.«

»Aber Feuerwehr habt ihr keine, gell?«

»Nein, aber das ist eine gute Idee. Ich danke dir für die Anregung.«

Der Wirt fuhr fort: »Von der Rainerau herunter hatte die Stadt zwischen 1643 und 1645 eine Wasserleitung gebaut. Seitdem konnte man in der Stadt den Luxus von fließendem Wasser genießen.«

Matthias konnte sich in diesem Moment nur eine ungefähre Vorstellung von dem Ausdruck »fließendem Wasser« machen.

»Gell, da schaut der Bursche vom Land. Die Leitung ist jetzt schon hundert Jahre alt und sie wird noch fünfhundert Jahre halten, so massiv wurde damals gebaut.«

Matthias überlegte: »Also ich bin der Meinung, dass wohl nicht nur die Brauereien ein Anrecht auf fließendes Wasser hätten, sondern auch die anderen Zünfte und die Bürger.«

Aber der Wirt meinte: »Es gibt so viele Brunnen in der Stadt, den Marktbrunnen, den oberen Stadtbrunnen, den mittleren Stadtbrunnen, den unteren Stadtbrunnen, den Pflegschlossbrunnen und drei Badehäuser, da brauchen doch die einzelnen Bürgerhäuser keine eigene Wasserleitung, um sich zu waschen.«

»Aber um Trinkwasser in jedem Haus zu haben, wäre es schon bequem«, warf Andreas ein.

»So, jetzt muss ich mich wieder um meine übrigen Gäste kümmern. Lasst es euch noch gut gehen. Ich schau später nochmal vorbei.«

Matthias und Andreas unterhielten sich noch einige Zeit oder hörten interessiert den Fuhrmännern zu. Die hatten die tollsten Geschichten auf Lager, die sie nach reichlich Biergenuss lauthals zum Besten geben konnten. Ausgeschmückt mit wortreichen Beschreibungen der gefährlichsten Situationen, die sie überstanden hatten, erzählten sie ihre Erlebnisse. Am Nebentisch saßen einige Stadtbürger und hörten ebenfalls interessiert zu. Und wenn die Geschichte besonders spektakulär war, bezahlte man dem Kutscher gerne eine Maß, denn vielleicht viel ihm dann noch eine weitere Schauergeschichte ein.

Unter den Zuhörern saß bis jetzt auch der Stadtpfarrer und genoss seinen Feierabend. Als die Erzählungen der betrunkenen Kutscher mit immer intensiveren Kraftausdrücken und Fluchen ausgeschmückt wurden, wollte der Pfarrer nicht mehr zuhören. Er bezahlte seine Zeche, stand auf und verließ kopfschüttelnd die Gaststube. Und auch Matthias meinte irgendwann, dass es für den ersten Tag genug wäre und bezahlte.

Eine der Bedienungen musste derweil wohl beim Putzen des Nachbartisches einen Brösel ins Auge bekommen haben. Jedenfalls blinzelte sie ihm zu, als er an ihr vorbeiging. Er blinzelte vorsichtshalber zurück, dachte sich aber insgeheim, dass er seiner Annamaria ja ewige Treue geschworen hatte. Matthias und Andreas gingen nach oben und legten sich hin.

Matthias war noch etwas aufgewühlt von dem, was er am heutigen Tag schon alles gesehen hatte und konnte lang nicht einschlafen. Als dann auch noch unten in der Stuben ein paar Fuhrleute, die schon einige Humpen Bier intus hatten, immer lauter von ihren wilden Abenteuern auf den gefährlichen Landstraßen erzählten, konnte er erst recht keine Ruhe finden. Dies wurde auch nicht besser, als die Männer die Treppe hochpolterten und sich ebenfalls in den großen Schlafsaal legten. Denn auch sie begannen unüberhörbar zu schnarchen.

Die Innenstadt - Gemütlich ist anders

Frühmorgens wurden Andreas und Matthias von schrillem Kreischen geweckt. Matthias stand auf und öffnete das Fenster. Von hier aus waren die Wiesen und Äcker gleich hinter dem Stadtgraben gut zu sehen. Etwas weiter hinten im Osten sah er mehrere Wasserräder, die kleine und große Schleifsteine antrieben. An denen standen Männer, die Pflugscharen und Äxte schliffen, die wahrscheinlich von der Arbeit stumpf geworden waren. Daher kam das Geräusch.

Beide gingen hinunter in die Stube und setzten sich an einen freien Tisch am Fenster. Als der Wirt ihnen Brot und Wasser hinstellte, fragte Matthias:»Was sind das für Schleifarbeiten, durch die wir heute Morgen geweckt wurden?«

»Das sind die Scrobinhusener Schleifmühlen. Die sind nur da, um Werkzeug zu schärfen.«

»Ach so. Da kann ich mit allem daherkommen und die schleifen mir das scharf?«

»Genau. Pflugscharen, Sensen, Sichel, Heugabeln, Beile, Äxte, Schwerter, Degen, Lanzen und Feuerhaken, alles aus Metall kannst du da für ein paar Pfennige bearbeiten lassen. Korn und Getreide werden in den anderen Mühlen gemahlen.«

»Na dann habe ich schon wieder etwas gelernt«, meinte Matthias, und die beiden ließen sich ihr Frühstück schmecken. Dann packten sie ihre Sachen zusammen, bezahlten ihre Zeche und machten sich auf ins Stadtgetümmel.

Der Schuster sagte:»Ich muss jetzt ins Pflegschloss, um die bestellten Schuhe abzuliefern. Du kannst ja derweil die Stadt erkunden.«

Bevor sich ihr Weg trennte, gingen sie geradewegs in die angrenzende Hippergasse. Das war der kürzeste Weg zur Hauptstraße. Nach wenigen Metern kamen sie zum Weinhaus Hipper. »Hast du schon mal guten Wein getrunken?«, fragte Andreas.

»Ich habe noch nie Wein getrunken. Und in dieser dunklen Gasse soll es einen Weinhändler geben?«. Matthias konnte es nicht glauben.

»Da kannst du in die Gaststube gehen und dir ein Gläschen genehmigen oder dir auch im Laden ein Fläschchen zum Mitnehmen kaufen. Der Herr Hipper ist gut sortiert, er hat Weine aus dem Rheinland, aus Frankreich, Ungarn und aus Tirol.«

»Zuerst muss ich etwas Geld verdienen, bevor ich mir was leisten kann«, entgegnete Matthias. Er ließ das Geschäft auf sich wirken und konnte sich einfach nicht vorstellen, dass man in dieser Gasse auf lange Sicht erfolgreich sein kann.

»Man muss einen Laden außerhalb der Stadt eröffnen, wo viel mehr Kunden vorbeikommen. Momentan fühle ich mich aber ohne Wein grad wohl.«

An der Hauptstraße angekommen, schlug Andreas seinen Weg links Richtung Pflegschloss ein. »Treffen wir uns heute Mittag am Rathausplatz wieder?«

Matthias nickte, wünschte viel Erfolg und sah ihm hinterher. Nun endlich hatte er Zeit, die Menschen in der Stadt genauer zu betrachten. Je nach Geschlecht und sozialer Stellung trugen sie unterschiedliche Kleidung. Männer hatten meist eine Kniebundhose an, die bis unter die Knie reichte, so wie seine Hose auch. Viele hatten einfach ein Hemd mit hohem Kragen an, manche noch mit einer Weste darüber. Einige trugen einen Gehrock wie er, teilweise etwas moderner geschnitten. Auch Männer mit einem umgehängten Mantel, der bis zum Knie reichte, konnte man sehen. Dazu wurden Strümpfe und Schuhe getragen sowie eine Kopfbedeckung. Einen Hut zum Beispiel. Kleider machen Leute, dachte Matthias und sah an sich herab.

Frauen trugen überwiegend lange Kleider oder Röcke, die bis zum Knöchel reichten. Die meisten hatten eine Schürze umgebunden. Manche hatten das auch mit einem Überkleid, einem Umhang oder einer Stola kombiniert. Die Kleider waren eng anliegend und hatte eine Schnürung an der Rückseite. Manche waren kombiniert mit einem über der Bluse getragenen reichlich verzierten Mieder. Die Frauen trugen Strümpfe und Schuhe und eine Kopfbedeckung, etwa eine Haube. Die wenigsten trugen das Haar offen.

Je nach sozialer Stellung und Anlass glaubte Matthias Unterschiede in der Kleidung zu erkennen. Wohlhabendere Bürger trugen wohl feineren Stoffe und aufwendigere Kleidung. Ärmere Bürger und Bauern erkannte man an einfacherer Kleidung aus Leinen. Matthias fand, dass durchwegs eine gewisse Schlichtheit, aber dennoch auch eine leicht vornehme Eleganz zu erkennen war.

Als er nun ein paar Schritte auf der Hauptstraße Scrobinhusens machte, war er irgendwie auch enttäuscht. Überall lagen Pferdeäpfel herum, und es roch streng. Das war ihm gestern gar nicht aufgefallen. In seinem Dorf lag schon auch mal die Hinterlassenschaft von Pferden herum oder ein Kuhfladen, mal frisch und mal eingetrocknet. Aber längst nicht so viel wie hier in der Stadt.

Daheim war es außerdem viel ruhiger. Hier in der Stadt war er von der Geräuschkulisse, die sich ihm bot, eher irritiert. Klappernde Pferdehufe, lautes Pferdegewiehere, schreiende Schweine, die vielleicht zum Schlachten zu einem der Metzger getrieben wurden. An das durchdringende Hämmern in einer der umliegenden Werkstätten musste er sich erst einmal gewöhnen. Weiter hinten kniete ein Pflasterer am Boden und hämmerte ein paar Steine zurecht.

Der Stadtneuling folgte dem Strom der geschäftig Eilenden in Richtung Hauptplatz. Man musste die Augen aufhalten, denn die Zweispänner oder Vierspänner der Fuhrleute trieben ihre Kaltblüter durch die Hauptstraße und polterten mit ihren eisenbeschlagenen Rädern über das Pflaster. Matthias musterte auch da die Menschen und schätzte die einen als Bürger und die anderen als Bedienstete ein. Eine weitere Gruppierung waren offensichtlich Fremde, die auf der Durchreise waren und die man an einem suchenden Blick erkennen konnte. Nach gut hundert Metern öffnete sich die Hauptstraße zu einem weitläufigen mit Bäumen gesäumten Platz. Das war also der Schrannenplatz, von dem der Stemmer gestern kurz gesprochen hatte: ein rechteckiger Platz, von vier Seiten begrenzt durch herrschaftliche Häuser.

Gleich hinter ihm, an der Ecke, befand sich die Weinhandlung Estermann. Daneben der Schusterbräu, ein Gebäude, fast größer als das Rathaus. Und in der Mitte dieses Platzes stand das imposante Rathaus. Schräg dahinter ein schmales Gebäude mit der Aufschrift »Waaghaus«. Gegenüber wurde der Platz begrenzt durch ein weiteres Gasthaus, ebenfalls ein mächtiges Gebäude, mit einer Treppe, die zur Eingangspforte führte. Über dem Eingang ein Schild, worauf mit großen Lettern »Stieglbräu« stand. Und gegenüber vom Rathaus grenzte eine Häuserzeile mit mehreren eng aneinander gebauten Häusern den Platz ab.

Der Schrannenplatz spielte ganz offensichtlich eine wichtige Rolle im Handel und in der Versorgung der Stadt. Hier boten Landwirte und Händler aus der Umgebung ihre Waren wie Getreide, Obst, Gemüse und andere Produkte an. Er war, wie Matthias sehen konnte, auch ein wichtiger Treffpunkt für die Einwohner von Scrobinhusen, die dort nicht nur einkauften, sondern sicherlich auch Kontakte knüpfen und Neuigkeiten austauschen konnten. Jedenfalls herrschte reger Handel und Trubel. Marktschreier boten mit schriller Stimme ihre Waren an. Händler standen mit ihren Schubkarren herum, andere trugen Körbe und Kraxen mit ihren anzubietenden Waren. Matthias ließ seiner Fantasie freien Lauf. Da werden sicherlich auch gesellschaftliche Ereignisse wie Musik, Tanz und andere Arten von Unterhaltung angeboten.

Das lockte wiederum Besucher aus der Umgebung an. Rechts standen eine Postkutsche und zwei eingespannte Pferde. Der uniformierte Postkutscher schrie gerade: »Abfahrt in fünf Minuten Richtung Augsburg. Bitte bald einsteigen!« Eine rundliche Frau mit auffallend großem Hut hatte sich am Gemüsestand aufhalten lassen. Nun hatte sie es aber eilig, beendete ihr Gespräch und rannte gehetzt auf die Kutsche zu. Sie stieg in den geöffneten Wagen, verlor dabei fast ihren Hut und schimpfte vor sich hin. Der Kutscher blickte um sich und suchte wahrscheinlich seine weiteren Passagiere. Einen erblickte er, wie er gerade die Weinschänke Estermann betrat, um sich noch ein Gläschen zu kaufen. »Mein Herr, bitte steigen sie ein, damit wir endlich losfahren können.«

Und zu Matthias gewandt murmelte er:»Ein jeder braucht eine Extraeinladung. Heute ist einfach der Wurm drin.«

»Warum darf er sich denn kein Gläschen Wein genehmigen?«

»Weil ich es mir schon denken kann. Er ist der erste, der sich beschwert, wenn ich den Kühbacher Berg hinunterpoltere und ihm wird von dem Geschaukel schlecht.«

»Wie weit ist es denn bis nach Augsburg?«

»Etwa vierzig Kilometer.«

»Da wird es sicherlich spät, bis ihr dort ankommt.«

»Etwa acht Stunden, wenn die Pferde gut durchhalten und die Straßen vom Regen nicht zu aufgeweicht sind.«

»Wieso steht ihr eigentlich hier? Ich dachte, die Post hat in Scrobinhusen keine Haltestelle.«

»Das ist richtig. Aber ich hatte in Altenfurt bemerkt, dass das linke vordere Wagenrad seinen Eisenbeschlag verliert. Deshalb habe ich entschieden, dass wir nach Scrobinhusen hereinfahren und dass wir das Rad vom Schmied reparieren lassen.«

»Und? Hat es geklappt?«

»Wo denkst du hin? Versuche in der heutigen Zeit mal einen Termin beim Handwerker zu bekommen. Der dritte Schmied, der Allwanger, hatte schließlich Zeit. Aber weil es ein Notfall war, hat er natürlich einen Aufschlag verlangt. Unverschämtheit.«

»Jetzt kommt die Kutsche doch zu spät in Augsburg an, oder?«

»Logisch. Aber wenn wir zu spät sind, ist es auch schon egal. Unser Ruf ist schon ruiniert.«

»Mein Herr, ich bin sicher, in der Zukunft wird alles besser. Wenn erst einmal die neue Straße gebaut wird ...«

»Jaja. Und Scrobinhusen erhält eine eigene Poststation. Träum weiter.«

»Aber Pläne gibt es doch schon.«

»Bis ich in Pension gehe, sicherlich nicht mehr. Wie ich gehört habe, bilden sich die Scrobinhusener ein, dass der ganze Verkehr in Zukunft durch die Innenstadt führen soll. Und dann sollen wir alle einen riesigen Bogen rechtsherum machen und bei diesem Mühlried wieder Richtung Waidhofen weiterfahren. Hirngespinste.«

»Du findest das nicht gut?«

»Alles Schmarrn. Ich soll mit meiner Kutsche am Oberen Tor herein, hier durch die Händler am Schrannenplatz vorbei und am Unteren Tor wieder hinausfahren. Und am besten soll ich in Scrobinhusen auch noch übernachten.«

»Und etwas essen und ein Bier trinken«, fügte Matthias hinzu.

»Ich bin doch auch so schon in Zeitdruck. Acht Stunden bis Augsburg, so sind meine Vorgaben. Da wirst du verrückt bei der Geschwindigkeit.«

»Gibt es in Augsburg außer den Textilien noch andere Sehenswürdigkeiten?«

»Ja, natürlich. Da gibt es zum Beispiel das imposante Rathaus. Das steht in seiner jetzigen Form seit mehr als hundert Jahren. Dort gibt es einen Goldenen Saal. Der ist wunderbar. Wenn du mal nach Augsburg kommen solltest, dann musst du ihn dir ansehen, wenn du Gelegenheit dazu bekommst.«

»Wer ist denn der Fürst oder Herzog in dieser Stadt?«

»Du weißt anscheinend noch nichts über diese Stadt? Hast du schon von dem Geschlecht der Fugger gehört? Das sind eine der reichsten Menschen überhaupt. Sie treiben Handel mit der ganzen Welt. Und weil sie nicht überall selbst sein können, haben sie die doppelte Buchführung eingeführt. Da kann sie kein Geschäftsführer betrügen, egal, wie weit diese ihren Dienst tun müssen.«

»Ich kann ja nicht einmal die einfache Buchführung. Was ist denn eine doppelte Buchführung?«

»Das weiß doch ich nicht. Ich bin Kutscher. Frag doch mal einen im Rentamt.«

»Das werde ich bei Gelegenheit tun. Also wie war das mit den Fuggern?«

»Ah richtig. Die sind so reich, dass sie die Fuggerei erbaut haben. Das ist ein Dorf in der Stadt, wo man als Mieter keine Miete bezahlen muss. Aber die Fugger verlangen, dass man für sie täglich einmal betet.«

»Ist ja interessant. Ich würde auch gerne kostenlos wohnen und dafür für meinen Vermieter einmal am Tag beten. Aber sag, wo kamst du gestern her?«

»Von Regensburg. Das kennst du auch nicht, oder?«

»Ich hab nur davon gehört.«

»Da wohnen die anderen Reichen. Nämlich die von Thurn und Taxis. Da kommt ja die ganze Posthistorie her. Die haben vor zweihundert Jahren mit den Postreitern, die von Stadt zu Stadt geritten sind, angefangen. Daraus entstand um 1600 die Kaiserliche Reichspost. Und jetzt fahr ich diese Postkutsche tagein und tagaus hier hin und her. Ich muss jetzt aber endlich losfahren.«

»Und warst du auch schon in Neuburg? Gibt es da auch reiche Leute?«

»Du gibst wohl nie auf, was?«

»Ich möchte doch was lernen.«

»Seh ich aus wie ein Lehrer? Jedenfalls brauchst du nicht mehr lernen, wie man jemandem ein Loch in den Bauch fragt.«

»So etwas würde ich mir nie trauen.«

»Also lass dir erzählen. In Neuburg gab es vor hundert Jahren den Ottheinrich. Der war so dick, dass der Schneider ihm ein eigenes Gewand von unglaublichen Ausmaßen schneidern musste. Und nun ist Schluss. Wenn du noch mehr von mir erfahren möchtest, dann kauf dir eine Fahrkarte. Du kannst dich auf den Kutschbock neben mich setzen und wir haben acht Stunden die Zeit der Welt, du Quälgeist.« Damit war das Gespräch endgültig beendet.

»Alles einsteigen«, schrie der Kutscher. »Verdammt nochmal. Wir sind schon viel zu spät beim Losfahren.« Der Kutscher ließ Matthias nun einfach stehen, bevor er noch etwas sagen konnte und fuhr mit dem Gespann mit einem Ruck los.

Das Rathaus - Handwerk hat goldenen Boden

Das Rathaus. Matthias stand vor dem imposanten Gebäude in der Mitte des Schrannenplatzes und war begeistert. Drei Stockwerke hoch überragte es die umstehenden Häuser mit seinem steilen Walmdach. Mit seinem beeindruckenden Treppengiebel, mit den nach oben strebenden Zinnen und dem Glockentürmchen auf der Eingangsseite sah es sehr wuchtig, aber auch verspielt aus. Das Gebäude war reich verziert und mit Statuen und anderen kunstvollen Elementen geschmückt. An der Fassade befanden sich Inschriften und Wappen, die die Geschichte und Bedeutung der Stadt betonten.

Der Eingang befand sich auf der Ostseite des Gebäudes, er war über einen zweiseitigen Treppenaufgang zu erreichen. Die Westseite war mit einem Vordach versehen, sodass die Fuhrwerke der Bauern und auch der Händler dort vorfahren konnten. Von einem Wagen wurde soeben Korn ins Rathaus hineingetragen, um dort gelagert zu werden.

Eines hatten die Scrobinhusener offenbar gelernt: Man müsse für den Fall einer Belagerung immer vorbereitet sein. Und da half es nichts, wenn das Korn und andere lebenswichtige Lebensmittel erst in die Stadt befördert werden müssten. Wenn die Tore erst geschlossen waren, kam kein Nachschub mehr herein.

Unter dem vorstehenden Dach wurden Brot und Fleisch und sogar frischer Fisch verkauft. In kleinen Käfigen wurden gackernde Hühner und quiekende Ferkel angeboten. Holzsteigen mit Rüben, Salatköpfen und Krautköpfen standen gestapelt herum und ein paar rote Äpfel sollten wohl heute auch noch den Besitzer wechseln.

Ein etwas abseits stehender Bauer hatte ein kleines Tischchen aufgebaut, auf dem eine Kiste mit seltsamen faustgroßen Knollen stand. Er wollte diese seltsame Frucht wohl verkaufen. Denn sobald Matthias vor seinem Stand stehen blieb, begann dieser von seltsamen Dingen zu erzählen: »Dieses bräunliche

Gewächs kommt aus Franken. Die Hohenzollern haben es dort angebaut.«

»So etwas hab ich noch nie gesehen«, sagte Matthias.

»Die Hohenzollern haben es von Irland herübergebracht und dort ist es vor vielen Jahren schon aus dem fernen Amerika her transportiert worden.«

»Ja und was macht man mit diesem unförmigen Ding?«

»Man braucht es nur kochen und dann kann man es schon essen.«

»Wer will denn so etwas essen? Bei uns gibt es doch Getreide.«

Der Verkäufer ließ sich nicht abhalten: »Man kann es auch einsetzen und dann im nächsten Jahr deren Früchte ernten. Man muss es nicht dreschen oder mahlen, sondern einfach nur einsammeln und zubereiten.« Doch mit dieser Geschichte fand er kein Gehör. Matthias konnte sehen, dass auch andere Marktbesucher diesen Verkäufer für einen Scharlatan hielten, und als er immer wieder den seltsam klingenden Namen »Kartoffel« aussprach, machte er es nicht besser.

»Sagen Sie, haben Sie keinen Spargel?«, mischte sich ein Marktbesucher plötzlich ein. »Ich habe in Italien einmal einen Asparagus gegessen. Ich sag Ihnen, eine Delikatesse. In Stuttgart wird er auch schon seit einigen Jahren angebaut.«

Der Händler mit seinen Knollen war jetzt vollkommen aus seinem Konzept. Er versuchte, seine Kartoffel anzupreisen und zu verkaufen. Und da kam einfach ein Passant vorbei, der von etwas ganz anderem sprach. So konnte er nie seine braunen Knollen loswerden. »Nein, ich habe keinen Spargel, ich verkaufe Kartoffeln!«

»Ist ja gut, ich frag ja nur. Wenn Sie jetzt gleichzeitig Spargel und Kartoffeln verkaufen würden, dann würde ich Ihnen Ihre komische Knolle vielleicht sogar abkaufen. Wer weiß, der Herr da drüben verkauft Schinken. Vielleicht würde das ja ganz gut zusammenpassen.«

»Lassen Sie mich doch in Ruhe mit Ihren Hirngespinsten. Spargel und Kartoffel, das passt doch nicht zusammen. Und jetzt gehen Sie weiter, wenn Sie nichts kaufen wollen. Auf Wiedersehen.«

Diesem Kartoffelverkäufer ging es scheinbar ähnlich wie ihm selbst, dachte Matthias. Der hatte auch noch nicht das Richtige in seinem Leben gefunden.

Wie er so bei den Menschen stand, hörte er die unterschiedlichsten Gespräche. Interessant fand er das rege Feilschen um den Preis. Oder es gab unterschiedliche Meinungen über das Gewicht der Waren zu hören. Also mussten sie erst sorgfältig gewogen werden.

Manchmal ging es auch um den üblichen Stadttratsch. Sogar Neuigkeiten über die üblen Erlebnisse der letzten Wochen und Monate von den durch das Land ziehenden österreichischen Soldaten, die sich auch um Scrobinhusen herum breit gemacht hatten, hörte Matthias aus dem Stimmengewirr heraus. Er hatte schon von den Problemen gehört, die die Stadt am Hals hatte. Aber sein Dorf lag zu abgelegen, als dass man sich große Sorgen machen musste. Hier auf dem Markt war das Thema offenbar Stadtgespräch. Darüber musste er irgendwann Näheres erfahren.

Jetzt aber wandte er sich dem Rathaus zu. Der Schuster hatte dem Matthias gestern beim Wirt schon erzählt, dass sich über den Verkaufsläden sogar ein großer prunkvoller Saal befände, in dem Gericht gehalten, aber auch getanzt werden konnte. Das dritte Stockwerk diente dem Bürgermeister und dem Stadtrat als Sitz. Matthias fand, dass all die im gleichen Stil erbauten Häuser, die den Rathausplatz als großes Rechteck umgaben, diesen Ort erst so richtig vollendeten. Ein plätschernder Brunnen mit einer Statue lockerte den großen Platz auf, man konnte sich daran erfrischen.

Nun fasste er sich ein Herz, und ohne groß von den beschäftigten Menschen wahrgenommen zu werden, schritt er die Treppen hoch und betrat neugierig das stattliche Rathaus. Er stand im geräumigen Eingangsbereich, von dem aus man auch in den großen Sitzungssaal gelangte. In diesem Saal finden dann bestimmt wichtige Sitzungen und Verhandlungen statt, überlegte Matthias. Der Saal müsse bestimmt prunkvoll ausgestattet sein für so wichtige Anlässe, wie sie in der Stadt vorfallen.

Er fragte sich bis zum Zunftmeister durch, der ihm vielleicht Auskunft über eine Ausbildungsstätte in der Stadt geben konnte.

Nach längerer Suche stand er vor dem hohen Beamten. »Mein Name ist Matthias Kronleichter, ich komme aus dem Gerolsbacher Hinterland und möchte einen ehrbaren Beruf erlernen«, stellte er sich vor.

Der strenge Beamte in typischer Kleidung eines Stadtbediensteten sah ihn von oben bis unten an. Er stellte sich ebenfalls vor und fragte skeptisch: »Ich heiße Helmut Adelmann. Was hast du denn für Vorkenntnisse?«

Matthias entgegnete: »Ich habe Schafe und Schweine gehütet.«

»Dies ist in keinem der in dieser Stadt angesiedelten Handwerksbetriebe eine große Hilfe«, meinte der Stadtbedienstete ironisch. Nach kurzer Pause, in der der Amtmann offensichtlich in sich gegangen war, legte er aber dann doch ernsthaft los: »Wir haben zahlreiche Brauereien, in denen Bierbrauer arbeiten und dazugehörige Gasthäuser, die von den Wirten geleitet werden. Beim Bierbrauen muss man zulangen können. Traust du dir das zu?« Zunftmeister Adelmann betrachtete Matthias nochmals von oben bis unten, wartete die Antwort gar nicht ab und fuhr fort: »Bei uns gibt es etliche Bäcker, aber auch da ist Schmalz gefragt, verstehst du? Kraft! Naja, lassen wir das.«

Matthias wollte gerade anfügen, dass er der Mutter schon öfter beim Brotbacken geholfen hatte, aber der Stadtbedienstete fuhr schon fort.

»Schuhmacher? Lodenmacher? Kürschner? Rotgerber und Weißgerber? Wie wärs damit?« Das Fragezeichen im Gesicht von Matthias wurde immer größer. »Strumpfstricker? Seiler und Sattler? Du hast keine Ahnung, habe ich recht?«

»Könnten Sie mir die Tätigkeiten etwas näher beschreiben? Mit den von Ihnen aufgezählten Namen dieser Gewerbe kann ich mir wenig vorstellen.«

Aber sein Gegenüber fuhr unerbittlich fort: »Hafner, Gürtler und Schäffler hätten wir noch im Angebot ...«

»Ja, ich weiß es doch nicht! Darum bin ich doch bei Ihnen, weil ich keine Vorstellung hab.«

»... Kammmacher, Bürstenbinder und Siebmacher. Bursche, du stiehlst mir die Zeit.«

40

»Jetzt entschuldigen Sie bitte, aber ich wollte eine Beratung, nicht nur irgendeine Aufzählung.«

»Ihr auf dem Land habt gar keine Vorstellung, was man in einer Stadt wie der unseren so alles braucht. Da müssen die Rädchen ineinandergreifen. Wenn eins nicht funktioniert, dann wird es schwierig.«

»Aber jetzt helfen Sie mir doch und halten mir keine Predigt«, wurde Matthias immer verzweifelter.

»Ich hätte auch noch Schleifer und Spengler, Säckler und Seifensieder im Angebot. Ich bin der Zunftmeister und mir entgeht hier nichts. Alles muss seine Ordnung haben. Jeder, der einer Zunft angehört, muss auch bei mir angemeldet sein. Wir haben unsere Gesetze und die müssen eingehalten werden und dafür bin ich zuständig.«

»Und diese Gesetze machen alle Sie, oder wie darf ich das verstehen?«

»Nein, natürlich nicht. Die sind alle in früherer Zeit erlassen, aufgeschrieben und veröffentlicht worden. Die kann jeder nachlesen.«

»Da brauchen Sie ja eine Unmenge an Papier, oder?«

»Das kann man wohl sagen. Und Papier ist nicht billig.«

»Aber Papiermacher haben Sie bis jetzt noch nicht aufgezählt, nicht wahr?«

»Nein, wie meinst du das?«

»Na, dass es vielleicht nicht schlecht wäre, wenn ich Papiermacher lernen würde. Da würden Sie mir sicher viel abkaufen. Ich würde einen Betrieb für Papier eröffnen. So etwas würde in dieser Stadt noch fehlen.«

»Jetzt sag du mir nicht, was fehlt oder was für die Stadt vorteilhaft wäre. Ich bin der Zunftmeister und du machst sicherlich nicht den zweiten Schritt vor dem ersten. Hast du mich verstanden?«

»Jawohl! Ist recht. Zuerst brauche ich eine Lehrstelle, und dann mach ich irgendwann meine Meisterprüfung und dann komm ich zu Ihnen und melde mein Gewerbe an, ganz sicher. Immer der Reihe nach.«

Und wieder fuhr der Stadtbedienstete mit seiner Aufzählung fort: »Schlosser und Schmied scheiden aus den bekannten Gründen ja aus. An dich wird nichts mehr hinwachsen, das bezweifle ich.«

»Das wissen Sie doch gar nicht, wie ich mich anstrengen könnte, wenn Sie mir eine Chance geben würden ...«

»Kaminkehrer, das könnte gehen. Vielleicht gehst du einfach mal in die Kaminkehrergasse und versuchst da dein Glück.« Der Stadtbedienstete wird doch nicht tatsächlich auf Matthias eingegangen sein. »Goldschmied, Kupferschmied und Nagelschmied, fleißig muss man überall sein. Du schaust mir schon so verträumt.« Die Autoritätsperson wurde nun fast beleidigend. »Maurer, Schreiner und Zimmerer werden immer gesucht. Häuser werden in der Stadt immer gebaut oder auch mal erneuert.« Matthias wollte nun wirklich nicht mehr zuhören, da fuhr er schon wieder fort: »Wie du unten auf der Straße siehst, sind Händler immer unterwegs. Kannst du gut handeln, kannst du gut mit Worten und Zahlen umgehen? Vielleicht besinnst du dich aber deiner ländlichen Wurzeln und wirst Bauer. Warum hast du denn dein Dorf überhaupt verlassen?«

»Weil ich neugierig bin und was lernen will.«

»Die jungen Leut! Neugierig sind sie! Neugierig hat doch nichts mit dem Ernst des Lebens zu tun, mein Junge!«

»Ich bin nicht Ihr Junge. Und ich hab Sie ordentlich gefragt, ob Sie mir einen Rat geben können und Sie gehen mich seit einer halben Stunde nur von oben herab an.«

Der Zunftmeister hielt einen Moment inne, besann sich und fuhr mit etwas mehr Ernsthaftigkeit fort: »In den Stadttürmen wohnen und arbeiten Krankenschwestern, Pfleger, Seelweiber und Pechler und Fischer. Da kannst du dich mal durchfragen. Geh doch von Turm zu Turm und erkundige dich bei den Bewohnern. Die können dir bestimmt genau erzählen, was sie so zu tun haben.« Das war nun einfach mal eine konstruktive Information, die er sich merken werde.

»In den Badhäusern arbeiten die Bader, die für das körperliche Wohl zuständig sind. Das erfordert aber ein diskretes Auftreten, da musst du dich sehr zurückhaltend benehmen.«

»Zurückhaltung, das kann ich. Das wäre genau meine Art. Ich bin nicht gern im Vordergrund.«

»Und bei uns im Rathaus und drüben im Pflegschloss arbeiten, wie du siehst, die Dienstmänner und an den Stadttoren verrichten die Stadtwachen ihren Dienst.« Den Beruf des Dienstmannes hatte sein Gegenüber nun ausführlich vorgeführt. Matthias stellte diese Option vorerst ganz hinten an.

»Wir sind hier 1850 Einwohner und jeder hat seine ihm zugedachte Aufgabe. Da muss alles funktionieren, sonst geht diese Stadt im Chaos unter. Darum gibt es mich, den Zunftmeister, der über all die Regeln, die jeder Zunft obliegen, wacht. Da kann nicht jeder Dahergelaufene kommen und einfach so einen Beruf ergreifen.«

»Ich bin nicht einfach dahergelaufen. Ich bin zielstrebig auf die Stadt zugewandert und habe mich bei Ihnen ordentlich vorgestellt. Dass ich bisher nur Schafe, Ziegen und Schweine gehütet habe, dafür kann ich nichts.«

»In Ordnung, wenn du dich schon mit Schweinen auskennst, solltest du es vielleicht beim Metzger Prinzinger versuchen«, ließ ihn der Stadtbedienstete an seinen Überlegungen teilhaben.

»Du gehst zurück zum Oberen Tor, dann biegst du links ein in die Gasse. Dort ist der von mir vorgeschlagene Metzger. Du musst halt schauen, ob der Metzgermeister dich empfängt, wenn er grad Zeit hat. Heute ist Montag. Da schlachtet er für gewöhnlich.«

Matthias lagen mehrere böse Bemerkungen auf der Zunge. Er dachte sich aber, dass dies wohl nichts bringen würde. Deshalb sagte er nur: »Ich bedanke mich für Ihre ausführliche allumfassende und präzise Auskunft und Ihre kostbare Zeit. Auf Wiedersehen.« Wobei er letzteres nicht hoffte.

Als er das Treppenhaus wieder hinabstieg, dachte er über das soeben Erlebte nach. Vielleicht war der Herr Zunftmeister Adelmann einfach nur einsam in seiner Amtsstube. Auf jeden Fall war dieser Mensch mit seiner Berufswahl unzufrieden. Hoffentlich gibt es nicht noch mehr Angestellte in diesem Rathaus, denen ihre Arbeit keinen Spaß macht.

Richtig weitergeholfen hatte ihm diese Beratung zwar nicht. Denn er konnte sich nicht recht viel unter all den Berufen vorstellen. Vor allem hatte ihn diese Betonung auf Gesetze irritiert, die man hier permanent einhalten müsse. So etwas gab es auf dem Land nicht. Wenn jemand ein Talent hatte, dann durfte er es auch nutzen, wenn es benötigt wurde. Matthias war im Erdgeschoss angekommen und schritt aus dem Hauptportal hinaus.

Das alles hatte ihn hungrig gemacht. Er kaufte sich am Stand des Bäckers Baier, der offenbar sein Geschäft auch in der Innenstadt hatte, ein frisches Brot und eine Wurst und setzte sich an den Stadtbrunnen. Frisch gestärkt begab er sich, wie ihm aufgetragen wurde, zurück zur Hauptstraße in die Nähe des Oberen Tores und bog ab, wie ihm zuvor der Beamte den Weg erklärt hatte. Schon aus einiger Entfernung hörte er die Angstschreie eines zur Schlachtung vorgesehenen Schweines.

Der Metzger - Lass die Sau raus

Matthias wollte sich bemerkbar machen, aber das Quieken war so laut, dass niemand Notiz von ihm nahm. So trat er an die angelehnte Eingangstür des Schlachthauses, klopfte und nachdem ihn immer noch niemand hörte, öffnete er die Tür und trat ein. »Grüß Gott, ich bin ...« Weiter kam er nicht, denn der Metzgermeister war für einen Moment unaufmerksam, ließ die Sau los und das arme Schwein trabte durch den Raum auf Matthias zu. »Halt die Sau auf!«, schrie der Metzger Prinzinger. Das Tier wollte zwischen den Beinen von Matthias hindurch ins Freie rennen. Da es aber dort nicht hindurchpasste, nahm es ihn rittlings, wie auf einem Pferd, nur eben verkehrt herum, mit. Es trabte die Gasse entlang auf die Hauptstraße, vollführte um die erschrockenen Menschen herum einen Zickzackkurs und galoppierte mit dem schreienden Matthias, der sich am Ringelschwanz festzuhalten versuchte, umher. Es trabte an den erstaunten Stadtwachen am Oberen Tor vorbei. Dann überquerte es die Hauptstraße und rannte auf das nächstbeste Gebäude zu. Das war das städtische Badehaus, genannt das Oberbad. Das Schwein suchte in seiner Todesangst einen Ort, an dem es sich verstecken konnte und deshalb hoppelte es mitsamt seinem Reiter die Stufen des Badehauses hinauf, an der Anmeldung vorbei direkt in den Badraum, in dem sich der große Badzuber befand. Dort nahmen gerade ein paar Bürgerinnen ihr wöchentliches Bad und fanden es äußerst beunruhigend, dass ein quiekendes Schwein mitsamt Jüngling um den Zuber herum trabte.

»Hilfeeee! Helft mir«, schrie Matthias.

Eine Bürgersfrau erklomm in diesem Moment unbekleidet auf dem Einstieg den hölzernen Bottich. Sie erschrak dermaßen, dass sie wild schreiend und sich notdürftig mit den Armen bedeckend ins Wasser plumpste, dass es nur so spritzte. »Badmeister Danninger! Wirf die Sau raus!« schrie die Badende prustend, sobald sie wieder auftauchte. Sau und Reiter umkreisten den Bottich nun schon zum dritten Mal, bis das Schwein sich besann und den Weg, den es herein genommen hatte, nun auch wieder hinaus fand.

Der genervte Badmeister rannte mit einem langen hölzernen Stock hinter den Galoppierenden her und schrie:»Euch wenn ich erwische, dann Gnade euch Gott. Ich zieh euch die Ohren lang, egal ob Mensch oder Tier!«Als dann die Sau in einem Satz die Badstufen hinabsprang, katapultierte es den Matthias endlich vom Rücken des Tieres. Das Schwein sah nur noch einen Ausweg. Es sauste auf das Obere Tor zu. Beide Stadtwachen versuchten, ihm den Weg zu versperren. Doch einen weiteren Haken schlagend, trickste es die beiden aus und schoss durch das Tor hinaus. Ohne die Geschwindigkeit zu verringern, hoppelte es über die Stadtgrabenbrücke drüber und lief im gestreckten Galopp auf die Paarbrücke zu. Sie überquerte die Brücke und lief auf die Obere Vorstadt zu.

Matthias rappelte sich auf, sah den wütenden Badmeister auf sich zurennen.»Bleib da, du Bursche! Ich schlag dich windelweich!«Er erhob sich geschwind und machte, dass er in der Menge untertauchen konnte.

In diesem Badehaus konnte er sich jedenfalls nicht mehr bewerben.

Die Trennung - Der Schuster und die Leisten

Mittlerweile war es Mittag geworden und Matthias machte sich auf, zum vereinbarten Treffpunkt zu gelangen. Als er am Schrannenplatz ankam, saß der Sailer Andreas bereits an einem Tisch vom Schusterbräu. »Da bist du ja endlich«, meinte dieser. »Komm, setz dich her, ich lad dich zu einer Brotzeit und einem Krug Bier ein.« Das ließ sich Matthias nach dieser Aufregung nicht zweimal sagen.

»Wo warst du denn«, fragte Andreas. »Du siehst ja vollkommen verwirrt aus und bist total verschwitzt.« Matthias erzählte ihm vom Erlebnis beim Metzger und dem Abstecher ins Badehaus. Andreas musste laut lachen und schüttelte ungläubig den Kopf. »Na da hast du dir ja das vornehmste Bad ausgesucht.«

»Wie, da gibt es Unterschiede?«

»Und ob. In dieses Badehaus hat vor sechs Jahren die Tochter des Schusterbräu eingeheiratet. Ich kann dir sagen, das war eine Hochzeit. So etwas hat Scrobinhusen bisher noch nicht gesehen. Da haben sie richtig Geld in die Hand genommen und gefeiert. Alle Brauer waren eingeladen und da konnte der Schusterbräu sich nicht lumpen lassen.«

»Aber sag mal, was hat es mit so einem Badehaus denn auf sich. Bei mir daheim gibt es so etwas nicht.«

Andreas begann zu erklären: »Vor vielen Jahren schon wurden die Badehäuser in der Stadt gebaut. Die wurden auch sehr häufig besucht. Denn es ist vor langer Zeit schon verboten worden, dass alle Leute sich ein eigenes Bad haben einrichten lassen. Das führte dazu, dass zu allen heiligen Zeiten geheizt wurde und somit Brennholz verschwendet wurde. Das brauchte man schließlich dringend im Winter.«

»So eine Stadt ist schon was Seltsames. Bei uns im Dorf gibt es immer Brennholz. Dafür müssen doch keine Gesetze erlassen werden. Auch wäscht sich jeder, wenn es nötig ist und nicht wenn es eine Vorschrift erlaubt.«

»Das Interessante ist halt auch, dass aus anderen Häusern heimlich Leute zusammenkommen, um zu baden. Und es gibt schließlich die generelle Gefahr, dass Feuer ausbrechen könnte.«

»Gut, das versteh ich. Das ist in einer Stadt immer ein Risiko, weil alle Häuser so nah beieinander stehen.«

»Es geschahen ab und an auch unkeusche Dinge mit Weibsbildern und Gesindel, hat man sich immer wieder erzählt.«

»Weißt du da Näheres? Sicher hast du ein paar Geschichten auf Lager. Los erzähl!«

»Außer Gerüchten weiß ich nichts. Deshalb halt ich lieber meinen Mund.«

»Spielverderber.«

»Du kannst dich ja selber umhören.«

»Wie geht's jetzt mit dem Badehaus so weiter? In der Stadt gibt's doch für alles Gesetze, oder?«

»Natürlich gab es auch Regeln, wie und wann gebadet werden darf.«

»Hab ich mir doch gedacht.«»Allgemeine Badetage sind der Montag, der Donnerstag und der Samstag. Das ist schon lange in einer alten Scrobinhusener Ordnung festgehalten.«

»Ich kann es nicht glauben. Diese Regeln gibt's also schon länger! Diese Städter.«

»Ja stell dir das Chaos vor, wenn jeder machen tät, was er will.

»Das gibt doch ein riesiges Gedränge, wenn nur an diesen Tagen gebadet werden durfte.«

»Keine Angst. Es gab in der Nähe des Unteren Tores noch ein weiteres Bad.«

»Ach, zwei Bäder für 1850 Bürger. Das grenzt ja an Luxus.«

»Nein, drei. Es gibt auch noch das Spitalbad in der Spitalgasse.«

»Du machst Witze.«

»Nein, ehrlich. Ich kenn sogar die Tarife von den Bädern: Wenn du nur zum Baden gehst, dann kostet das zwei Kreuzer.«

»Das könnt ich mir grad noch von meinem Ersparten leisten.«

»Aber pass auf. Wenn du nicht gebadet bist, darfst du am

Sonntag auch nicht zu Gottes Tisch. Da wird streng drauf geachtet.«

»Da hätte unser Pfarrer wenig Kirchgänger, wenn das in unserem Dorf die Bedingung wäre!« Aber nun kam die Brotzeit, etwas kalter Braten mit Meerrettich, und dazu ein Krug Bier und sie ließen es sich schmecken.

Andreas Sailer sagte: »Ich hab meine Schuhe heute gut an den Mann bringen können, und auch im Pflegschloss bin ich erfolgreich gewesen. Die extra angefertigten Schuhe haben dem Rechtspfleger gepasst wie angegossen.«

»Schön. Das freut mich, dann war wenigstens einer von uns erfolgreich.«

»Deshalb werde ich mich heute Nachmittag wieder zurück auf den Heimweg nach Aresing machen. Ich muss sehen, was mein Sohn schon wieder für Flausen im Kopf hat. Er möchte unbedingt Pfarrer werden. Du kannst dir vorstellen, dass mir das keine Freude bereitet. Ich dachte natürlich, dass er auch das Schusterhandwerk erlernt. Wenn er so spricht, würdest du erstaunt sein, welches kirchliche Wissen er sich alles schon angeeignet hat. Man möchte glauben, er wird irgendwann Bischof. Ich weiß nicht, wo unser Sohn das her hat.«

»Gottes Wege sind unergründlich, heißt es doch«, meinte Matthias.

»Wer weiß? Kommst du von nun an allein zurecht?«, wollte Andreas wissen.

Matthias hatte sich von dem Schrecken durch die Brotzeit und die Halbe Bier wieder ausreichend erholen können und meinte: «Ich hab dieses Abenteuer überstanden und was soll denn da noch Schlimmeres auf mich zukommen? Wenn ich mich irgendwann wieder auf die Heimreise begebe, dann werde ich bei dir in Aresing vorbeischauen und berichten.«

»Und was hast du heute Nachmittag noch vor?«, fragte Andreas.

»Das weiß ich noch nicht genau. Vielleicht will ich mal in die Untere Stadt runtergehen und sehen, was es dort Interessantes gibt. Bei der Berufswahl solle man nichts überstürzen, vor allem nach dem, was ich heute erlebt habe. Von der Oberen Stadt hab ich fürs Erste die Nase voll. Am Ende erkennt mich der Bademeister wieder und verpasst mir die versprochene Tracht Prügel.«

Die beiden standen auf und verabschiedeten sich mit einem freundschaftlichen Händedruck voneinander. Andreas marschierte los und Matthias schaute ihm noch nach, bis er beim Gasthaus Bräumichl vorbei war. Dann schlenderte Matthias einfach so vor sich hin. Er betrachtete die Häuserzeile mit ihren unterschiedlichen Giebeln. Manche Häuser waren mit Stuck versehen, manche schnörkellos. Einige Fassaden waren frisch getüncht, manche verwittert. Aber alle Häuser passten irgendwie zusammen. Kein Stilbruch beleidigte das Auge. So ließ er etwa eine Stunde verstreichen, ohne sich zu etwas durchringen zu können.

Der Stieglbräu - Brandneue Geräte

Irgendwie war ihm heute nicht mehr danach, sich ins nächste Abenteuer zu stürzen. Er beschloss, sich gleich noch einmal niederzulassen. Also setzte er sich am nördlichen Ende des Rathausplatzes in der Nähe des Wirtshauses Stieglbräu auf eine Bank. Sie stand im Schatten. Von dort aus konnte er das Treiben auf dem Platz von der anderen Seite aus beobachten. Frauen und Männer unterschiedlichen Standes waren unterwegs und kauften am Markt ein. Bürgersleute und Bauern, Mägde und Bedienstete, Kinder, die zum Einkaufen geschickt wurden, waren ebenfalls zu sehen. Gebrechliche Alte und Senioren von höherem Stand deckten sich mit dem Notwendigen ein. Nur er hatte nichts zu tun und konnte einfach nur beobachten. Dann nahm er sein Büchlein aus seiner Jackentasche und schrieb das Erlebte stichwortartig auf.

Etwas später setzten sich zwei ältere, honorige Herren an einen Tisch des Gasthauses, bestellten zwei Humpen Bier und begannen sofort zu diskutieren. Der Schlankere der beiden sagte: »Du als Bürgermeister von Scrobinhusen kannst unsere Feuerwehr in Hörzhausen ruhig einmal unterstützen und deinen Einfluss geltend machen. Du weißt, dass der Kopfinger Jakob, unser Kommandant, schon lange unzufrieden ist.«

»Warum? Sag, Knoeferl, was braucht ihr denn?«, fragte der Kräftigere ohne Umschweife nach.

»Wir brauchen dringend eine dieser neuartigen Feuerspritzen. Vor ein paar Jahren schon wurde das Herstellen von Schläuchen mit zusammengenähtem Leder erfunden. Und mit fahrbaren Handpumpen konnte damit Wasser gespritzt werden. Darum ist es einfach die Pflicht einer jeden Gemeinde, sich um so ein Hilfsmittel zur Bekämpfung von Bränden im Dorf zu kümmern.«

»Und wie kann ich euch da helfen?«

»Wir haben zu wenig Geld, um uns so ein Gerät zu leisten. Ihr

51

habt euch ja vor kurzem eines angeschafft, um Häuserbrände bei euch schnell löschen zu können.«

Darauf entgegnete der Bürgermeister: »In Scrobinhusen ist das ganz was anderes. Da steht Haus an Haus und ein Übergreifen auf umliegende Gebäude muss unbedingt vermieden werden. Aber bei euch in Hörzhausen stehen die Häuser alle weiter auseinander. Wenn eines brennt, dann bleibt das andere doch verschont.«

»Man muss aber bitte bedenken, dass in meinem Dorf auch das Heu und Stroh für Scrobinhusen gelagert wird. Es ist also auch in eurem Interesse. Wenn du als Bürgermeister nicht auf die Vergabe eines Zuschusses deutlich Einfluss nehmen wirst, dann werde ich durchsickern lassen, welche Grundstücksgeschäfte du mit deinen Bekannten gemacht hast. Das würde sicher den einen oder anderen interessieren.«

Darauf meinte der Bürgermeister mürrisch: »Drohen brauchst du mir aber nicht, gell.«

»Joseph, ich weiß nur, dass du alles möglich machen kannst, wenn du nur willst.«

»Wie meinst du das?«

Bevor der Hörzhausener weitersprach, sah er sich etwas verstohlen um, um sicher zu sein, dass niemand zuhörte. Als er den in der Nähe sitzenden Matthias bemerkte, zögerte er kurz, fuhr aber dann mit gedämpfter Stimme fort.

»Das weißt du ganz genau, Bürgermeister. Vor ein paar Jahren musste die Spitalgasse gepflastert werden, weil den Gebrechlichen, die im Spital lebten, das Betreten der Straße nicht mehr zugemutet werden konnte. Da hast du ohne den Stadtrat zu fragen, die Gasse pflastern lassen.«

»Das war ja ganz was anderes«, sagte das Schrobenhausener Stadtoberhaupt. »Aber gut, ich werde es mir überlegen.«

»Schaust halt, was du machen kannst, Joseph. Ein bisserl was geht immer.« Beide standen, ohne ausgetrunken zu haben, schließlich auf und verabschiedeten sich distanziert.

Matthias, der in politischen Dingen vollkommen unbedarft war, machte sich in seinem Büchlein ein paar Notizen und beobachtete wieder das städtische Treiben. Gelegentlich schaute er auch quer über die Hauptstraße zum Wirtshaus Barthenbräu hinüber, wo auch auf den Außensitzplätzen ein ständiges Kommen und Gehen herrschte. Vielleicht traute er sich doch noch, sich in einer der Brauereien zu bewerben. Mehr wie schiefgehen konnte es doch nicht.

Ab und zu kam eine junge Magd aus der Eingangspforte des gegenüberliegenden Barthenbräu. Sie bediente die Gäste, die sich an den Tischen niedergelassen hatten. Ständig hatte sie ein Lächeln im Gesicht. Ein Pferdeschwanz bändigte ihre blonden, langen Haare, er baumelte lustig bei jedem Schritt. Wie alt mochte sie wohl sein? So alt wie er?

Irgendwann fiel der jungen Bedienung auf, dass Matthias auf der gegenüberliegenden Straßenseite auf dieser Bank saß. Auch einige Stunden später saß er immer noch da und schrieb ab und zu etwas in sein Büchlein. Da trafen sich ihre Blicke. Als Matthias schüchtern grüßte, erhob auch sie kurz die Hand zum Gruß, bevor sie wieder in den Gastraum verschwand. Von seinem Platz aus konnte er auf die Stirnseite der Häuserzeile, die die Hauptstraße trennte, sehen. Dort befand sich eine Weinschänke mit einem Schild über dem Eingang: »Weinhaus Hipper«. Jetzt verstand er. In der dunklen Hippergasse war das Lager und ein kleiner Laden. Aber das eigentliche Geschäft befand sich hier in zentraler Lage.

So saß er da, bis es Abend wurde und die Händler zusammenpackten und von dannen zogen. Die Sonne war hinter der Häuserzeile verschwunden. Als er Hunger bekam, setzte er sich an einen freien Tisch des Stieglbräu und bestellte sich ein einfaches Abendessen. Als er mit Essen fertig war, fragte er den stämmigen Herrn, der bestimmt der Stieglwirt selbst sein müsse, ob es in diesem Gasthaus auch eine Übernachtungsmöglichkeit gäbe. Er meinte, es sei heute nicht viel los und deshalb könne er ihm eine kleine Dachkammer zur Straße hinaus günstig anbieten. Matthias nahm an und bezog sein einfach eingerichtetes Quartier.

Der Handel - Wirtschaftsbeziehungen

Am Abend brach Matthias noch einmal auf. Und weil ihm nichts besseres einfiel, ging er wieder zum Lacherbräu. Er hoffte, er könne sich mit dem Wirt noch ein bisschen unterhalten. Er betrat die Gaststube und setzte sich an den selben Tisch, an dem sie gestern gesessen waren. Als der Wirt ihn sah, brachte er ihm gleich ein Bier.

»Servus. Ich nehme an, du hast Durst.«

»Seh ich so aus?«

»Schau dich doch an. Du bist schon ganz eingetrocknet.«

»Na dann bin ich ja froh, dass du das richtige Getränk für mich hast.«

»Darum bin ich Wirt geworden. Lass es dir schmecken.«

»Danke.«

Der Wirt entfernte sich und bediente die anderen Gäste. Er nahm Bestellungen auf und verschwand in der Küche. Dann kam er mit angerichteten Tellern wieder heraus und übergab sie der Bedienung. Zwischendurch zapfte er Bier, begrüßte nebenbei neue Gäste, kassierte andere Gäste ab. Matthias sah ihm zu, wie er in seinem Beruf aufging. Später kam der Wirt wieder an seinen Tisch und fragte: »Darf ich mich zu dir setzen? Ich brauch mal eine Pause.«

»Aber natürlich. Ich hab dich beobachtet. Du bist flott unterwegs.«

»Von nichts kommt nichts. Es freut mich, dass du wieder bei mir im Gasthaus bist.«

»Hier bin ich Mensch, hier darf ich es sein«, meinte Matthias.

»Ja, stimmt. In meinem Haus darf jeder unterkommen und sich wohlfühlen. Wie schauts aus? Magst wieder was Neues erfahren von unseren Scrobinhusener Berühmtheiten?«

»Ja, gern«, lächelte Matthias. »Darum bin ich ja da.«

»Also, lass dir erzählen von dem Herrn Oefele. Das war ein gescheiter Mann. Der hat, nachdem das Wasserproblem beseitig war, sogar vorgeschlagen, dass über Langenmosen eine Straße nach Neuburg gebaut werden soll. Und diese Straße soll finanziert werden durch einen Zoll, der in Langenmosen verlangt wird. Ist das nicht genial gewesen von dem alten Oefele!«

»Und warum soll es gut sein, wenn man von Neuburg nach Scrobinhusen rüberfahren kann?«, fragte Matthias den Wirt.

»Ja, weil die Neuburger dann zu uns kommen, um unsere Kleidung zu kaufen, die unsere Schneider herstellen.«

»Oder euer Bier trinken«, ergänzte Matthias.

»Oder die Schuhe vom Andreas kaufen«, fügte der Wirt hinzu. Für Matthias war das doch sehr interessant, solch revolutionäre Pläne über den Bau einer Straße durch das sumpfige Gebiet des Donaumooses zu hören.

»Handel treiben bringt Wohlstand«, führte der Wirt an. »Wir brauchen einen Aufschwung, nachdem es jahrelang bergab gegangen ist. Wenn du morgen mal beim Rathaus auf dem Schrannenplatz vorbeischaust, dann wirst du sehen, dass auf dem Platz Getreide gehandelt wird. Und das wird dann in mehreren Speicherorten in der Stadt und im Rathaus selbst gelagert. Es wird sogar bis nach München kutschiert und dafür Salz, Eisen und andere Handelswaren zu uns gebracht.«

»… und nach Sandlzell und Gutenberg«, warf Matthias ein. Der Wirt wollte ihn korrigieren, aber Matthias hielt ihn ab. »Lass, ich kanns mir eh nicht merken. Ich seh schon. Wir leben auf dem Land ohne genau zu wissen, was in der Stadt los ist. Du bist für die meisten Dinge des täglichen Lebens Selbstversorger. Aber was die Welt sonst noch so bietet, bekommt man gar nicht mit«, meinte Matthias.

»Jetzt trink aus, dein Bier ist schon lack geworden.«

»Prost, lasst uns anstoßen.« Die Bedienung brachte zwei frisch gezapfte Maß, es konnte weitergehen. »Scrobinhusen ist von Landwirtschaft und Handel geprägt. Die Stadt gehört zum Kurfürstentum Bayern und ist von großer Bedeutung für die Handelsbeziehungen zwischen Augsburg und Ingolstadt, weil wir genau dazwischen liegen.«

»Das hab ich bemerkt«, meinte Matthias.

»Am Gritscheneck wäre ich fast selbst dazwischen gelegen beziehungsweise von der Straße gedrängt worden.«

»Genau. Ich mag mir nicht vorstellen, wie das mit dem Verkehr noch so weitergehen kann. Manchmal kommt der Verkehrsfluss schon ins Stocken.« Die beiden Männer saßen kurz einfach nur da und ließen dieses Problem auf sich wirken. Dann nahm der Wirt das Gespräch wieder auf. »Ein weiterer Wirtschaftszweig des Umlandes ist auch Gemüse und Obst. Die Bauern müssen von etwas leben. Aber auch Viehzucht und Fischerei sind wichtige Einkommensquellen.«

»In unserem Dorf gibt es Bauern, die landwirtschaftliche Produkte bis nach Scrobinhusen transportieren. Aber selbst war ich noch nie bei so einem Transport dabei«, ergänzte Matthias.

»Ja, ich weiß. Das Schafehüten war dir bisher Lebensinhalt genug«, spöttelte der Lacherbräu.

»Nimm mich nur immer wieder auf den Arm. Ich bin eben ein Spätzünder oder wie man das nennt. In der Schule war ich aber. Das darfst du nicht vergessen. Ich kann lesen und schreiben!«, musste sich Matthias verteidigen.

»Was! Das allerdings ist eine seltene Gabe! Am Ende wirst du noch ein berühmter Philosoph!«, sagte der Wirt.

»Natürlich!«

»Aber vertragen wir uns wieder«, unterbrach ihn der Wirt, hob sein Glas und sagte: »Prost!«

»Prost!«

Sie putzten sich die schaumigen Oberlippen ab, und der Wirt fuhr fort, Scrobinhusen anzupreisen. »Wir sind auch bekannt für unsere Leinenproduktion. Nicht alle textilen Produkte werden in den Betrieben ausgeführt. Manche üben die Tätigkeiten je nach Möglichkeit auch in Heimarbeit aus. Jeder schaut halt, wie er zu seinem Einkommen kommt.«

»Ja klar. In Krisenzeiten wird doch sowieso alles teurer.«

»Verstehst du jetzt auch davon noch was.«

»Ich hab in der Schule aufgepasst. Mach mich doch nicht dauernd so schlecht.«

»Entschuldige.«

»Angenommen.«

»Du befindest dich im Übrigen in einem wichtigen religiösen und kulturellen Mittelpunkt der ganzen Gegend. Hast du die Kirchen und Kapellen beim Herwandern nicht gesehen? Die Stadtpfarrkirche St. Jakob und die vielen anderen Kapellen?«
»Ja, die Türme habe ich schon von Weitem gesehen. Die Kirche strebt schon nach Höherem. Im baulichen und im christlichen Sinn.«.
»Aber beim Herwandern von deinem Dorf hast du sicherlich auch die Kapelle auf dem Beinberg bei Gachenbach gesehen. Die steht auch seit mehr als zweihundert Jahren und wird mittlerweile immer mehr zu einer Pilgerstätte.«
»Da war sogar ich schon droben und habe eine Messe mitgefeiert«, sagte Matthias stolz.
»Respekt. Dann kannst du nur noch Glück im Leben haben. Aber wieder zurück zu Scrobinhusen. Auch Theateraufführungen finden da regelmäßig statt. Und bisweilen wird auch musiziert. Das wird dich doch bestimmt interessieren. Du musst dich halt mal erkundigen.«
»Aber nun trinken wir nochmal, das viele Reden macht durstig«, wollte Matthias den Redeschwall des Wirtes etwas ausbremsen.
»Stimmt, man bekommt echt eine trockene Kehle. Also Prosit.«
»Zum Wohle.«
»Matthias, ich muss weiterarbeiten, habe mich schon wieder verratscht. Andere Gäste wollen auch etwas von mir. Wir sehen uns.«
»Bis auf Weiteres.«

Die Bedienung mit dem Augenzucken hatte offenbar nur auf den Augenblick gewartet und blinzelte Matthias wieder zu. Also wenn sie das heute schon wieder machte, konnte es kein Zufall sein. Er blinzelte zurück, sie lächelte ihn an. Irritiert fragte er nach: »Kann ich dir helfen?«
»Nein, nein. Alles in Ordnung. Ich finde es nur so lustig.«
»Was denn?«
»Hat es dir noch niemand gesagt?«

»Du sprichst in Rätseln.«

»Na, dass du aussiehst wie der Johannes in der Stadtpfarrkirche.«

»Ich bin aber nicht der Johannes, sondern der Matthias.«

»Ja, das hab ich schon mitbekommen. Ich bin übrigens die Magdalena.«

»Angenehm. Also nochmal. Wem soll ich ähnlich schauen?«

»Vorne im Altarraum der Stadtpfarrkirche steht eine fast mannshohe Statue. Die sehe ich immer an, während der Pfarrer seine Predigt hält. Und die sieht dir total ähnlich. Die gerade gewachsene Nase, die Augen, der schmale Mund. Nur die braunen welligen Haare trägst du nicht ganz so lang. Hat dir das noch niemand gesagt?«

»Nein, Magdalena. Du bist die erste.«

»Dann überzeuge dich selbst.«

»Meinst du, ich sollte für Heiligenstatuen Modell stehen? Ich bin nämlich auf der Suche nach einem Beruf.«

»So hübsch bist du auch wieder nicht. Außerdem werden geschnitzte Heilige oft als alte, bärtige Männer dargestellt.«

»Dann ist das nichts für mich.«

»Das meine ich auch. Aber …", sie machte eine kleine Kunstpause, „es ist fast zehn Uhr und ich hab in fünf Minuten Feierabend. Willst du vielleicht auf mich warten und mich nach Hause begleiten?«

Matthias war verunsichert. Wie sollte er dieses Angebot deuten? Er zögerte. »Ich weiß nicht.«

Die kurze Pause reichte Magdalena. »Ich verstehe. Du hast ein Liebchen bei dir zu Hause, hab ich recht?«

Matthias nickte.

»Das ist doch schön. Dann komm gut nach Hause. Ich wünsche dir viel Glück. Gute Nacht.«

»Gute Nacht. Wir sehen uns sicher wieder.« Er stand auf, deutete eine Verneigung an und verließ die Gaststube.

»Also doch ein Heiliger«, murmelte die Bedienung in sich hinein und sah zu, dass sie die letzten Tische abkassierte.

Matthias musste sich nun beeilen, um nicht dem Nachtwächter in die Hände zu laufen. Kurz vor dem Glockenschlag kam er beim Stieglbräu an, ging hinein, stieg die Treppen hoch in seine Dachkammer und legte sich schlafen.

Das Waaghaus - Nicht alles im Lot

Sehr früh am Morgen wachte Matthias vom Stimmengewirr auf, das durch das offene Fenster schallte. Denn die Händler waren bei Sonnenaufgang bereits mit dem Aufbau und der Darbietung ihrer Waren zugange. Da half es nichts und er stand auf, wusch sich, bezahlte und verließ den Stieglbräu. Matthias hatte Hunger und wollte sich etwas Brot kaufen. Dazu brauchte er nur ein paar Meter laufen, schon stand er vor der Bäckerei Hackmeier. Da schritt ein Stadtbediensteter an ihm vorbei und betrat den Laden. Matthias folgte ihm.

»Bäcker Hackmeier, guten Morgen«, grüßte der Amtmann mit strenger Stimme den Meister hinter der Theke.

»Ja, der Lachner Joseph, ich grüße dich. Was führt dich zu mir? Hast du noch nicht gefrühstückt?«

»Nein. Ich bin dienstlich hier.«

»Dienstlich? Liegt eine Beschwerde vor?«

»Das kann man wohl sagen«, sagte der Amtmann und hob dabei die Augenbrauen. »Deine Brote haben nicht das nötige Gewicht.«

»Was? Das kann nicht sein«, entgegnete der Bäckermeister.

»Doch. Wir haben Beweise. Wir haben immer mal wieder einen Testkauf bei dir gemacht, nachdem jemand Verdacht geschöpft hat. Du weißt genau, dass ein Brot ein Pfund und sieben Lot haben muss. Und die Brote, die wir bei dir gekauft haben, waren jedes Mal um ein paar Lot leichter.«

»Das glaube ich nicht«, empörte sich der Bäcker.

»Wir haben alles unter Zeugen nachgewogen und dokumentiert. Komm mit ins Waaghaus und überzeuge dich selbst. Ich zeige dir unsere Aufzeichnungen.«

»Ihr seid doch verrückt!« schrie der Beschuldigte.

»Willst du eine Beleidigungsklage auch noch bekommen? Also reiß dich zusammen.«

Der Bäckermeister sah ein, dass er jetzt besser schweigen sollte, band seine Schürze ab und rief seiner Frau, sie solle den Laden führen, bis er wieder komme. Dann folgte er dem Beamten hinaus auf die Straße, zusammen schritten sie über den Rathausplatz rechts um das Rathaus herum. Matthias war so neugierig, dass er den beiden hinterherging. Sie schritten durch das mächtige Tor des Waaghauses und waren verschwunden. In diesem Moment sah er den Zunftmeister aus der Alten Schulgasse kommen. Der begann seinen Dienst heute wohl etwas später. Als der Matthias auf ihn zulaufen sah, versuchte er so zu tun, als hätte er ihn nicht gesehen. Aber da stand Matthias schon vor ihm. »Grüß Gott, Herr Adelmann, guten Morgen.«

»Ich grüße dich. Matthias war dein Name, richtig?«

»Ja genau. Darf ich Sie etwas fragen?«

»Ich bin spät dran. Mein Dienst hat eigentlich schon begonnen.« Dabei versuchte er auf die Kirchturmuhr zu blicken. Aber der Winkel war zu ungünstig, um die Uhrzeit abzulesen.

»Ich habe soeben den Bäckermeister Hackmeier beobachtet, wie er von einem Angestellten des Waaghauses, ich glaube er hieß Lachner, abgeholt wurde. Wissen Sie, was es damit auf sich hat?«

»Zu diesem Fall weiß ich nicht Bescheid. Und wenn ich Bescheid wüsste, würde ich dir sicherlich nichts sagen.«

Matthias ließ nicht locker: »Er wird beschuldigt, seine Brote hätten nicht das vorgeschriebenen Gewicht gehabt.«

»Tja, das kommt leider immer wieder vor. Wenn die zwölf Bäcker in unserem Städtchen täglich für uns 1850 Bürger und die Übernachtungsgäste Backwaren backen, dann macht das schon was aus, wenn du ein paar Lot weniger pro Brot verarbeitest.«

»Wie viel Lot ist denn ein Pfund?«

»Wo bist denn du zur Schule gegangen? Hast du geschwänzt, als die Gewichte durchgenommen wurden?«

»Verzeiht, aber meine Mutter hat zuhause das Brot selbst gebacken. Da brauchten wir so kleine Maßeinheiten nicht.«

»Du bist ein Quälgeist! 32 Lot sind ein Pfund. Das ist doch ganz einfach.«

»Das wusste ich nicht. Was kann denn ich dafür, dass man in Scrobinhusen diese Maßeinheit benutzt.«

»In Scrobinhusen? Hör zu!« Die Stimme des Zunftmeisters überschlug sich nun voller Ärger. »In ganz Deutschland und in Österreich und der Schweiz benutzt man seit mehreren hundert Jahren diese Gewichtseinteilung.«

»Dann hab ich jetzt wieder etwas dazugelernt. Verzeiht«, sagte Matthias unterwürfig. Und nach einer kurzen Denkpause sprach er weiter: »Das heißt, wenn der Herr vom Waaghaus dem Bäcker vorwirft, dass sein Brot um sieben Lot zu wenig wiegt, dann sind das etwas mehr als zwanzig Prozent von einem Pfund.«

»Das ist richtig«, antwortete Adelmann erstaunt. »So dumm bist du also doch nicht.«

»Und was könnte jetzt mit dem Bäcker passieren?«

»Das wird wahrscheinlich in einem Prozess festgelegt werden. Ich hab jedenfalls gehört, wenn ich mich recht erinnere, dass vor ungefähr 150 Jahren einmal ein Scrobenhusener Bäcker dafür ins Gefängnis kam und zweitausend Ziegelsteine als Strafe für städtische Bauvorhaben bezahlen musste.«

»Das kann dem Herrn Hackmeier nun auch blühen?«

»Es kommt darauf an, wie lange sie ihn im Waaghaus schon beobachten. Vielleicht waren sie in den letzten Wochen noch gnädig, weil die Zeiten schlecht waren aufgrund unserer ungeliebten Belagerer in der Stadt. Möglicherweise hatten sie nichts unternommen, weil es wirklich kein leichtes Leben war. Aber offenbar hat er nach dem Abzug der Truppen weiterhin falsche Gewichte benutzt.«

»Und was ist sonst noch im Waaghaus? Das ist ja ein stattliches Gebäude«, wollte Matthias wissen.

»Das ist jetzt wirklich die letzte Frage. Wegen dir muss ich jetzt schon die Mittagspause durcharbeiten, um die verlorene Zeit wieder aufzuholen. Alle möglichen Gewichte und Maßeinheiten sind hier vorrätig. Da kannst du in der Maßeinheit einer Elle alles Mögliche abmessen lassen, wenn es genau gehen muss. Oder wenn zum Beispiel ein Klafter Holz gekauft wird, können die Amtmänner im Waaghaus gerufen werden, wenn sich Käufer und Verkäufer nicht einig werden können.«

»Darum ergibt es ja Sinn, dass das Waaghaus direkt am Schrannenplatz steht, wo der meiste Handel getrieben wird.«

»Eben. Du kannst sogar Gold und Silber wiegen lassen, solltest du jemals welches besitzen.«

»Das könnte sich noch hinziehen, da haben Sie recht, Herr Adelmann.«

»Und ganz oben wohnt der Vorsteher des Waaghauses, wenn du das auch noch wissen willst«, schloss der Zunftmeister erschöpft das Thema ab.

»Vielen, vielen Dank. Sie haben mich umfassend informiert.« Matthias verbeugte sich tief. Und als er sein Haupt wieder hob, war Herr Adelmann bereits verschwunden ohne sich zu verabschieden.

Der Fuhrmann - Informationstransport

Matthias kaufte sich nun auf dem Markt ein frisches Brot und eine Scheibe Geselchtes. Hinterher setzte er sich an den unteren Stadtbrunnen, der vor dem Oefelebräu zwischen den beiden Fahrwegen der Hauptstraße stand und aß mit Genuss seine erworbenen Sachen. Seinen Durst löschte er, so hatte er es von den anderen Leuten abgeschaut, vom herausfließenden Wasser des Brunnens.

Es war wirklich interessant, dachte er, was so alles los ist in Scrobinhusen. Alles war immer in Bewegung. Kutschen fuhren vor ihm vorbei, Fuhrwerke mit Waren hinter ihm. Alle mussten ständig ein Auge auf die Umgebung haben, sonst riskierte man einen Zusammenstoß. Wie viele Bürger wohnten in der Stadt?, fragte er sich nochmal. Genau, 1850 Menschen. Das musste tatsächlich eine gewisse Struktur haben, sonst funktioniert das nicht, wurde ihm klar.

Da donnerte ein schweres Fuhrwerk auf dem Kopfsteinpflaster an ihm vorbei. Ein wohlgenährter Passant mittleren Alters grüßte den Fuhrmann überschwänglich. Offenbar kannten sie sich. Dieser gab seinen Rössern den Befehl zum Anhalten und wendete sich dem Bekannten zu.

»Na, Brücklmeier, wie läuft das Geschäft«, fragte der Scrobinhusener den Kutscher, dessen Wagen mit Stoffen beladen war.

Er antwortete: »Ja mei, Hassberger. Du kannst es dir ja denken. In den letzten Wochen, als überall diese fremden Soldaten rumlungerten, fühlte man sich auf den Straßen ja nicht ganz wohl. Ab jetzt wird es hoffentlich wieder besser. Sonst hätt ich den Fuhrmannsberuf an den Nagel gehängt. Da war man sich seines Lebens ja nicht mehr sicher.«

»Jetzt übertreib nicht so. Du lässt dir doch von ein paar vagabundierenden österreichischen Kerlen die Schneid nicht abkaufen.«

»Nein, natürlich nicht. Aber man muss halt auf der Hut sein auf der Reise. Ob bei Peutenhausen oder vor Pobenhausen, es geht immer wieder durch den Wald. Ich darf keine Ladung verlieren oder mir mutwillig beschädigen lassen. Da bin ich ruckzuck ruiniert.«

»Du schaffst das schon. Die Zeiten werden wieder besser, du wirst sehen. Was gibt's Neues in der Textilbranche?«

»Neuerdings gibt es in den Augsburger Textilfabriken eine Technik, mit der man die Stoffbahnen mit ganz tollen Mustern bedrucken kann. Du wirst sehen, das wird die Modebranche über Jahrhunderte hinaus revolutionieren.«

»Meinst du? Das Bedrucken ist doch sicherlich aufwendig.«

»Nein, überleg mal. Das Weben von Mustern ist da viel aufwendiger als das Bedrucken von einfarbigen Stoffen. Das hat mir einer erzählt, der vom Fach ist.«

»Wenn das meine Frau erfährt, bin ich schlagartig ruiniert«, lachte dieser Herr Hassberger. »Die will dann sofort auch so etwas haben.«

»Das ist das Schicksal von uns Ehemännern, Hassberger. Außerdem hast den schlauesten Beruf von allen Scrobinhusenern, du als Stadttürmer«, meinte Fuhrmann Brücklmeier.

»Jetzt lass nur keinen Neid aufkommen. Ich muss schon pflichtbewusst meinen Dienst tun. Das ist ein Vollzeitberuf. Ich hab oft noch zu tun, da hast du bereits deine Rösser versorgt und hockst bei deinem ersten Bier«, entgegnete der Hassberger.

»Gleich hab ich Mitleid, du Sprücheklopfer.«

»Und den Fuggern und den Welsern, wie geht es denn den Reichen und Schönen von Augsburg? Du weißt ja, sie haben Niederlassungen in Scrobinhusen. Da wäre es schon interessant zu wissen, wie die Geschäfte laufen«, fragte dieser Türmer von Scrobinhusen erneut den mit dem Weltgeschehen offenbar gut vertrauten Kutscher.

»Soweit ich das sehe, gehen sie zwar nicht Bankrott, aber seit ihre Besitztümer seit dem Dreißigjährigen Krieg so gelitten hatten, kommen sie nicht mehr richtig in die Höhe. Das ist jetzt schon hundert Jahre her, aber selbst die Fugger müssen sehen, wie sie durch diese schweren Zeiten kommen.«

»Was, du glaubst, selbst die Fugger und Welser haben kein Geld mehr? Das glaub ich nicht.«

»Doch, überleg doch. Der Reichtum der Fugger ist auch abhängig von den Bürgern der Stadt. Und weil sich tausende von Soldaten vor zwanzig Jahren wegen dem Spanischen Erbfolgekrieg in Augsburg wegen dem Erzherzog Max Emanuel breitgemacht hatten, ist die Stadt immer noch finanziell schwer angeschlagen.«

Der Scrobinhusener Bürger meinte: »Da geht es uns nicht anders. Unser Stadtsäckel ist auch leer, weil man jahrelang diese lästigen fremden Truppen erdulden musste. Wenn Sie unsere Feinde gewesen wären, würde ich es verstehen. Aber sie waren ja unsere Verbündeten in diesem Konflikt. Trotzdem ist es mit ihnen nur schwer auszuhalten gewesen.«

Matthias hörte aufmerksam zu und verstand immer noch nicht, was ein Erbfolgekrieg ist und was das mit Scrobinhusen zu tun haben soll.

»Da hast du recht. Aber nun sind wir unsere ungeliebten Bewohner, diese französischen Uniformierten seit ein paar Tagen auch wieder los. Die hatten wochenlang das Franziskanerkloster belagert.«

Darauf antwortete der Hassberger: »Seit ein paar Tagen lässt es sich wieder in Ruhe leben. Man muss nun nicht mehr Angst haben, belästigt und angepöbelt zu werden.«

»Ja, wir können echt froh sein.«

»Es war für jeden von uns, ob Mann oder Frau, ein mulmiges Gefühl, sich immer wieder bewusst zu machen, dass da draußen vor den Toren ein paar hundert verwilderte Kerle hausten, die unberechenbar waren.«

»Aber nun sind sie wieder weg und kommen hoffentlich nicht wieder. Der österreichische Erbfolgekrieg muss ja irgendwann vorbei sein.«

»Unsere Franziskanerbrüder und auch die Äbtissin und ihre Schwestern, die nach Kühbach und nach Augsburg geflüchtet waren, konnten vor ein paar Tagen endlich wieder aus ihrem Exil zurückkehren. Und jetzt heißt es Aufräumen im Kloster. Die ungeliebten Bewohner sind nicht zimperlich mit der Einrichtung umgegangen.«

»Es ist eine Schande. Aber im Gegensatz zu dir muss ich jetzt weiter meiner Arbeit nachgehen. Ich fahr nach Regensburg und versuche die Ware an die Frau vom Fürst von Thurn und Taxis zu verkaufen. Die ist immer höchst interessiert an der neuesten Mode, auch wenn sie dadurch manchmal etwas verrückt daherkommt. Aber wenn die es trägt, wollen es die anderen auch haben.«

»Ich hab es ja immer schon gewusst, du verstehst was vom Geschäft.«

»Sonst hätt ich es nicht so weit gebracht«, antwortete der Brücklmeier lauthals lachend.

Matthias staunte. Es ging auf der Straße offensichtlich gerade um Dinge, die derzeit die Welt der Textilien verändern werden. Auch wenn nur ein paar Kilometer zwischen seinem Dorf und Scrobinhusen lagen, in der Stadt ist man immer ein paar Jahre voraus. Sein Vater und der Nachbarsbauer unterhielten sich möglicherweise gerade, wie hoch das Korn steht und wie sehr in den Wäldern der Tierverbiss die jungen Triebe absterben lässt. Diesen Gesprächsthemen darf man keinen geringeren Wert beimessen, ermahnte sich Matthias.

»Apropos Österreichische Erbfolge. Weißt du, was man sich über den übergangenen Erben und warum es diese Erbfolgeprobleme überhaupt gibt, in der Großstadt erzählt«, fragte der Scrobinhusener nach.

Fuhrmann Brücklmeier meinte: »Angeblich geht es dem betrogenen Monarchen gesundheitlich sehr schlecht.«

Darauf meinte der Scrobinhusener: »Das könnte natürlich bedeuten, dass sich das Problem in einigen Wochen von alleine löst ...«

»Stimmt. Wenn er sterben sollte, dann hätte es diese Kriegsgeschehnisse alle nicht gebraucht. Mal sehen, was die Zeit bringt. Jetzt muss ich aber los. Also bis zum nächsten Mal.«

»Ja, genau. Und demnächst müssen wir mal wieder einen Humpen Bier miteinander trinken und das Thema vertiefen. Behüt dich Gott.«

»Dich auch. Pass auf dich auf.«

Dann schnalzte der Kutscher mit seiner Peitsche, klatschte die

Zügel auf den Rücken der Pferde und sein Fuhrwerk setzte sich in Bewegung.

Wie war das, fragte sich Matthias. Er wusste zu wenig von diesen Kriegen. Vorhin sprachen sie noch vom Spanischen Erbfolgekrieg und jetzt vom Österreichischen Erbfolgekrieg. Hatte denn die Menschheit nichts anderes zu tun, als sich wegen Erbgeschichten in die Haare zu kriegen?

Der Türmer - Das höchste Amt der Stadt

Was hatte Matthias da aufgeschnappt. Es gab hier einen Türmer? Und der hatte es leicht, hatte der Fuhrmann gespöttelt. Wäre das womöglich etwas für ihn. Dieser Herr Hassberger sah vertrauenerweckend aus. Der würde es sicherlich nicht übel nehmen, wenn er ihn fragen würde, wie der Beruf des Türmers aussieht. Vielleicht bräuchte er auch einen Assistenten. außerdem wäre man den Sternen etwas näher und könnte nebenbei etwas Astronomie betreiben. Matthias überlegte nicht lange, stand vom Brunnen auf und überquerte die Straße, um ihn anzusprechen.

»Bitte entschuldigen Sie, Herr Hassberger. Mein Name ist Matthias Kronleichter, ich habe zufällig bei eurem Gespräch zugehört. Darf ich Sie etwas fragen?«

Der Angesprochene war kurz irritiert, antwortete aber: »Ja natürlich. Worum geht es?«

»Sie sind der Türmer, habe ich mitbekommen. Dürfte ich fragen, was ihre Aufgabe ist?«

»Ich habe die wichtige Aufgabe, nach Feuersgefahr Ausschau zu halten. Stell dir vor, einer unserer Bürger ist nicht zu Hause und irgendetwas glimmt in der Wohnung weiter und fängt zu brennen an. Dann bin ich möglicherweise der erste, der eine Rauchfahne entdeckt.«

»Und Sie müssen dann hin, um zu löschen?«

»Nein, wo denkst du hin. Ich hole meine Trompete heraus und schmettere eine Fanfare.«

»Aber wie erkennen Sie denn eine Rauchfahne? Die Häuser stehen doch so eng zusammen, da wird der Blick in die Höhe meist sehr erschwert.«

»Darum bin ich doch in schwindelnder Höhe, um alles zu überblicken.«

»Und wo ist das? Es gibt doch hier keine hohen Türme.«

»Mein Arbeitsplatz ist die Turmstube im Kirchturm der Frauenkirche.«

»Das ist ja unglaublich! Und dort wohnen Sie auch?«

»Natürlich. Da kann ich auch am Abend meiner Arbeit nachgehen. Und meine Frau kann genauso Ausschau halten. Vier Augen sehen mehr als zwei.«

»Aber so oft brennt es doch wohl nicht in der Stadt. Da haben Sie ja nicht oft Ihre Trompete erschallen zu lassen.«

»Hast du eine Ahnung. Ich muss bei jeder Hochzeit ein Ständchen blasen. Das wird dann von den Brautleuten extra entlohnt.«

»Wie viel muss man da denn zahlen?«

»Willst du etwa bald heiraten?« Der Herr Hassberger witterte zusätzliche Einnahmen.

»Nein, ich hab ja nicht einmal eine Braut. Aber vielleicht kann ich mir Sie gar nicht leisten im Falle einer Vermählung.«

»Ein wenig musst du schon in die Tasche greifen. Ich bekomme eine Suppe mit Fleisch darin, einen Liter guten Wein und etwas Weißbrot. Das hat der Bürgermeister vor vielen Jahren so angeordnet. Aber das ist nicht alles«, holte der Türmer noch einmal aus. »Die ganzen Jahre über, als die Kriege das Land überzogen, hatte ich immer Ausschau zu halten, ob sich der Feind näherte. Das war vielleicht anstrengend. Kommt er von Augsburg, von Pöttmes oder von Neuburg durch das Donaumoos. Oder vielleicht von Ingolstadt oder aus der Münchner Richtung. Sind es nur schwere Fuhrwerke, die viel Staub aufwirbeln oder eine berittene Horde von Söldnern. Ich sage dir, die Anstrengung macht einen fertig.«

»Das kann ich mir vorstellen. Das ist ja fast so nervenaufreibend wie mein bisheriger Beruf.«

»Was warst du denn bisher?«

»Ich war auch in der Überwachung tätig.«

»Ach, ein Kollege.«

»So ähnlich. Meine Aufgaben waren vielfältiger Natur.«

»Auch Feuerschutz und Feindabwehr?«

»Nicht ganz. Ich sag nur: Flucht und Entführung.«

»Ich bin beeindruckt.«

Matthias musste nun schnell das Thema wechseln, bevor er aufflog. »Darf ich Ihren Arbeitsplatz einmal sehen?«

»Aber gerne. Berufskollegen weihe ich gerne in meine Arbeit ein. Komm mit.«

Sie gingen die Hauptstraße entlang bis zur Frauenkirche. Matthias blickte auf die Fassade und lies seinen Blick auf den Kirchturm schweifen. »Ich muss schon sagen. Das ist ein besonderes Gebäude, in dem Sie hier wohnen.«

»Die hat der Ulrich Peißer 1416 gestiftet.«

»Hat der auch zu viel Geld gehabt?«

»Manche Scrobinhusener Bürger waren schon wirklich wohlhabend.«

»Hoffentlich haben sie alles ehrlich verdient.«

»Das darfst du nicht hinterfragen. So ähnlich verhält es sich auch mit dem Heilig-Geist-Spital gleich links um die Ecke. Das hat der Hans Götz gestiftet.«

»Ist in Ordnung. Freuen wir uns einfach, dass es diese Gebäude gibt.« Über einen Nebeneingang betraten sie den Turm und so ging es mehrere Stockwerke die Treppenstufen hinauf, bis es immer enger wurde und sie schließlich im Turmzimmer ankamen. Es war ein überraschend großer Raum. Darin befand sich ein Herd, eine Kommode und ein Schrank. Daneben stand ein breites Bett. Matthias brauchte etwas Fantasie, um sich vorzustellen, wie man dort zu zweit leben und wohnen könne. »Interessant«, begann Matthias das Gespräch wieder. »Und wie hoch ist Euer Lohn, wenn ich fragen darf?«

»52 Gulden bekomm ich von der Stadt. Pro Woche ein Gulden. Und ich darf mietfrei wohnen. Das ist doch was.«

»Eben. Und die Hochzeiten dazu.«

»Und das neue Jahr anblasen nicht zu vergessen.«

»Heilige Feiertage?«

»Natürlich. Trotzdem bin ich unermesslichen Strapazen ausgesetzt.«

»Bitte erzählt.«

»Stell dir vor, bei jedem Gewitter schlägt der Blitz mehrmals in meinen Turm ein. Es ist einfach das höchste Gebäude hier. Na gut. Nicht ganz. Die Kirchturmspitze der Jakobskirche ist höher und bekommt auch etwas ab. Aber wenn es knallt, dann kannst du dir nur noch die Ohren zuhalten. Das ist kein Spaß.«

»Da haben Sie sicher recht. Da werden Sie bestimmt etwas vermissen, wenn Sie in Ruhestand gehen.«

»Mag sein. Ich werde mir Schießpulver besorgen und ab und zu ein paar Gramm hochgehen lassen.« Herr Hassberger überlegte einen Moment: »Nein, ein paar Gramm werden gar nicht reichen. Ich muss ganze Fässer zur Explosion bringen.«

»Sagen Sie, Herr Hassberger, haben Sie Kinder?«

»Ja, einen Sohn. Warum?«

»Ich dachte nur. Stellen Sie sich vor, Ihr Sohn zieht es vor, sich auch in luftiger Höhe aufzuhalten. Und wenn Sie ihm auch noch Ihr Knalltrauma weitervererbt haben. Was wird Ihr Sohn einmal für einen Beruf ergreifen?« Herr Hassberger zuckte nur nachdenklich mit den Schultern.

»Jedenfalls bedanke ich mich für Ihre Freundlichkeit, mir umfassend Auskunft zu erteilen.«

»Gerne. Für einen Kollegen mache ich das doch gerne.«

»Dann verabschiede ich mich. Auf Wiedersehen. Ich finde allein hinaus. Oder sagt man bei Ihnen hinunter?«

Der Kaminkehrer - Helden der Lüfte

Matthias machte sich auf, um sich nach einer weiteren Ausbildungsstelle umzusehen. Er brauchte gar nicht weit zu gehen, da bog er einem inneren Gefühl folgend, rechts in die letzte Gasse vor dem Unteren Tor ein und sah mehrere Zunftwappen der Kaminkehrergilde an den Häuserfronten hängen. Ein schwarz gekleideter Mann wusch sich gerade sein rußiges Gesicht. Offenbar kam er gerade von einer Kehrarbeit. Matthias überlegte nicht lange und sprach ihn einfach an: »Entschuldigung, ich bin Matthias Kronleichter und suche nach einer Ausbildung in einem Handwerksberuf. Seid Ihr ein Kaminkehrermeister?«

»Ja, wonach sieht es denn aus? Freilich bin ich Meister. Ich bin der Kaminkehrer Schindler Karl. Aber warum kommst du da ausgerechnet zu mir?«

»Weil ich gestern beim Zunftmeister Adelmann im Rathaus war und der mir Euren Beruf vorgeschlagen hat. Vielleicht würde mich der Beruf des Kaminkehrers interessieren. Kann man den bei Ihnen erlernen?«

»Das kommt darauf an, wie du dich anstellst.« Kurze Musterung, ob er gerade einen Gesellen brauchen konnte, dann versuchte er, ihm den Beruf zu beschreiben. »Also hör zu. Die Kaminkehrer haben sich seit Jahrhunderten in dieser Gasse niedergelassen. So ist man unter sich und kann sich auch mal gegenseitig aushelfen.«

»Als Helfer würde ich mich gerne anbieten.«

»Kaminkehrer ist ein sehr lukrativer Beruf«, fuhr der schwarze Mann fort, »denn jeder braucht irgendwann unsere Dienste«.

»Das klingt gut. Wie viel verdient man denn da?«, wollte Matthias gleich wissen.

Aber der Kaminkehrer antwortete mit ausweichender Aussage: «Du musst jedenfalls niemals Hunger leiden, denn beim Begutachten von Rauchfängen, ob privat oder gewerblich, kommst du an so manchen geselchten Schinken vorbei.« Dabei zwinkerte er schelmisch. Da Matthias immer noch der Schrecken mit der rennenden Sau in den Gliedern steckte, er sich aber gerade deshalb ein portioniertes Schwein in geräucherter Form am besten vorstellen konnte, fand er den Gedanken durchaus interessant. »Außerdem gibt es wegen der Brandgefahr in Städten bereits seit Jahrhunderten die gesetzliche Pflicht eines jeden Hausbesitzers, seinen Kamin regelmäßig kehren und überprüfen zu lassen.«

Beim Wort Gesetz zuckte Matthias leicht zusammen. »So etwas hab ich mir schon gedacht. In der Stadt gibt es für alles Gesetze. Soviel hab ich schon gelernt.«

»Und seit vor einigen Jahren in unserer Gegend eine Art Gebietsschutz eingeführt wurde, darf auch kein anderer Kaminkehrer an deine Kunden herantreten. Du siehst, mit der Bürokratie sind wir im 18. Jahrhundert ganz weit vorne.«

Matthias erinnerte sich an den gestrigen Vortrag des Zunftmeisters im Rathaus, der ihm auch schon klarmachen wollte, dass man nicht einfach so ein Gewerbe ausüben dürfe.

»Wenn du willst«, meinte der Kaminkehrer, »kannst du gleich einmal mitgehen und mich beim Schornsteinfegen begleiten. Der nächste Kunde ist nämlich in unmittelbarer Nähe. Da kann ich ja sehen, ob du zum Gesellen taugst«. Matthias war überrascht, dass er gleich mit anpacken sollte. In diesem Moment konnte er keinen Rückzieher mehr machen, er folgte dem Kaminkehrermeister. Dieser ging tatsächlich nur bis an den Anfang der Kaminkehrergasse, genau dort, wo sie in die Hauptstraße einmündete.

»Da sind wir auch schon. Schau her, da steht es: Das ist das Neugschwendtnerhaus«, sagte der Meister.

»Und hier müssen wir jetzt kehren?« Matthias inspizierte das Haus von der Giebelseite aus kurzerhand, um sich einen Eindruck von der Höhe des Hauses und des Kamins zu verschaffen. »Pass auf, was ich dir jetzt sag«, fing der Meister an zu erklären. »Damit du verstehst, mit wem wir es zu tun haben, erzähl ich dir etwas vom ehemaligen Besitzer dieses Hauses. Der war ein bedeutender Mensch für Scrobinhusen. Quasi ein Held.«

»Deswegen ist der Auftrag auch so wichtig, oder?«, fragte Matthias.

»Genau. Der Neugschwendtner Martin war ein ganz besonderer Bürger von Scrobinhusen«, begann er zu erzählen. »Die Stadt hatte 1704 ein großes Problem gehabt. Es zogen nämlich ungefähr 80 englische Soldaten, die im Spanischen Erbfolgekrieg im Lande waren, von Friedberg heran und drängten darauf, in Scrobinhusen Einlass zu bekommen. Hast du davon schon mal gehört?«

»Herr Kaminkehrer, bei allem Respekt. Andauernd wird von nichts anderem gesprochen.«

»Ja, weil es wirklich brenzlig war. Jedenfalls wurden die Soldaten bemerkt und so hatte man noch die Stadttore schließen können.«

»Hat der Türmer die Männer entdeckt?«

»Richtig. Woher weißt du das?«

»Ich hab ihn schon kennengelernt. Das ist das Gute an dieser Stadt, dass es die Stadtmauer und die beiden Tore hat. Das hab ich schon verstanden.«

»Ja, genau. Die Engländer wollten aber nicht aufgeben und hatten Verstärkung angefordert. So kamen immer mehr, schließlich an die 300. Irgendwann hilft auch keine Mauer und kein Tor mehr.«

»Das kann ich mir vorstellen. Was passierte dann?«

»Der Seilermeister Martin Neugschwendtner, ein besonders mutiger Bürger, ist an den Wachen vorbei hinausgeschlichen, die ganzen vierzig Kilometer an den feindlichen Reihen vorbei bis nach Friedberg gelaufen, wo sich die englischen Kriegsherren befanden. Unter anderem der General von Marlborough.«

»Ein General? An den hat er sich herangetraut?«

»Und nicht nur das. Dort erbat er einen Schutzbrief für Scrobinhusen unter Bezahlung eines Betrages von 5000 Gulden. Und stell dir vor, dieser Schutzbrief wurde ihm tatsächlich gewährt. Daraufhin haben sie uns verschont und uns blieb viel Ärger erspart. Die 5000 Gulden sind zwar ein Vermögen gewesen, aber unsere Stadt blieb heil. Und das ist doch viel mehr wert.«

»Diese Summe ist für mich unvorstellbar, wo ich doch in meinem Leben noch kein eigenes Geld verdient hab.«

»Das ist für viele ein unvorstellbarer Betrag. Aber uns blieb nichts anderes übrig. Die Nachbarstadt Aichach zum Beispiel haben sie ganz schön in Schutt und Asche gelegt.«

Matthias hatte eine Idee:»An dieser Stelle sollte man ein Schild am Haus anbringen. Denn ein jeder, der da vorbeizieht, muss unbedingt erfahren, was es mit diesem Gebäude auf sich hat. Wie wäre es mit:

1704

In diesem Haus wirkte
und starb der Ratsherr
Martin Neugschwendtner
Seiler seines Handwerks.

1679 - 1708
Scrobinhusen befreite
er durch Schneid anno 1704
aus großen Kriegsnöten
Ehre seinem Namen!

Stadt Scrobinhusen

Was meinen Sie, Herr Kaminkehrer?«

»Klingt nicht uninteressant. Ich werde darüber nachdenken und es dem Stadtrat mal vorschlagen.« Matthias nahm sein Büchlein heraus und notierte den ihm soeben in den Sinn gekommenen Text. Aber die Umsetzung sollte noch viele Jahre dauern.

»Die durch die Stadtmauer geschützten Städter sind fein raus gewesen«, führte Kaminkehrermeister Schindler weiter aus. »Aber die Vorstädter, die keinen Stadtgraben und keine hohe Stadtmauer hatten, waren den englischen und schwedischen Truppen schutzlos ausgesetzt gewesen.«

»Da würde ich lieber in meinem Heimatdorf hinter Gerolsbach wohnen. Da fühl ich mich am sichersten.«

»Wenn du die Wahl aber nicht hast, was machst du dann? Es war immer schon das Problem der Vorstadtbewohner. Denn vor hundert Jahren, als der Dreißigjährige Krieg auch in dieser Gegend tobte, wurde die Vorstadt von den Schweden in Schutt und Asche gelegt. Aus Wut, weil die Stadttore verschlossen wurden und die Stadt uneinnehmbar war. Das könnt ihr euch auf dem Land nicht vorstellen. Ihr habt seit jeher im Schutze der Abgeschiedenheit gelebt. Aber ihr könnt auch nicht immer darauf bauen, dass euch keiner da draußen behelligt. Wenn ihr mal Pech habt, dann ist von eurem Dorf auch nicht mehr viel übrig.«

»Es sind gefährliche Zeiten, das merke ich schon.«

»Und gerade jetzt waren wir der nächsten unmittelbaren Bedrohung ausgesetzt.«

»Ja, das hab ich schon gehört. Bis vor kurzem saßen die Franzosen im Franziskanerkloster vor den Toren der Stadt, man musste ständig Angst haben, dass denen irgendein Blödsinn einfällt und sie Unfug treiben.«

»Und das Schlimme ist, dass sie zwar nicht unsere Feinde waren, sondern angeblich unsere Verbündeten. Aber manchmal musste man echt daran zweifeln. Das ist auch der Grund, warum immer noch abends die Tore geschlossen und erst am Morgen wieder geöffnet werden.«

»Ich weiß. Wenn du da zu spät ankommst, musst du beim Wirt von der Vorstadtbrauerei vorstellig werden und um ein Nachtquartier bitten.«

»Aber jetzt fangen wir endlich mit der Arbeit an«, erinnerte sich der Meister an seinen Auftrag.

»Ich geh schon mal durchs Haus und sehe nach, dass auch wirklich kein Ofen brennt. Das wäre nicht gut, weil dann der Rauch von uns mit unserer Bürste vom Kaminschacht in die Zimmer gedrückt werden würde. Du gehst derweil auf das Dach und wartest, bis ich komme. Bist du überhaupt schwindelfrei?«

Matthias entgegnete: »Als Kind bin ich immer mal wieder auf Bäume geklettert und hab die Wolken betrachtet. Das hat mir nie etwas ausgemacht.«

»Dann kann ja nichts schiefgehen.«

»Ich werde Sie nicht enttäuschen.« So ging Matthias die Stufen des Treppenhauses hinauf, bis er unter dem Dachstuhl stand. Dann suchte er die dafür vorgesehene Luke, durch die er auf das Dach klettern konnte. Als er sie entdeckt hatte, zwängte er sich durch den engen Spalt und zog sich hoch, bis er den Kamin erreichte. Er sah in das schwarze, rußige Kaminloch, konnte aber nichts entdecken und wartete, bis der Meister auftauchen würde. Plötzlich erschrak er. Denn ein Storch mit einem Frosch im Schnabel sauste knapp über seinem Kopf hinweg. Reflexartig wollte er sich am Kamin festhalten, aber einer der Klinkersteine gab nach und fiel in den Kaminschacht. Sofort konnte er einen dumpfen Knall hören und unmittelbar darauf den Aufschrei des Kaminkehrermeisters.

Der hatte nämlich gerade das unterste Kamintürchen geöffnet, um nachzusehen, ob sich eventuell etwas im Kaminschacht befände, was vielleicht ein Vogel hineingeworfen hatte und brennbar war oder den Luftzug des Kamins beeinträchtigen könnte. Just in diesem Moment fiel ihm der von Matthias gelöste Ziegelstein auf den Kopf. »Auuuuaa! Was machst du denn da oben, du dummer Stift?«, schrie er. »Du bist doch unfähig! Schau, dass du runterkommst, bevor du noch mehr Schaden anrichtest!«

»Es tut mir leid, ich bin erschrocken, weil ein Storch mich fast vom Dach geschubst hätte!«, schrie Matthias in den Kaminschacht. Aber es half nichts.

Der Meister zeterte weiter: »Da erzählt man einem dahergelaufenen Stift stundenlang die halbe Weltgeschichte, und dann stellt er sich so dumm an. Am besten schleichst du dich gleich. Ich will dich nicht mehr sehen!«

Matthias wollte noch etwas zu seiner Verteidigung rufen, aber der Meister fluchte immer weiter. Deshalb dachte er, dass es wohl keinen Sinn hätte. Also machte er sich auf den Rückweg. Er stolperte die Treppen herunter und verließ schleunigst das Haus. Ohne sich umzudrehen, lief er einen am Straßenpflaster werkelndem Handwerker ausweichend wieder in Richtung Rathausplatz. Er hielt kurz inne, schaute auf den großen Platz und murmelte zu sich: »Da steh ich nun, ich armer Tor und bin so klug als wie zuvor.«

Der Barthenbräu - Verschnaufpause

Unschlüssig sah Matthias erst nach links, dann nach rechts. Da erblickte er vor dem Wirtshaus Zum Barthenbräu die Magd, die ihm gestern schon aufgefallen war. Sie wischte gerade die Tische nass ab um sie vom Stadtstaub zu befreien.

»Servus, dich kenn ich doch. Suchst du dir heute die andere Straßenseite aus, um den Tag zu verbringen«, sprach sie ihn an. Dabei stemmte sie keck beide Hände in die Hüften.

»Wenn du mich so fragst, ja. Heute seh ich mir Scrobinhusen mal andersherum an. Vielleicht ist es so interessanter«, witzelte er.

»Sei bitte so nett und geh rein, die Tische sind gerade alle nass, ich habe sie gerade abgewischt. Drinnen ist es besser. Außerdem macht der Kupferschmied links neben unserem Gasthaus heute wieder einen Lärm. Kaum auszuhalten.«

Also trat Matthias durch die Pforte, begab sich zu einem der freien Tische, setzte sich. Bis sie an seinen Tisch kam, hatte er Zeit, sich zu beruhigen. Jede Minute betrachtete er seine Hände und kontrollierte, ob sie noch zitterten. Ganz langsam wurde es besser.

Er sah sich um. Auch das hier war ein imposantes Gebäude mit einer schönen alten Gaststube. Diesen Scrobinhusenern muss es echt gutgehen, wenn sie an jeder Ecke ein Wirtshaus mit Brauerei haben, dachte er. Aber — wie der Wirt vom Lacherbräu vor zwei Tagen schon erzählt hatte, war das Wasser in der Stadt früher so verunreinigt, dass man es nur in gebrauter Form zu sich nehmen konnte.

Die Magd kam an seinen Tisch und fragte: »Was willst du denn bestellen?« Dabei sah sie ihn mit ihren grünen Augen freundlich an.. Matthias spürte die Aufregung immer noch in seinem ganzen Körper. Deshalb fing er nun etwas zu überschwänglich an, sich vorzustellen: »Ich bin der Matthias Kronleichter und komme von irgendwo bei Gerolsbach. Ich denke, ich hätte jetzt Durst und möchte bitte ein Bier.«

»So schön finde ich deinen Namen auch nicht, als dass du ihn so heftig betonen musst. Für mich bist du der Matthias«, sagte die Magd, und ich heiße Sabrina und bin die Tochter vom Barthenwirt, dem Joseph Caspar Barth.« Sabrina machte einen angedeuteten Knicks und verschwand hinter die Theke. Kurz darauf kam sie mit einem frisch gezapften Bier zurück.

Matthias nahm gleich den ersten Schluck und lobte ganz fachmännisch das kühle Gebräu. »Der Braumeister versteht wohl sein Handwerk«, fügte er etwas aufgesetzt hinzu.

»Ich werde es ihm ausrichten, wenn ich ihn treffen sollte«, schmunzelte Sabrina etwas schnippisch. »Nein, im Ernst. Mein Vater und mein Bruder kümmern sich gemeinsam um das Brauen. Es freut mich, wenn es dir schmeckt.«

Ermutigt von den ersten drei, vier Schluck Bier in seinen mittlerweile leeren Magen, fragte er geradeheraus: »Kannst du es vielleicht möglich machen, dich ein bisschen zu mir zu setzen? Du kennst dich als Wirtstochter sicher bestens in Scrobinhusen aus und kannst mir vielleicht ein paar Ratschläge geben.«

»Du siehst ja, gerade ist nicht viel los. Also, was willst du wissen?«

»Ich will nämlich einen Beruf erlernen und bin deshalb hierhergekommen. Und aus dem Grund war ich schon beim Zunftmeister im Rathaus. Und der hat unzählige Berufe aufgezählt, die es alle in Scrobinhusen gibt. Ebenso hat er von Gesetzen geschwafelt, die alle eingehalten werden müssen. Aber das hat mich nur noch mehr verwirrt.«

»Du warst bei Herrn Adelmann? Ja, der nimmt seine Aufgabe recht ernst. Aber ich kann mir vorstellen, dass er dich gut beraten wollte. Und wir haben bei uns wirklich alles, was nötig ist. Konntest du dir schon ein Handwerk anschauen?«

»Und ob. Heute Vormittag durfte ich in das Kaminkehrerhandwerk hineinschnuppern. Es begann auch sehr interessant. Leider stellte es sich heraus, dass das Schicksal gegen mich war. Offensichtlich wurden mir und dem Kaminkehrermeister gewisse Steine in den Weg beziehungsweise den Kaminschacht gelegt. Das machte alles Weitere leider unmöglich.«

»Er hat dich also rausgeworfen?«

»So könnte man es auch ausdrücken. Aber ich bin wirklich unschuldig.«

»Das sagen sie alle.«

»Aber bei mir ist es die Wahrheit.«

»Dann bist du die große Ausnahme.«

»Ist ja gut. Aber kannst du mir irgendwelche hilfreichen Ratschläge geben?«

»Welche Tätigkeit könntest du dir denn vorstellen, die dir Spaß macht?«, fragte sie.

Matthias antwortete: »So genau kann ich das nicht sagen, denn ich komme ja vom Land. Deshalb habe ich keine Vorstellung von einem Handwerk in der Stadt.«

Sabrina überlegte kurz, bevor sie antwortete: »Wenn du ein kräftiger Bursche wärst, dann könntest du Metzger werden. Da haben wir zum Beispiel gleich gegenüber an der Ecke an der Hauptstraße zur Metzgergasse einen Metzger, auch einen neben dem Zacherbräu, das ist in der Gasse hinter dem Rathausplatz, sie heißt Im Tal.«

Aber Matthias winkte sofort ab und meinte: »Das mit dem Metzgerhandwerk ist ebenfalls nicht gerade mein Traumberuf. Da hab ich auch so meine düsteren Erfahrungen gemacht. Irgendwann erzähl ich dir vielleicht davon.«

Der Raufbold - und die starken Männer

In diesem Augenblick ging die Tür des Gasthauses auf, ein groß gewachsener betrunkener Landstreicher trat ein. Er setzte sich an einen freien Tisch und rempelte einen friedlich am Nebentisch sitzenden Gast an.

»Hö du, pass doch auf!«, rief der, aber das interessierte den Neuen nicht.

»Bedienung! Ich hab Durst«, lallte er.

Sabrina schaute Matthias ein bisschen missmutig an und flüsterte ihm zu: »Hoffentlich gibt das keinen Ärger.« Dann stand sie auf, näherte sich dem Tisch des Mannes. Und noch bevor sie fragen konnte, was sie dem Herren bringen könnte, griff er ihr um ihre Taille und zog sie an sich heran.

Auf einmal kam Sabrinas Bruder Richard aus der Küche. Der hörte, dass in der Gaststube laut gepöbelt wurde: »Lass meine Schwester los, aber sofort!«

»Wer bist du eigentlich?« Der Fremde fühlte sich herausgefordert. Er stand auf, trat ein paar Schritte vor, stieß Sabrinas Bruder, der eindeutig der Schwächere von beiden war, zurück an die Theke. Der blieb dort erst einmal stehen. Er war offensichtlich von der plötzlichen Aggressivität des pöbelnden Gastes überrascht. Der Raufbold glaubte, dass er nun freie Bahn hätte, drehte sich wieder Sabrina zu und redete mit anzüglichen Sprüchen auf sie ein. Dann befahl er: »Und du bringst mir jetzt ein Bier.«

Sie schob ihn angewidert von sich weg.

Matthias konnte aus der Ferne an ihren Augen sehen, dass sie sich sehr ängstigte. Deshalb stand er auf, nahm seinen ganzen Mut zusammen und rief: »He, du aufgeblasener Gockel. Lass sie in Ruhe.«

»Wer bist du, dass du mir etwas befehlen möchtest? Das kann nicht dein Ernst sein.« Der Fremde kam bedrohlich auf ihn zu. Er sah in Matthias ein leichtes Opfer.

Matthias hatte auch schon manche Rauferei gesehen, vor allem an Kirchweih. Weil es da immer so zünftig herging, nachdem jeder einige Maß Bier getrunken hatte. Deshalb ging er davon aus, genügend Erfahrungen mit Schlägereien zu haben, um auf seinen Kontrahenten losgehen zu können. Er rammte die geballte Faust in den Brustkorb des Fremden.

Der Bursche fand das allerdings eher lustig und streckte Matthias mit nur einem einzigen Haken zu Boden. Sabrinas Bruder wollte gerade wieder auf den Burschen losgehen, da wurde im richtigen Moment die Eingangstür ein weiteres Mal aufgestoßen und zwei Stadtwachen stürmten herein. »Schau an, der Bergmeier Theo. Haben wir es uns doch gedacht, als wir dich in das Gasthaus gehen sahen. Du bist doch nur hier, um Ärger zu machen!«, schrie einer der beiden. Sie hatten den Vorfall von draußen bemerkt und die Situation richtig eingeschätzt. Da musste eingeschritten und dem wilden Benehmen des Betrunkenen Einhalt geboten werden. »Musst du denn in jedem Wirtshaus Ärger machen?«

»Lasst mir meine Ruhe!«, schrie der Ruhestörer.

»Da, wo wir dich jetzt hinbringen, wirst du so viel Ruhe haben, wie du willst.«

»Ihr langt mich nicht an!«

»Da hast du nicht mehr mitzureden.«

Und der andere Wachmann sagte: »Wir nehmen dich jetzt mit, verstanden?« Sie packten den Kerl links und rechts mit festem Griff, zerrten ihn aus der Gaststube und nahmen ihn ohne zu zögern mit. Sein Protestieren half ihm dabei nichts mehr.

Matthias hatte sich zuvor beim Hinfallen an einem Tisch heftig gestoßen und blutete aus der Nase. Sabrina sah das und begutachtete, ob die Nase gebrochen sein könnte. Das schien nicht der Fall zu sein. Trotz alledem meinte sie zu Matthias: »Du solltest dir hinten in der Spitalgasse im Heilig-Geist-Spital die Nase anschauen lassen. Das Spital ist zwar ein Altenheim und nicht das Krankenhaus von Scrobinhusen, aber dort gibt es auch fachkundiges Personal.«

»Und du glaubst, dass das Altenheim mir helfen kann?«

»Ich glaube schon. Komm, geh schnell hinüber, ist ja gleich um die Ecke. Das eigentliche Krankenhaus ist auf der gegenüberliegenden Seite in einem Stadtturm. So schlimm schaut deine Wunde Gott sei Dank nicht aus, dass du dich dort behandeln lassen müsstest. Aber ein Fachmann sollte schon kurz drüberschauen.«

Matthias meinte tapfer: »Es geht schon wieder. Es ist ja nichts weiter passiert.« Dabei rann ihm ein bisschen Blut aus der Nase. Sabrina lief in die Küche, um ein sauberes Tuch zu holen. Als sie wieder zurückkam, tupfte sie ihm vorsichtig im Gesicht ab, um das Blut zu beseitigen.

Ganz besorgt sah sie ihn an. »Das tut mir echt leid. Du kommst mir zu Hilfe, nun bist du verletzt. Und das Ganze ist in unserem Wirtshaus geschehen.«

»Da kannst du nichts dafür.«

»Aber gefallen hat es mir schon, dass du dich für mich eingesetzt hast«.

»Ehrensache! Aber ich muss den Wachen folgen. Weil ich sehen möchte, wo sie ihn hinbringen. Ich komme gleich wieder«, stieß er hervor, drehte sich um und schon war er bei der Tür hinaus.

Es war viel los auf der Straße, und so musste er in der Menge versuchen, die drei Männer zu entdecken. Aber weit konnten sie noch nicht sein. Die Wachen waren rechtsherum losgelaufen, das hatte er noch gesehen. Er rannte bis zu dem Gebäude, auf dem »Spitalbad« stand. Also musste hier die Spitalgasse sein. Auf der Hauptstraße waren sie nicht zu sehen. Sie konnten nur abgebogen sein. Er lief in die Gasse. Hier befand sich ein kleines Wirtshaus. Über dem Eingang stand »Spitlbräu«. »Unglaublich, wie viele Wirtshäuser die Scrobinhusener haben.«, murmelte Matthias. Kurz darauf rannte er einen langen Bau entlang, der wie ein Kranken- oder Altersheim aussah. Da hätte Sabrina ihn ohnehin hingeschickt, um seine Verletzung ansehen zu lassen. Aber nun hatte er die Wachen mit ihrem Verhafteten doch noch erspäht. Das war wichtiger.

Sie gingen bereits an dem mit Wasser gefüllten Hofgraben entlang, der führte um das Pfleggerichtsgebäude. »Lasst mich los«, schrie er immer wieder. Die drei überquerten die Brücke und waren im Innenhof, wo sie den Mann hinein in den Bürgerturm führten.

»Du schläfst jetzt erst mal deinen Rausch aus, bevor du verhört werden kannst«, erklärte ihm der Wachmann. »Dann kann das Gericht den Fall aufnehmen und dich bis zur Verhandlung hinter Schloss und Riegel bringen.« Matthias hatte gesehen, was er sehen wollte und ging zum Barthenbräu zurück.

Dort war die Aufregung mittlerweile wieder dem normalen Treiben gewichen. Ein paar Händler und Bürger hatten sich eingefunden. Matthias setzte sich an einen freien Tisch und wartete, bis Sabrina wieder Zeit für ihn hatte.

»Und, hast du gesehen, wo sie ihn hingebracht haben?«, fragte sie.

»Ja klar. Sie haben ihn ins Gericht gebracht, dieses Gebäude, das mit Wasser umgeben und durch diese Brücke zugänglich ist.«

»Das ist unser Pflegschloss. Dort sitzt der Rechtspfleger und hält Verhandlungen ab.«

»Und läuft dabei mit Andreas Sailers Schuhen herum«, ergänzte Matthias.

»Was? Wovon sprichst du?«

»Ach nichts, ist nicht so wichtig.«

»Du sprichst in Rätseln. Hat dein Kopf doch etwas abbekommen?«, Sabrina sah ihn besorgt an.

»Nein. Der ist heil geblieben. Ich bin zwar am Spital vorbeigekommen, habe mich dort aber nicht verarzten lassen.«

»Es blutet auch fast nicht mehr«, meinte Sabrina.

»Sag ich doch. Ich bin geheilt.«

»Mein Held kennt keinen Schmerz.«

»Ist noch was von meinem Bier übrig?«

»Ja natürlich, ich hab es nur kalt gestellt. Warte, ich hol es dir.« Sie ging ins Lager und brachte es ihm.

Matthias setzte sich und sie unterhielten sich noch eine Weile, bis sie sich wieder ihrer Arbeit widmen musste. Matthias trank aus und verließ den Barthenbräu.

Die saure Wiese - Immobilienwerte

Für heute hatte Matthias genug erlebt, so dachte er und ging zum Schrannenplatz. Da war immer noch am meisten los und man konnte sich auch dort mit einem Brot und einer Wurst an den Brunnen setzen. So kaufte er sich, was ihm vorschwebte und ließ sich an der Stufe des den ganzen Rathausplatz einnehmenden Marktbrunnens, direkt vor der großen Eingangstreppe des Rathauses, nieder. Er aß mit Genuss, machte es sich bequem, nahm sein Büchlein heraus und notierte sich stichpunktartig seine Erlebnisse von heute. Da hörte er gedämpfte Männerstimmen auf der anderen Seite des Brunnens. Offensichtlich sollte es um etwas gehen, was nicht für jedermanns Ohren gedacht war.

Eine in unmittelbarer Nähe befindliche Wiese, die früher im Eigentum eines Geschäftsmannes war, der das Kutscherhandwerk ausübte, wurde von ein paar Ehrenmännern der Stadt gekauft. Ihnen war beim Kauf sehr wohl bewusst gewesen, dass es sich um ein wertloses, feuchtes Stück Land handelte. Sie hatten noch versucht, die Wiese trockenzulegen und sie so für Ackerbau nutzbar zu machen. Das funktionierte nur bedingt. Unter Zuhilfenahme der besten Advokaten versuchten sie nun, den Handwerksmeister für den Zustand der sauren Wiese verantwortlich zu machen.

»Dieses Verhalten ist eines Ehrenmannes nicht würdig«, meinte der andere, der hinzufügte:»Die Inhaber solcher Ämter schießen in ihrem Tun halt auch einmal über das Ziel hinaus. Hoffentlich werden die Advokaten ein Urteil fällen, das der Situation gerecht werden wird.«

Matthias verstand nur die Hälfte der Geschichte, wunderte sich aber über die Verhaltensweisen gewisser Stadtoberen. Denn wie gestern, als er beim Stieglbräu Zeuge eines Gespräches wurde, ging es bestimmt um Ungerechtigkeiten, die sich so in seiner Heimat nie zugetragen hätten. Nichtsdestotrotz, so fiel ihm ein, gab es in seinem Heimatort schon so manche Geschichte, die der hier ähnelte. So hat auch einer mal dem anderen das Wasser abgezapft, so dass man kein Wasser mehr zum Löschen eines Brandes hatte. Aber das war mit der offenbaren Ungerechtigkeit, wie in diesem Fall, nicht zu vergleichen. Matthias notierte sich einige Stichpunkte des Vorfalls und beobachtete die beiden Bürger einfach mal weiter.

Gegen Abend erhob er sich wieder und ging hinüber zur Gaststätte Zum Barthenbräu. Da wollte er nämlich sehen, ob er sich mit der netten Sabrina noch einmal unterhalten könne. Er hatte Glück, sie hatte gerade Pause. Sie setzten sich an einen freien Tisch und Matthias erzählte von der Tuschelei am Rathausbrunnen.

Sabrina flüsterte: »Ich hab natürlich auch schon von dieser Geschichte gehört. In einem Wirtshaus bekommt man alles mit, wenn man die Ohren offenhält.«

»Grundstücke sind kostbar, das ist mir schon klar. Aber in einer Stadt hält man doch zusammen, dachte ich.«

»Jeder kennt jeden, und die meisten Familien existieren seit vielen Jahrhunderten, und nur gelegentlich kommt jemand Neues hinzu oder Leute ziehen weg. Trotzdem gibt es Neid und Missgunst, vor allem, wenn man so nah aufeinander wohnt. Und dann ist doch wieder jeder seines eigenen Glückes Schmied.«

»Ach, und so versucht mancher, den anderen übers Ohr zu hauen, um sich in diesen oft schweren Zeiten finanziell zu verbessern? Eine schöne Gemeinschaft ist mir das hier.« Matthias erinnerte sich: »Bei uns im Dorf habe ich bisher nicht erlebt, dass sich die Bewohner gegenseitig betrügen wollten. Aber vielleicht habe ich in jungen Jahren zu wenig von den internen Händel mitbekommen. In meiner Dorfgemeinschaft gibt es die alteingesessenen Bauernhöfe, deren Grundbesitzverhältnisse fast nie eine Veränderung erfahren haben.«

Sabrina sponn den Faden weiter: »Mit Grund und Boden ist das so eine Sache. Die Grundstücke in der Stadt werden meist nur innerhalb der Familie vererbt. Denn Boden gibt es nur begrenzt. Und in einer Stadt gibt es halt eine immer ungefähr gleichbleibende Einwohnerzahl.«

»Die gibt es bei uns auf dem Dorf auch. Und sogar wenn mal eine Magd schwanger wurde, dann verließ ein Bursche die Dorfgemeinschaft. Damit blieb die Einwohnerzahl auch immer mehr oder weniger gleich«, meinte Matthias schelmisch.

Sabrina lachte: »Mir fällt noch so eine Geschichte ein, in der die Bewohner der Stadt, die eigentlich zusammenhalten sollten, so eng wie sie aufeinander lebten, sich gegenseitig Vorteile verschaffen wollten.«

»Lass hören, jetzt hast du mich neugierig gemacht.«

»Da gab es zum Beispiel eine Heilerin, die ganz in der Nähe gearbeitet hatte. Zu ihr sind jahrelang viele kranke Männer und Frauen gekommen. Die hatten gehofft, dass sie von ihr Hilfe bekommen würden. Dazu hatte sie ihnen Tinkturen gegen hohe Summen angeboten.«

»Soll ich raten? Die Arzneien waren das viele Geld gar nicht wert?«

»Das kann man generell so nicht sagen. Sie genoss großes Vertrauen, da auch sie eine angesehene Person des öffentlichen Lebens war. Aber ob ihre Künste Erfolge erzielten oder ob ihre Medizin die erwartete Wirkung hatte, konnte nicht genau geklärt werden.«

»Soweit ich das verstanden habe, ist es mit der Heilung von kranken Menschen halt so eine Sache. Wenn die Person wieder gesund geworden ist, ist der Weg der Genesung doch zweitrangig.«

»Ob die Bader in der Stadt, die ja bei vielen Krankheiten helfen können, auch zur Genesung beigetragen hätten, ist natürlich auch nicht geklärt. Und durch Schröpfen und Aderlassen sind manche Krankheiten auch nicht immer zu heilen.«

»Aber wem soll man denn da noch vertrauen?«

»Du kannst nur deinem Gefühl folgen.«

»Da hast du wohl recht«, stimmte Matthias ihr zu.

»In unserem Dörflein darf man sich nicht gegenseitig zerstreiten, denn in der ungeschützten Umgebung kannst du plötzlich vor Problemen stehen, die man nur gemeinsam meistern kann.«

»Ja, ja. Wir beide würden es schon wissen.«

»Aber auf uns hört ja keiner.«

Sabrina sah sich um und stellte fest: »Meine Pause ist zu Ende. Ich muss nun noch etwas arbeiten bis zur Sperrstunde um zehn Uhr.«

Matthias meinte: »Ich muss sowieso noch ein Nachtlager suchen.« Und so verabschiedeten sie sich voneinander und vereinbarten, sich morgen wieder zu treffen.

Der Oefelebräu - Sternenklare Nacht

Matthias ging über die Straße und schlenderte Richtung Unteres Tor. Dort hatte er gleich drei Gaststätten zur Auswahl. Den Trappenbräu, den Oefele und gegenüber den Bräuhias. Er betrachtete die Fassaden. Der Trappenbräu war ein gewaltiges Gebäude, fast so groß wie das Rathaus. Da zu übernachten, war sicher sehr teuer. Der Bräuhias auf der gegenüberliegenden Seite war auch ein wuchtiger Baukörper. Auch da war Übernachten wahrscheinlich nicht billig. Außerdem erinnerte es ihn irgendwie an eine Schule. Deshalb beschloss er, sein Glück beim Oefele zu versuchen. Vom Vorgänger des jetzigen Wirtes und seinen Verdiensten an die Stadt hatte er ja schon gehört. Das machte ihn neugierig. Er stieg die Eingangstreppe hinauf und betrat die Gaststube.

Dort fragte er den Wirt: »Haben Sie noch eine Schlafgelegenheit für mich?«

»So spät daherzukommen und noch um ein Nachtlager zu fragen, ist schon ziemlich frech«, grummelte der Wirt. »Aber ich kann dem jungen Burschen zumindest ein zugiges Zimmer im zweiten Obergeschoss hinaus zum Hinterhof anbieten. Da fehlen zwar ein paar Dachplatten über dem Bett und das Fensterglas ist gesprungen, dafür hat man bei Regen fließendes Wasser. Wenn du nicht empfindlich bist, kannst du es haben.«

Matthias überlegte nicht lange und nahm an. Er wurde nach oben geleitet, bedankte sich und streckte sich sogleich auf dem durchgelegenen Bett aus. Von den Oefeles hatte er schon gehört. Das waren doch stets angesehene Leute und wie man sieht, auch eine Brauersfamilie. Allerdings war die Gaststätte mit ihren Gästezimmern nicht gerade im allerbesten Zustand. In Anbetracht seiner finanziellen Situation war ihm das aber gerade recht. Von hier oben hörte er auch das Stimmengewirr aus der Gaststube gar nicht mal herauf, so wie es vorgestern der Fall war. Dabei kam er ins Philosophieren.

Die Erde zog ihre Bahnen unaufhaltsam durch das Universum, egal, was in dieser Stadt passierte. Er betrachtete den sternenklaren Nachthimmel über seinem Bett durch die kaputten Dachziegel. Und er dachte an diese Sabrina, die ihn einfach so nahm, wie er war. Ein Mädchen, das im Gegensatz zu ihm schon viel erwachsener wirkte. Und trotzdem mochte sie ihn, das spürte er in diesem Moment. Es wurde ihm ganz warm ums Herz, er lächelte in sich hinein. Er blickte ein letztes Mal auf den Sternenhimmel und dachte an sein Heimatdorf. Da fiel ihm noch ein Spruch ein:»Man denkt an das, was man verließ. Was man gewohnt war, bleibt ein Paradies.« Dann schlief er zufrieden ein.

Am nächsten Morgen erwachte er von lauten Hammerschlägen, die von der naheliegenden Nagelschmiedgasse herüberschallten. Da war das Stimmengewirr, das er gehört hatte, als er beim Stieglbräu übernachtet hatte, doch angenehmer. Er begab sich kurzum in die Gaststube, aß etwas Brot, trank einen Becher Wasser, bezahlte, verabschiedete sich und trat ohne großen Plan, wie es nun heute weitergehen sollte, auf die Hauptstraße.

Also beschloss er, noch etwas herumzulaufen, um durch irgendetwas inspiriert zu werden. Diese Hauptstraße kannte er nun schon. Daher beschloss er, bei der nächsten Ecke abzubiegen.

Niederkunft - Vater werden ist nicht schwer

Er schlenderte jetzt etwas ziellos durch die schmale Lachergasse. Dabei wich er wieder einmal einem Pflasterer bei seinen Ausbesserungsarbeiten aus. Als er dann wieder aufsah, bemerkte er eine junge Bürgersfrau, die auf ihn zukam. Sie hatte offenbar Schmerzen, das konnte er beim Vorbeigehen sehen. Aber als sie sich bereits einige Meter voneinander entfernt hatten, hörte er einen kurzen Aufschrei, auch einen leisen dumpfen Schlag. Erschrocken drehte er sich um und sah die Frau am Boden liegen. Er sprang die paar Schritte zu ihr zurück und sah, dass sie schwanger war und sich den schmerzenden Unterleib hielt.

Die Frau sagte aufgeregt: »Jetzt ist es soweit. Ich glaube, mein Kind wird bald geboren.«

»Kann ich etwas für Sie tun?«, fragte Matthias.

Sie bat ihn vorsichtig: »Können Sie mir aufhelfen?«

»Ja, natürlich.« Matthias stützte sie, bis sie wieder aufrecht stand. »Was soll ich tun?«

»Ich muss sofort nach Hause, denn es soll eine Hausgeburt werden. Ich will mein Kind nicht hier irgendwo auf der Straße auf die Welt bringen.«

»Aber der Krankenhausturm wäre doch gleich da drüben, glaube ich.«

»Was soll ich denn im Krankenhaus? Kinder werden doch zu Hause geboren. Also, wie ist es? Helfen Sie mir jetzt?«

»Ja, natürlich. Wo sind Sie denn zu Hause?«

»In der Unteren Stadt. Ich bin die Elisabeth Lebheimer.«

»Entschuldigung, ich bin neu in der Stadt.«

»Jetzt gehen wir endlich los. Ich erklär dir das Nötigste währenddessen.«

Sie kamen nicht sehr schnell voran, aber indem sie sich bei ihm abstützte, konnte sie wenigstens einen Schritt vor den anderen machen. »Also, wo müssen wir genau hin?«

»Wir haben das Tuchmachergeschäft gegenüber vom Oefelebräu.«

»Ja, sagen Sie das doch gleich. Dann weiß ich, wohin wir müssen.«

»So sind die Männer. Jede Wirtschaft kennen sie. Aber wo es schöne Bettwäsche gibt, muss man sie mit der Nase darauf stoßen.«

Matthias sagte jetzt besser nichts mehr. Außerdem hatte er ganz schön zu tun, denn so, wie Frau Lebheimer sich bei ihm abstützte, ging das auf den Rücken. Unter den neugierigen Blicken der Marktbesucher überquerten sie den Schrannenplatz. Eng untergehakt gaben sie ein seltsames Paar ab. Wer war wohl dieser junge Bursche, der die in der Stadt bekannte Geschäftsfrau Lebheimer begleitete? Man musste kein Gedankenleser sein, um zu wissen, was die Bürger vermuteten.

Mittlerweile hatten sie den Stieglbräu fast erreicht. Nun waren es nur noch gut fünfzig Meter.

»Hör zu«, nahm die Schwangere das Gespräch wieder auf. »Sobald wir an unserem Geschäft angekommen sind, wäre es wichtig, wenn du die Hebamme suchen würdest. Vielleicht kann man sie daheim antreffen.«

»Und wo wohnt sie?«

»Am Schrannenplatz vorbei und dann links in die Gasse Im Tal, dann das letzte Haus links.«

»Ach so, also in der Nähe vom Zacherbräu?«

»Ich sag es ja. Hast du auch Augen für etwas anderes, außer für Brauereien?«

»Aber es gibt doch so viele Gasthäuser bei euch. Es ist praktisch jedes Haus immer in der Nähe eines Wirtshauses.«

»Du bist wohl nie um eine Ausrede verlegen?«, fragte Frau Lebheimer, während sie bereits die Hauptstraße überquerten. Matthias wusste, dass es besser wäre, auf diese Frage nicht zu antworten.

»So, da wären wir«, beendete die mittlerweile erschöpfte Frau Lebheimer die Diskussion und schickte Matthias los: »Bitte beeil dich. Ich sag meinem Mann Bescheid, wir bereiten soweit alles vor.«

»Moment. Wie heißt denn die Hebamme?«

»Ursula Helfrich«, presste Frau Lebheimer schließlich noch hervor, bevor die Tür hinter ihr ins Schloss viel.

Matthias überquerte sofort die Hauptstraße, lief um den Stieglbräu herum, am Rathaus links vorbei und schon war er im Gässchen Im Tal. Am Ende der Gasse musste es sein, wurde ihm gesagt. Also läutete er wie wild an der Hausglocke. Nach für ihn unendlichen zwanzig Sekunden öffnete sich die Tür, eine Frau mittleren Alters stand vor ihm.

»Sind Sie die Hebamme, Frau Helfrich?«, rief Matthias etwas übereifrig.

»Ja, was gibt es denn?«

»Frau Lebheimer schickt mich. Ich soll Ihnen ausrichten, dass die Geburt bald beginnen wird.«

»Die Lisa meint, es ist so weit?«, fragte Frau Helfrich nochmal nach.

»Ja! Los, beeilen Sie sich.« Matthias verlor allmählich die Geduld.

»Wer bist denn du überhaupt? Dich hab ich jedenfalls nicht auf die Welt gebracht. Das würde ich wissen.«

»Ich bin der Matthias Kronleichter von hinter Gerolsbach. Deswegen kennen Sie mich nicht.«

»Ah, verstehe. Also gut. Warte, ich brauch noch meine Tasche.«

Schnell lief sie in den Hausgang und kam mit ihrer Tasche zurück. »Also los. Verlieren wir keine Zeit.« Und beide spurteten los und waren binnen drei Minuten vor dem Geschäft der Lebheimers. Der Ehemann, ein schlanker, gut gekleideter Herr mit schütterem Haar, stand bereits wartend an der Haustüre. Groß für Begrüßung blieb die Zeit nicht.

»Servus, Ursula, komm schnell herein, Lisa ist oben. Geh einfach die Treppe hinauf. Das Schlafzimmer ist rechts.« Herr Lebheimer wandte sich zu Matthias und sagte: »Du bist der Matthias, gell, der meiner Frau spontan geholfen hat? Ich danke dir von ganzem Herzen.«

»Gerne, Herr Lebheimer. Das ist doch Ehrensache.«

»Magst kurz mit hereinkommen?«

»Nein danke. Ich glaube, Sie werden bei Ihrer Frau gebraucht.«

»Also gut. Ich stehe in deiner Schuld. Wenn ich mal etwas für dich tun kann, dann melde dich.« Matthias und Herr Lebheimer schüttelten sich die Hände und der werdende Vater verschwand im Haus. Matthias drehte sich um und lief zum Barthenbräu vor. Er musste umgehend der Sabrina berichten, was er gerade erlebt hatte.

Dort angekommen, lief er ihr geradewegs in die Arme. Sie verließ das Wirtshaus soeben, um Besorgungen zu machen. Atemlos stieß er hervor: »Kennst du den Lebheimer Franz? Der wird grad Vater.«

»Ja klar, kenn ich den Franz. Sein Geschäft ist gleich da vorne. Wie kamst du dazu?«

»Die junge Mutter war vorhin in der Lachergasse zusammengebrochen, als ich an ihr vorbeigegangen bin. Gerade noch rechtzeitig hab ich sie bei ihr zu Hause abgeliefert.«

»Du kommst echt in Situationen!«

»Ja, gell.«

»Und jetzt bist du ein Held?«

»Edel sei der Mensch, hilfreich und gut.«

»Und ein Philosoph bist du auch noch, ich vergaß.«

Sabrina wurde dabei immer noch von ihm umklammert. Doch sie schob ihn jetzt ein bisschen von sich und ermahnte ihn: »Jetzt kannst du dich wieder beruhigen. Nicht du wirst Vater, sondern der Franz.« Matthias setzte sich, bat um einen Humpen Bier zur Beruhigung, bestellte eine Brotzeit. Es war bereits Mittag geworden.

Nachdem Sabrina ihrem Vater erzählt hatte, warum sie ihre Besorgungen immer noch nicht erledigt hatte, setzte sie sich an den Tisch von Matthias und fragte: »Kann ich auch einen Schluck haben?«

»Ja, natürlich. So eine Geburt macht durstig!«

Nachdem sie getrunken hatte, meinte sie nachdenklich: »Ich hab eine Idee. Du könntest dich doch bei den Tuchmachern und

Webern bewerben. Die sind in unserem Städtchen an jeder Ecke zu finden. Nicht nur in der Tuchmachergasse, sondern auch in der Nagelschmiedgasse, in der Alten Schulgasse, in der Schlossergasse und an der Hauptstraße, auch außerhalb in der Oberen Vorstadt.«

»Kleider werden ja immer gebraucht. Da könnt ich auch ausreichend Geld verdienen, um mir eine Existenz aufzubauen.«

»Aber du musst halt drei Jahre lernen, bevor du dich selbständig machen kannst.«

»Die gehen schnell vorbei. Dann muss ich beim Zunftmeister vorstellig werden, sonst darf ich kein eigenes Gewerbe eröffnen. Das ist mir schon bekannt.«

»Mei, was du schon alles weißt.« Sabrina lachte.

»Aber das weißt du noch nicht. In Scrobinhusen gab es einen Tuchmacher. Er hieß Johann Senser. Stell dir vor, er hat den Kurfürsten vor ungefähr 50 Jahren dazu überredet, dass der ihm helfe, ein Tuchmachermonopol aufzubauen. Daraufhin hat der Kurfürst es allen Tuchmachern und Lodenmachern bei uns verboten, ihre eigenen Betriebe zu führen. Den Tuchmachern blieb nichts anderes übrig als in der Manufaktur vom Johann Senser zu arbeiten.«

»Oh doch. Da weiß ich schon etwas davon. Da stehen die Ruinen der Tuchmacherfabrik doch noch um die Vorstadt herum. An denen bin ich schon vorbeigelaufen.«

»Ich sehe schon. Bald kann ich dir nichts mehr erzählen.«

»Aber was mich interessieren würde: Ist irgendwann herausgekommen, mit welchem Trick der Herr Senser den Kurfürsten bestochen haben könnte?«, wollte Matthias wissen.

»Ich glaub, da konnte man nie was darüber erfahren.«

»Schade eigentlich.«

»Aber Gerechtigkeit siegt trotzdem. Denn vor 30 Jahren hatten österreichische Heere, die eine Spur der Verwüstung durch das Land gezogen hatten, die Betriebe von Herrn Senser zerstört. Du hast ja die Ruinen gesehen. Daraufhin durften die Tuchmacher und Lodenmacher wieder selber produzieren.«

»Und die Welt war wieder in Ordnung.«

»Gerade habe ich eine Idee. Nachdem du der jungen Lebheimerin geholfen hast, könntest du ihn doch fragen, ob du bei ihnen in die Lehre gehen dürftest.«

»Ja richtig!« Matthias erinnerte sich wieder an die Worte von Herrn Lebheimer. »Er hat mir gesagt, wenn er einmal etwas für mich tun könnte, dann brauche ich es ihm nur zu sagen.«

»Na dann haben wir doch jetzt eine Lehrstelle für dich gefunden.«

»Gleich anschließend geh ich hin und frag, ob er mir eine anbieten würde.«

»Du wirst sehen. Er stellt dich ein.«

»Es war Schicksal, dass ich der Frau Lebheimer helfen durfte.«

»Du bist ein Glückspilz.«

Matthias nahm kurzerhand einen Schluck von seinem Bier und lächelte. »Es ist schon merkwürdig. Vor den Toren eurer Stadt hatte ich schon mit Augsburger Tuchmachern Bekanntschaft gemacht. Die Stoffe, die auf den Fuhrwägen transportiert wurden, haben mich sofort sehr beeindruckt.«

Mit erhabener Stimme meinte Sabrina: »Darf ich vorstellen: Herr Matthias Kronleichter, der Weber und Tuchmachermeister.«

Matthias drückte seine Brust heraus: »Kleider machen Leute.«

»Bevor du dich mit mir kleiner Bediensteten nicht mehr unterhältst, lass ich dich für den Moment allein. Ich muss wieder an meine Arbeit.«

Dann machte sich Matthias mutig auf Richtung Laden der Lebheimers. Franz war mittlerweile wieder drinnen. Matthias ging sofort auf ihn zu und fragte: »Und? Ist die Geburt gut verlaufen?«

»Ja. Alles bestens. Die Hebamme war uns eine große Hilfe. Der Bub ist gesund und munter.«

»Das freut mich.«

»Was führt dich zu mir?«

Matthias redete gar nicht lange um den heißen Brei herum und fragte: »Dürfte ich bei Ihnen vielleicht zur Probe arbeiten, um zu sehen, ob mir dieses Handwerk gefallen würde?«

Franz stimmte sofort zu und meinte:»Gute Weber werden immer gebraucht. Komm doch morgen einfach vorbei.«Matthias freute sich riesig, bedankte sich und verließ den Laden. Er schlenderte zufrieden die Hauptstraße entlang, setzte sich schließlich auf eine Bank. Ihm fiel auf, dass hier die Fuhrwerke zielstrebig vorbeifuhren und keine Zeit zur Einkehr hatten. Einige hatten Waren geladen, die wohl von weit her gekommen sein mussten. Man konnte sich auch denken, dass die Kutscher einen eher weniger gemütlichen Beruf ausübten. Wie immer, wenn er Zeit hatte, zog er sein Büchlein hervor und notierte seine Gedanken.

Als es Abend wurde, kaufte er sich eine Kleinigkeit zu essen. Denn irgendwann musste er sich eingestehen, dass seine finanziellen Möglichkeiten von Tag zu Tag geringer wurden.

Um noch mehr Geld zu sparen, suchte er sich eine Schlafgelegenheit. Er dachte, so wie er gestern beim Oefelebräu quasi unter freiem Himmel geschlafen hatte, könne er ja gleich im Freien übernachten. Er wollte sich einen Garten suchen, in dem er unbeobachtet war. Das war gar nicht leicht. Aber im Pfarrhof bei der Kirche, dachte er, könne er es sich erlauben, zu ruhen, wenn dort eine Parkbank stehen würde. Und so schlich er hinein. Er entdeckte eine Ecke, in der sich der Pfarrer vielleicht sogar auch manchmal zu einem Nachmittagsnickerchen zurückzog, vor allem, weil der Platz schön überdacht war. Also machte er es sich dort bequem.

Die Glocken läuteten zwar regelmäßig, aber das war ihm egal, denn auch dieser Tag war anstrengend und voller neuer Eindrücke. Als er die funkelnden Sterne über sich sah, fiel ihm wieder ein, dass er von der Astronomie dermaßen fasziniert war. Die Sternenbewegungen, wie Johann Kepler sie beschrieben hatte, waren eine feste Konstante im unendlichen Universum. Was in dieser kleinen Stadt innerhalb der Stadtmauern geschah, war den Sternen egal.

Dann schlief er in seine Jacke gehüllt ein und wachte erst wieder durch das Morgengeläut auf. So eine Nacht unter freiem Himmel, wenn die sommerliche Luft es erlaubte, hatte doch wieder etwas Angenehmes.

Der Pfarrhof - Das Universum und der Himmel

Es war noch sehr früh, als sich Matthias von der Parkbank im Pfarrhof erhob. Er wollte nicht vom Pfarrer entdeckt werden. Dieser hatte hoffentlich auch zuerst mit seiner Morgenandacht zu tun, bevor er sich im Garten umsehen würde. Aber er hatte sich zu früh in Sicherheit gewähnt. Denn als er sich an der Pumpe des Brunnens etwas Wasser aus der Tiefe holte, kam der beleibte Pfarrer Kagerer, gekleidet in einfachem Priestergewand aus der Gartentüre. »So so, ein verirrtes Schäfchen aus dem Garten unseres Herrn hat heute Nacht die Nähe Gottes gesucht,« kommentierte der Pfarrer.

Matthias, der zuerst seine Beine in die Hand nehmen wollte, um das Weite zu suchen, blieb wie angewurzelt stehen. Von diesem geistlichen Herrn ging aber offensichtlich keine Gefahr aus.

»Magst du eine Brotzeit?«, fragte dieser sogar. »Wenn du willst, setzen wir uns auf die Gartenbank und speisen gemeinsam. Ich habe meine Morgengebete bereits hinter mir und habe jetzt Hunger.«

Matthias, dessen Magen genau in diesem Moment laut knurrte, konnte einfach nicht lügen und behaupten, er sei satt und würde lieber gehen. Also willigte er ein.

Der Pfarrer holte etwas Brot, Wurst, Käse, auch Marmelade. Und für jeden einen Apfel und einen Krug Wasser. Das alles stellte er auf den Tisch. »Greif zu,« meinte der Hausherr. »Ich bin der Pfarrer Kagerer. Und wer bist du?«

»Der Matthias Kronleichter.«

»Der Matthias bist du. Deine Eltern haben dich getauft nach dem Heiligen Matthäus, einen der vier Evangelisten. Ist dir das bewusst?«

»Nein, nicht so genau.«

»Aber das sollst du schon wissen. Hör zu. Der Matthäus war Zöllner, also Steuereintreiber. Deswegen war er eine ungeliebte

Person. Nur Jesus hat da keinen Unterschied gemacht und ihn bei seiner ersten Begegnung mit ihm an seinen Tisch gebeten. Ist das nicht interessant? Ohne es zu wissen, habe ich dich vorhin eingeladen, mit mir zu speisen.«

»Da haben Sie recht. Wenn man es so betrachtet, ist es sogar ziemlich verwunderlich.«

»Erzähl mir etwas von dir. Ich kenne alle meine Schäfchen in Scrobinhusen, aber du bist mir noch nicht begegnet. Du warst weder in der benachbarten Schule, noch hab ich dich in der Kirche jemals gesehen. Was führt dich hierher?«

Matthias hatte die erste Scheibe Brot mit einer einzigen Scheibe Käse belegt und davon einen Bissen bereits im Mund. Er musste erst hastig hinunter essen. Dann erzählte er seine Geschichte, wo er herkommt und was er in der Stadt nun zu finden hofft. Und weil er in diesem Pfarrer einen vertrauenswürdigen Gesprächspartner sah, erzählte er auch von seinen Erlebnissen beim Metzger und beim Kaminkehrer. Auch diesen einen üblen Burschen hätte er kennengelernt, und bei einer Geburt sei er fast zugegen gewesen. Aber das führe ihn nun heute Nachmittag zu einem weiteren Versuch, einen Ausbildungsplatz in einem Gewerbebetrieb zu ergattern.

»Der junge Herr Lebheimer, der Vater des Kindes, hat mir erlaubt, bei ihm auf Probe zu arbeiten.«

Der Pfarrer meinte daraufhin: »Dann bin ich gespannt, ob du dich für den Beruf des Webers entscheiden wirst. Das Amt des Seelsorgers ist jedenfalls meine Berufung. Und wenn man sich entschieden hat, muss man sein Leben konsequent nach den Geboten des Herrn ausrichten, mit all seinen Nachteilen und Vorteilen.« Dabei sah er bewusst oder unbewusst auf den voll gedeckten Frühstücktisch und schmunzelte. »Ein Beruf könne durchaus auch nur das Ausführen einer Begabung sein, mit der man sein tägliches Brot verdient. Man kann sein Leben trotzdem nach seinen Freuden ausrichten, die einem in der verbleibenden Freizeit noch möglich sind. Nur eines darfst du nicht: Sich verleugnen und tagein, tagaus etwas tun, was in keinster Weise seiner Begabung und seiner inneren Einstellung entspricht.«

»Und genau deshalb bin ich auf der Suche. Ich hoffe, meine Erwartungen sind nicht allzu hoch. Denn seine Arbeit zu verrichten, an der man keine Freude hat, kann ich mir überhaupt nicht vorstellen. Dann wird das Leben zur Qual.«

»Das hast du gut erkannt, mein Sohn! Denn sobald man in Falschheit lebt, wird man zum Lügner. Und damit die Seele nicht zerbricht, läuft man anderen Gottheiten, wie dem Hochmut, dem Neid und der Missgunst hinterher.«

»Sünde und Schande bleiben nicht verborgen.«

»Da sagst du was Wahres. Bist du ein Philosoph?«

»Nein, nicht ganz. Aber ich arbeite daran«, versuchte Matthias einen Scherz zu machen.

»In der Menschheitsgeschichte wiederholen sich immer wieder Dinge, die an Falschheit nicht zu überbieten sind«, sinnierte der Geistliche.

»Was wollt Ihr damit sagen?«

»So ist es geradezu verwerflich, sich Schutzbefohlenen wie Kindern, in eindeutiger Weise zu nähern. Ebenso kann einem wehrlosen Kind durch Züchtigung ein Schaden zugefügt werden, dessen Wunden ein Leben lang nicht mehr verheilen werden«, fuhr der Pfarrer fort.

»Ich glaube zu verstehen, was Sie meinen, Herr Pfarrer.«

»Es gibt sogar geistliche Kollegen meines Standes, denen das Zölibat schwerfällt, die deshalb den Ehebruch begünstigen. Es soll auch zwischenmenschliche Begegnungen gegeben haben, die Früchte getragen haben.«

»Aber ich kann mir wirklich nicht vorstellen, dass der Mensch für ein Leben ohne Liebe und Zärtlichkeit geschaffen ist. Deshalb packe auch ich manchmal die Gelegenheit beim Schopfe.«

»Solange du sie nur beim Schopfe packst, ist es keine Sünde«, schmunzelte der Pfarrer. »Du bist noch jung. Und du wirst die wahre Liebe noch kennenlernen, da bin ich sicher. Du wirst deinen Weg gehen, wenn du auf den gesunden Menschenverstand und auf dein Herz hörst.«

»Ich werde es tatsächlich versuchen, auf meine innere Stimmen zu hören. So ganz nebenbei muss ich aber auch versuchen, Geld zu verdienen. Ohne Geld kann ich mir nichts zum Essen kaufen und muss weiterhin im Freien übernachten, wie heute Nacht in Eurem Pfarrhof.«

»Das liebe Geld. Geld beeinflusst viele Entscheidungen.« Auf einmal wurde der Pfarrer nachdenklich. »Ich bin gespannt, was in einigen Tagen auf mich zukommt. Hoher Besuch hat sich angekündigt, und ich wüsste nicht, was von mir verlangt wird.«

»Ihr habt Bedenken, dass es nichts Gutes ist?«, fragte Matthias vorsichtig nach.

»Ich weiß nicht, mein Gefühl trügt mich selten.«

»Dann bleibt standhaft. Ihr seid ein ehrbarer Mann.«

Pfarrer Kagerer sah ihn verwundert an. Wie dieser Matthias die Dinge hinterfragte, das gefiel ihm. »Du hast wirklich einen klaren Verstand.«

»Herr Pfarrer, was Sie erzählen, verwirrt mich. Ich bin gerademal achtzehn, erst seit ein paar Tagen in Scrobinhusen und ich höre immer wieder von Dingen, die es mir nicht leicht machen Fuß zu fassen. Ich habe gerade große Zweifel, ob es weiterhin die richtige Entscheidung ist, mein Dorf zu verlassen. Das Landleben stellt für mich immer mehr eine ehrlichere und lebenswertere Welt dar. Und hier erzählt ihr mir von Kirchenmännern, die vom Weg abkommen. Bisher gab es für mich in der Gemeinschaft nur die Respektsperson des Dorfpfarrers.«

»Dein Dorfpfarrer wird sicherlich ein aufrechter Mann sein. Die Institution Kirche im Allgemeinen wird noch viele hundert Jahre daran arbeiten müssen, bis sie verstehen wird, dass man nur durch Ehrlichkeit seinen Schäfchen Geborgenheit geben kann. Man muss zu den Fehlern stehen, die passieren. Sonst verliert man an Glaubwürdigkeit. Und die Menschen wenden sich von der Kirche ab.«

Matthias war erstaunt über diese nicht unbedingt erwartete Offenheit des Pfarrers. Aber offensichtlich waren diesem aufrichtigen Herrn Pfarrer die Verhaltensweisen einiger seiner Berufskollegen ein Dorn im Auge. »So wird man nur, wenn man mit sich nicht im Reinen ist«, mutmaßte Matthias. »Ich habe bisher immer ich selbst sein dürfen. Ich hatte wirklich eine gute Kindheit genossen. Und meine Eltern sind bis heute sehr tolerant.

Sie warfen mir meine fehlende Zielstrebigkeit, einen Beruf zu ergreifen, nie vor.«

»Du hast offenbar sehr weise Eltern, denn einen Entschluss herbeizuzwingen, ist der falsche Weg, wenn es um den Lebensweg ihres Kindes geht.«

»Aber nun ist in mir dieser Entschluss in einer Weise gereift, die mir Kraft gibt, das Ganze durchzustehen. Ich war zwar nicht der Fleißigste, aber immerhin neugierig auf das, was in der Schule in Gerolsbach gelehrt wurde. Vor allem war mein Interesse geweckt, wenn alle vier Klassen in einem Klassenzimmer unterrichtet wurden. Ganz vorne die erste und hinten die vierte Klasse. Mich interessierte immer auch der Unterricht in den anderen Klassen.«

»Da hast du sicher viel gelernt, Matthias.«

»Ach, Herr Pfarrer. Lernen war nicht gerade meine Stärke. Aber ich glaube, ich habe eine gute Auffassungsgabe.«

»Auf jeden Fall«, stimmte Pfarrer Kagerer zu, wohl bemerkend, dass Matthias gerade ein klein wenig in Eigenlob abschweifte. »Haben dich deine Eltern unterstützt?«

»Meine Eltern drängten mich zu nichts, so brauchte ich mich auch in der Jugend nicht über Gebühr mit ihnen streiten. Aber es gab auch kaum Möglichkeiten, über die Stränge zu schlagen.«

Daraufhin meinte der Pfarrer spontan: »Soweit hab ich dich nun schon kennengelernt, dass ich sagen kann, dass du im Grunde ein bescheidener Mensch bist und nicht viel brauchst. Wenn das so bleibt, dann wirst du auch nicht dem Neid und der Missgunst verfallen.«

»Meine Fantasie bietet mir leider manchmal zu viele Wege an. Das macht es eben oft schwer, gleich den richtigen einzuschlagen.«

»Manchmal kann man auch einen Schritt zurück machen, wenn er doch zum Ziel führt. Das ist das Interessante am Leben.«

Matthias nickte nachdenklich.

»Du bist ein kluger Kopf, mein Sohn«, stellte der Pfarrer fest. »Das ist ein weiteres interessantes Merkmal, was dich mit dem Evangelisten Matthäus verbindet. Er wird nämlich in Statuen und auf Bildern oft mit einem Buch und manchmal zusätzlich mit Federkiel dargestellt.«

»Was soll das bedeuten?«

»Ja, dass er ein gebildeter Mensch war. Einerseits als Steuereintreiber, andererseits als Gelehrter, der sein Evangelium verfasst hat.«

»Tatsächlich trage ich ein Büchlein immer bei mir, in das ich alles Nötige und Unnötige aufschreibe. Deshalb bin ich nicht mit einer der berühmtesten Personen der christlichen Welt vergleichbar. Bei aller Bescheidenheit.«

»Natürlich. Lassen wir die Kirche im Dorf, um einmal in Bildern zu sprechen. Aber vielleicht ist es ein Anstoß für dich, dein Büchlein und das, was du da hineinschreibst, tatsächlich auch wertzuschätzen.«

»Ich denke darüber nach, Herr Pfarrer.« Aber weil Matthias nun schon so tiefgründige Gespräche mit Herrn Kagerer geführt hatte, traute er sich, nun auch diese Frage zu stellen. Diese eine, die ihm seit dem Kennenlernen der Kepler'schen Weltbildes beschäftigte.

»Herr Pfarrer, dürfte ich Ihnen eine Frage stellen, auf die ich seit Jahren einfach keine Antwort finde?«

»Aber natürlich, mein Sohn.«

»Wenn Gott die Erde in sieben Tagen erschaffen hat, wann wurde dann das Universum erschaffen? Über die Erschaffung der Planeten und der Sterne steht in der biblischen Schöpfungsgeschichte nichts geschrieben.«

»Na, jetzt machst du deinem Namenspatron Matthäus aber alle Ehre. Du stellst mir die Fragen aller Fragen, denen die katholische Kirche in den letzten hundert Jahren ausgesetzt war. Seit Johann Kepler bewiesen hat, dass sich die Planeten um die Sonne bewegten und nur noch der Mond übrigblieb, der sich um die Erde dreht, war das schon eine harte Nuss, die die katholische Kirche knacken musste. Der Himmel konnte sich auch immer noch über uns im Universum befinden, das Menschenleben spielte sich auf der Erde ab, aber die Hölle hatte wohl ihren Platz tief unten in der Erde verlassen. Die Kirche hatte 1616 dem werten Herrn Kopernikus sogar verboten, weiterhin zu behaupten, dass die Erde nicht mehr der Mittelpunkt sei.«

»Ich habe von meinem Lehrer in Gerolsbach mal erfahren, dass ein gewisser Galileo Galilei in Italien von der Kirche verlangt hatte, dass man die Bibel neu interpretieren müsse. Daraufhin hat er Hausarrest bekommen. Das machte ihn für mich sehr sympathisch.«

»Matthias, du Schelm. Deine Hausarreste mögest du als schlimm empfunden haben, aber sie sind bestimmt nicht vergleichbar mit einer Strafe der Kirche. Das hätte für Herrn Galilei sehr viel schlimmer ausgehen können.«

»Aber es ist doch eine Tatsache, dass die Erde um die Sonne kreist.«

»Ich bin kein Hellseher. Aber ich vermute, das wird der Vatikan bestimmt erst in ungefähr 250 Jahren offiziell zugeben, einen Fehler begangen zu haben, als sie Herrn Galilei gezwungen hatten, er müsse von nun an das Gegenteil behaupten.«

»Ich bin grundsätzlich der Meinung, dass Glaube und Wissenschaft nicht in Gegensatz zueinander stehen müssen. Vielleicht ist aufgrund der Unendlichkeit des Universums Gott ebenso existent wie durch die bisherige Anschauung.«

Pfarrer Kagerer sah Matthias lange an, dann meinte er zu ihm: »Was soll ich dazu noch sagen. Du bist ein wahrer Philosoph. Gott, in welcher Form auch immer, ob in christlicher oder in universeller Form, wird dir stets beistehen. Da bin ich mir sicher.«

»Und was ist der Sinn des Lebens?«

»Die Kirche sagt: Ora et Labora. Also: Bete und arbeite.«

»Aber das Leben hat doch noch viel mehr zu bieten. Und nur einen ganz kleinen Teil davon habe ich bisher kennengelernt.«

»Halt! Der Satz ist noch nicht zu Ende. Aber der Volksmund lässt lieber weg, wie es weitergeht. Denn dann steht die Kirche schlechter da. Der ganze Satz lautet: Ora et labora et lege. Deus adest sine mora.«

»Ich hatte kein Latein.«

»Das heißt: Bete und arbeite und lies, so ist Gott da ohne Verzug. Der Satz kommt von den Benediktinern.«

»Und was soll der mir nun sagen?«

»Dass du zwar arbeiten, aber auch Ruhe finden sollst. Mit dem

Lesen ist im übertragenen Sinn gemeint, dass man Innehalten und über sein Dasein nachdenken soll.«

»Immer wenn ich zuhause über den Sinn des Lebens nachdenke, habe ich genau das Richtige getan?«

»Du Schelm wünscht dir, dass ich dir Absolution erteile über deine Jahre, in denen du in der Wiese gelegen bist?«

»Sie haben mich durchschaut.« Matthias lächelte unsicher. »Nein. So war das nicht gemeint, Herr Pfarrer. Aber wie Sie sehen, bin ich genau deshalb in Scrobinhusen, um meinem Leben einen Sinn zu geben.«

»Sehr gut. Aber ich bitte dich, jetzt nur nicht das Beten während deiner Suche zu vergessen.« Dann stand der Pfarrer auf: »Es war richtig angenehm, sich mit dir zu unterhalten. Aber nun muss ich mich vorbereiten. Zuerst muss ich einen Menschen bei seiner letzten Reise begleiten, gleich da am Friedhof an der Kirche. Dazu muss ich noch mit den Totengräbern und den Seelweibern sprechen. Morgen will ich mal schauen, ob die Lebheimers Zeit hätten, um mit mir über die Taufe zu reden. Vielleicht sieht man sich da ja, wenn du bis dahin noch in der Stadt bist.«

»Das kann gut sein«, sagte Matthias. »Oder wenn du vielleicht morgen zur Samstagabendmesse vorbeischauen möchtest, das wird dir sicher Halt geben, sodass du die Kraft findest, nach deinem Weg weiterzusuchen.« Matthias war in dem Moment bereits aufgestanden, bedankte sich bei Pfarrer Kagerer für das üppige Mahl und verabschiedete sich höflich.

Er lief den kurzen Weg des Sträßchens »Im Tal« bis zum Schrannenplatz. Dann schlenderte er über die Hauptstraße zum Barthenbräu hinüber. Da sah er, dass Sabrina soeben eine Bestellung aufnahm. Er wollte sie bei ihrer Arbeit gar nicht stören. Sie hatte ihn aber schon erspäht. »Wo hast du denn heut übernachtet?«

»Auf einer Parkbank im Pfarrhof.«

»Nicht dein Ernst.«

»Doch. Und ich hab sehr gut geschlafen unter dem Dach des Herrn.«

»Des Herrn Kagerer, meinst du wohl.«

»Ja, so kann man sagen. Und ich durfte sogar mit ihm speisen, nachdem er mich entdeckt hatte.«

»Und er nahm das Brot und sagte Dank ...«

»Nein. Dank sagte ich, als ich satt war.«

»Du bist verrückt.«

»Mag sein. Aber jetzt geh ich zum Lebheimer und lerne Weben.«

»Vorher soll er dir deine Spinnweben aus dem Gehirn entfernen. Nein, halt. Vorher kaufst du dir bitte neue Kleider. Du kommst daher, wie ein pubertierender Landstreicher in deiner zu kurzen und zu engen Hose, deinem schleißigen Gehrock und diesen Socken, die so oft schon geflickt worden sind.«

»Aber neue Kleider sind sicherlich sehr teuer, und du weißt, wie es um meine Finanzen steht. Kennst du denn niemanden, der mir was günstig nähen könnte?«

»Schon. Aber es ist verboten, ohne Meisterbrief selbstständig Kleider zu schneidern.«

»Bei euch ist echt alles verboten. Meine Mutter konnte auch einfache Kleidungsstücke schneidern und nähen. Wo ist denn das Problem?«

»Vor zwölf Jahren ist ein absolutes Verbot erlassen worden. Da wurde unter empfindlichen Strafen die Schwarzarbeit im Schneidergewerbe untersagt.«

»Das heißt, um dich oder jemanden aus deinem Bekanntenkreis nicht der Schandgeige oder einer tagelangen Gefängnisstrafe auszusetzen, soll ich nun richtig Geld ausgeben?«

»Du brauchst keine Angst haben. Keiner wird sich trauen, dich übers Ohr zu hauen. Sogar die Preise für jegliche Art von Kleidungsstücken sind von der Stadt festgelegt worden.«

»Das kann nicht dein Ernst sein. Ich finde das zwar gut, dass ich mich auf eine Preisliste für Kleidung berufen kann. Aber herrscht denn nicht freier Handel? Ist das etwa das Ergebnis des Kapitalismus? Soviel habe ich zumindest über Scrobinhusen schon erfahren, dass die Wohlhabendsten die Gastwirte sind. Und weil man das Brunnenwasser nicht trinken kann, weil es durch die Exkremente der Bürger und Tiere verseucht ist, bleibt einem nur der Gang in die Wirtschaft.«

»Wenn du es so sehen willst, dann ist das eine Art Monopolstellung der Wirte. Also pass auf: Ein einfaches Hemd kostet zwischen sechs und sieben Kreuzer, eine Hose zwischen 14 und 30. Strümpfe vier Kreuzer und ein Mantel aus Loden 15 bis 16 Kreuzer.«

»Den Mantel spar ich mir. Es ist ja Sommer. Also müssten ungefähr 25 Kreuzer reichen. Welches Bekleidungsgeschäft kannst du mir empfehlen?«

»An der Hauptstraße Richtung Oberes Tor gibt es die verschiedensten Läden. Die einen haben den neuesten Schrei auf Lager, die anderen etwas Gediegeneres. Herr Oliver hat nette Ware, gegenüber gibt es etwas Kulturelles. Und in der Nähe vom Oberen und Unteren Tor gibt es etwas für Amtmänner, Stadtbedienstete und Honoratioren.«

»Und wo soll ich nun hingehen? Das war ja nun nicht wirklich hilfreich.«

»Weil es langsam Zeit wird, gehst halt einfach in die Bartengasse zum Fritsch und sagst, ich hätte dich geschickt und du bräuchtest etwas Einfaches und Strapazierfähiges.«

Matthias lief also nur über die Gasse auf die gegenüberliegende Seite, kaufte wie ihm geheißen ein und war in einer halben Stunde wieder da.

»Ja, fesch sieht er aus, der Junge«, rief ihm Sabrina entgegen. »So lass ich dich aus dem Haus.«

Matthias riss sich zusammen, wurde aber doch rot, wie er so vor ihr stand und lächelte verlegen.

»Also los. Mach mir keine Schande. Ich drück dir die Daumen, dass du genommen wirst. Dann wärst du immer in meiner Nähe.«

Matthias klopfte schlagartig das Herz. War das gerade etwas mehr als eine oberflächliche Sympathiebekundung? Er sah ihr in die Augen und merkte auf einmal, dass sie selbst erschrocken war von dem, was sie da gerade gesagt hatte.

Sie überspielte, dass sie verstört über ihre eigenen Worte war und sagte etwas gehetzt: »Aber jetzt muss ich wieder weiter, bevor ich die soeben aufgenommene Bestellung vergesse. Ich wünsch dir von ganzem Herzen alles Gute!«, drehte sich um und verschwand in die Küche.

Der Lebheimer - Gewebefehler

Matthias machte sich auf den Weg zur Tuchmacherei Lebheimer. Er trat ein und ging, den Weg kannte er ja nun schon, hinaus in die Werkstatt. Franz saß bereits am Webstuhl und winkte Matthias heran, als er ihn sah: »Komm herein und sieh dir alles an.«

Matthias ging die paar Schritte auf ihn zu. »Bevor ich dir dieses Wunderwerk der Technik vorstelle, erzähl ich dir etwas über unser Tuchmachergewerbe bei uns in Scrobinhusen. Wie du vielleicht schon mitbekommen hast, heißt die Straße gegenüber sogar Tuchmachergasse. Bei uns haben Textilien eine große Bedeutung. Da werden verschiedene Arten je nach Bedarf und Nachfrage verarbeitet. Eine wichtige Textilart ist Leinen. Weißt du, wie Leinen hergestellt wird?«

»Nein, gar keine Ahnung.«

»Leinen wird aus Flachs gewonnen und zu Kleidung, Bettwäsche und Handtüchern verarbeitet. Auch Hanf wird zu Textilien verarbeitet, aber in geringerem Umfang als Leinen. Ein weiteres wichtiges Textil ist die Wolle, die von Schafen gewonnen wird.«

»Mit Schafen kenn ich mich aus als ehemaliger Hirte. Beim Schafescheren hab ich ab und zu mithelfen dürfen.«

»Na, siehst du. Ganz ohne Vorwissen bist du ja gar nicht. Wolle wird dann zu verschiedenen Kleidungsstücken wie Jacken, Hosen und Mänteln verarbeitet. Wir haben hier auch eine Wollspinnerei, die die Wolle zu Garn verarbeitet, das dann zu Stoffen gewebt wird.«

»Das ist hauptsächlich der Stoff, aus dem die üblichen Kleidungsstücke hergestellt werden, oder?«

»Ja, genau. Aber wir haben auch ein paar edle Herren und Frauen in der Stadt. Die brauchen dann etwas Besonderes.«

»Seide, nicht wahr?«

»Sehr richtig. Seide wird zwar auch verarbeitet, aber nur in begrenztem Umfang wegen der hohen Kosten. Und Baumwolle haben wir meines Wissens überhaupt nicht.« Der Lebheimer

Franz bemerkte, dass es Matthias reichte, was er in der kurzen Zeit erfahren hatte.

»Schau, ich erklär dir, wie ein Webstuhl funktioniert. Es gibt die Kettfäden und den Schussgarn. Alle Fäden sollen am besten ganz glatt sein, dann kann man besser weben. Fühl mal, wie glatt sie sind.« Matthias strich mit den Fingern über das Garn. »Um raue Kettfäden zu glätten und schwach gedrehte Garne zu festigen, tränkt man sie mit Leim oder einer Mischung aus Kleister und Leim, was Schlichten heißt. Dann gleitet das sogenannte Schiffchen besser auf den Kettfäden entlang.« Der Lebheimer Franz zeigte auf die unzähligen Kettfäden im Webstuhl. »Die Kettfäden werden auf die breite Walze, den Kettbaum, aufgewickelt und dann in das Geschirr – so nennt man Schäfte und Kamm – eingezogen. Die Vorbereitung des Schusses ist viel einfacher, weil das meist lockerere und dickere Schussgarn vielfach schon gebrauchsfertig von den Spinnern oder Garnhändlern, den Kauderern, geliefert wird und nur noch angefeuchtet werden muss.«

Matthias brauchte seine ganze Konzentration, um den vielen Fachausdrücken zu folgen.

»Den Trittwebstuhl gibt es schon seit Jahrhunderten. Dabei werden die Schäfte durch Tritthebel abwechselnd gesenkt und gehoben. Dadurch bilden die Kettfäden ein sogenanntes Fach, durch das das Weberschiffchen mit dem Schussfaden geworfen wird. Das ist noch nicht alles. Nach dem Schießen des Schiffchens durch das Fach wird der Schussfaden durch die pendelnd aufgehängte Lade mit dem Webblatt, dem Kamm, dem vor dir stehenden rechteckigen Rahmen mit senkrechten elastischen Stahlstäbchen zur Führung der Kettfäden an das bereits fertige Gewebe angeschlagen.«

Dann schubste der Hausherr das Weberschiffchen an, sodass es durch das Fach schoss. »Sodann wird die Stellung der Schäfte mit dem Trittpedal unten an den Füßen gewechselt, und ein neuer Schuss wird eingetragen und angeschlagen.«

Kurzerhand erhob sich Franz Lebheimer und deutete dem Neuling, sich doch zu setzen. Matthias zögerte. Aber eigentlich hatte er geglaubt, verstanden zu haben, um welche Bewegungsabläufe es sich handelte.

»Wiederhol doch nochmal, was ich grad erklärt hab.«

»Also, Schaft mit dem Tritthebel senken ... Weberschiffchen mit dem Schussfaden anschubsen, bis es drüben wieder herauskommt ... Kammrahmen mit den Stahlstäben an die neue Fadenreihe anschlagen ... Schaft mit dem Tritthebel heben und das Ganze wieder von vorn..« Matthias war noch unsicher und sah hinauf zu Franz, der ihm tatsächlich zufrieden zunickte. »Dann mach das mal ein Weilchen«, meinte er, drehte sich um und widmete sich einer anderen Arbeit, die offenbar gerade sehr dringend war.

Nun saß Matthias da, ohne Aufsicht. Was war nicht schon alles schiefgegangen, das Vorsprechen beim Metzger, der erste Arbeitseinsatz mit dem Kaminkehrer. Würde auch hier etwas Unvorhergesehenes passieren? Matthias beschloss weiterzumachen und schubste das Schiffchen durch das neu entstandene Kettfadenfach und so weiter und so weiter. Das gefiel ihm. Langsam bekam er immer mehr Routine beim Anschubsen des Schiffchens, sodass es genauso weit auf die andere Seite der Stoffbahn schoss, wie es sollte und er es ganz locker aufnehmen konnte. Er bewegte den Kammrahmen anfangs zu heftig mit zu viel Kraftanstrengung oder zu wenig Zug, sodass er ihn besser ein zweites Mal anstoßen musste. Aber auch das ging mit der Zeit immer gleichmäßiger. Er konnte mit immer mehr Gefühl arbeiten. Schiffchen nach links – klack – Schiffchen nach rechts – klack. Er war begeistert. Und es machte Spaß. Er webte schon über eine Stunde, dann war der Schussfaden vom Schiffchen aufgebraucht, er konnte nicht weitermachen. Alle anderen Arbeiter waren beschäftigt und er wollte sie nicht stören.

In einem Regal lagen noch mehr Schiffchen mit aufgespultem Schussfaden herum. Und so beschloss er, eines zu nehmen, es dort, wo der vorige zu Ende war, wieder anzusetzen und weiter zu weben. Es machte ihn richtig glücklich, selbstständig herauszufinden, wie man weitermacht, wenn der Schussfaden zu Ende geht.

Nach einer Weile kam Franz doch noch vorbei, um zu begutachten, was er denn bisher geschafft hatte. Der stutzte und fragte:

»Wer hat dir denn das Schiffchen gegeben?«. Matthias antwortete stolz: »Das habe ich mir selbst aus dem Regal genommen.«

»Warum hast du denn mit einem hellgrünen Faden weitergemacht, wo doch das bisherige Tuch in hellrot gewebt ist?«

Matthias schaute auf das Tuch vor ihm und erkannte keinen Unterschied.

»Kann es sein, dass du farbenblind bist?«, fragte Franz. Ein, zwei Sekunden vergingen, Matthias sank in sich zusammen. Es war ihm bisher nicht aufgefallen. Denn beim Schafehüten und Wolkenzählen auf der grünen Wiese war ihm ein Fehlen der Fähigkeit, rot und grün auseinanderhalten zu können, nie bewusst geworden.

»Es ist schade, aber das ist schon Grundvoraussetzung für einen Tuchmacher, ein Gefühl für Farben zu haben«, meinte Franz. »Jetzt müssen wir das Ganze wieder auftrennen, sonst wäre das Tuch ruiniert.«

Matthias begann umgehend mit dem Herausziehen des Fadens. Er wollte den Schaden wieder gutmachen. »Aber komm, mach dir nichts draus. Darf ich dich aus Dankbarkeit für deine gestrige spontane Hilfe zum Abendbrot einladen?«, fragte Franz.

Matthias war indes zu enttäuscht. Weil ihm bewusst wurde, wieder versagt zu haben, sodass er den Kopf schüttelte. »Nein, ich weiß nicht, ob ich Zeit habe«, flüchtete er sich in Ausreden. Er bedankte sich für die Lehrstunde im Weben und verließ den Lebheimerhof. Er ging die Hauptstraße Richtung Rathausplatz, um sich etwas zum Essen zu kaufen. Da kam ihm unter den vielen Menschen die gut gelaunte Sabrina mit ihrem Einkaufskorb entgegen.

»Und, wie ist es dir ergangen?«, wollte sie sofort wissen. »Warum bist du schon wieder unterwegs?«

»Allwissend bin ich nicht, doch viel ist mir bewusst«, antwortete er seine neueste Erkenntnis umschreibend.

»Weich mir nicht aus. Sag, was ist dir bewusst geworden?«

»Dass ich farbenblind bin. Ich hab die falschen Wollfäden benutzt.«

»Das tut mir sehr leid.«

»Es ist echt bitter.«

»Mach dir nichts draus, wir finden etwas anderes für dich.«

Und schon wieder überkam Matthias eine tiefe Traurigkeit. Er drehte sich um und ging, um mit niemanden sprechen zu müssen, in Richtung Unteres Tor. Dort setzte er sich auf die Stufen des Unteren Stadtbrunnens vor dem Oefelebräu und schmollte. Sabrina war ihm gefolgt, setzte sich einfach neben ihn. Sie ließ ihm Zeit. Da rollte eine Träne seine Wange herunter. Sie wischte sie ihm mit ihrem Daumen zärtlich ab.

»Ich bin zu nichts zu gebrauchen«, flüsterte er, »ich bin farbenblind und kann keinen Beruf ausüben, wo man ein Gefühl für Farben haben muss«, wiederholte er die Worte vom Tuchmacher Franz.

Sabrina nahm ihn in ihren Arm und versuchte, ihn aufzumuntern. »Hast du denn die Funktionsweise des Webstuhls verstanden?«, fragte sie.

»Natürlich. Ich hab es auch schon über eine Stunde ohne Mithilfe versuchen dürfen. Sogar die Fachausdrücke habe ich kapiert, obwohl sie ein Graus für mich waren. Der Bewegungsablauf ist erlernbar.«

»Na, dann ist ja nicht Hopfen und Malz verloren.«

»Red mir jetzt nicht von Bierbrauen, davon hab ich keine Ahnung.«

»Das ist doch nur ein Sprichwort.«

»Ja, verstanden. Aber damit man mit Weben sein Brot verdienen kann, muss man schnell und genau arbeiten. Denn ein Tuch mit Webfehlern ist sicherlich nicht zu verkaufen.«

»Wahrscheinlich nicht. Hab Geduld«, versuchte sie es mit tröstenden Worten: »Du wirst schon noch etwas finden. Irgendwann wird das Schicksal dir den richtigen Weg zeigen, ohne dass du darauf hinarbeitest. Und du hast Mut, wie ich erleben durfte. Du bist mir todesmutig zu Hilfe geeilt, als mich der Raufbold bedrängte. Dir fehlt es nur an der nötigen Menge Muskeln.«

»Ich werde schon irgendwann kräftiger. Das dauert halt.«

»Sehr löblich. So gefällst du mir schon besser.«

Matthias hatte sich wieder einigermaßen gefangen.

»Wie schaut es aus mit Töpfern?«, fragte Sabrina, die schon

wieder nach Alternativen suchte. »Hast du früher, nachdem es geregnet hatte, gerne draußen mit dem Schlamm herumgeknetet? Macht es dir was aus, schmutzige Hände zu bekommen?«

Matthias überlegte und meinte, dass er sich erinnern könne, gern herumgeknetet zu haben.

»Dann könntest du doch das Handwerk des Hafners lernen. Wir haben in Scrobinhusen etliche Hafner, bei denen du töpfern lernen kannst. Aber auch da hast du schwer zu arbeiten. Ton ist bekanntlich der Werkstoff, den man dafür braucht. Und den holt man von außerhalb, nämlich von dem platten Hügel Richtung Aresing. Diesen Ton muss man herunter transportieren zu den Brennöfen. Die stehen da an der Brücke an der Paar vor der Stadt. Sie sind dir bestimmt aufgefallen, als du vor ein paar Tagen hergekommen bist.«

»Ja, die Brennöfen hab ich gesehen. Aber da hat keiner daran gearbeitet. Ich hatte mich schon gewundert.«

»Richtig. Denn was dir bestimmt entgegenkommen würde, das wäre der Umstand, dass man nur bis zum späten Nachmittag brennen darf, weil am Abend die Brennöfen aus sein müssen. In der Nacht darf kein Funkenflug die Stadthäuser gefährden.«

»Oh ja, die Brandgefahr in Stadtnähe, ich verstehe.«

»Und als du vorbeimarschiert bist, hast du vielleicht gesehen, wie die alle qualmen und rußen. Die Hafner mit ihren Brennöfen sind keine Freunde der Stadtbevölkerung.«

Matthias versuchte sich indessen vorzustellen, wie er sich fühlen würde, zuerst den schweren Ton ewig weit zu transportieren, dann zu töpfern, dann den Brennofen zu schüren und nach dem Brennen die Glut zu löschen und schließlich das Getöpferte versuchen zu verkaufen. Auch das schien ihm kein leichtes Leben zu sein.

»Wie sieht es aus mit der Schlosserei?«, fragte Sabrina, die schon wieder versuchte, das nächste Handwerk für ihn auszusuchen.

»Ich kann mir auch vorstellen, dass du dich bei den Schlossern bewerben kannst. Die sind in der ganzen Stadt verteilt. Aber die gibt es vor allem in der Schlossergasse. Oder du versuchst es gleich beim Schlosser Allwanger links neben dem Unteren Tor.«

»Kennst du den? Ist das ein umgänglicher Mann?«

»Ja, natürlich. Geh doch mal zu ihm.«

»Ich versuch es. So schnell geb ich nicht auf!«

»So gefällst du mir schon wieder besser.«

»Du lässt mir auch keine Ruhe.«

»So ist es. Aber pass auf, ich weiß, wie es da zugeht.« Indem sie so weiterüberlegte, fiel ihr eine Geschichte über diesen Gewerbezweig ein: »Ein Freund von mir«, erzählte sie, »hat als Lehrling bei einem Nagelschmied in der Nagelschmiedgasse angefangen. Der hat oft davon erzählt, was man da alles machen muss. Du musst es beherrschen, kleine Nägel für die Schuhsohlen oder auch für Pferdehufe oder größere Nägel, die man auf dem Bau brauchen kann, zu schmieden. Dafür würde dir die Kraft vielleicht ausreichen.«

Matthias vollführte Handbewegungen, die kleine zierliche Hammerschläge andeuten sollten. »Also diese Nägel zuzuklopfen, das kann doch nicht so schwer sein. Da geh ich hin und versuch es!«

Bewundernd sah ihn Sabrina an und meinte: »Ich freu mich, dass du dich nicht entmutigen lässt. Wenn du dir das zutraust, dann versuche es. Mehr wie schiefgehen kann es nicht.« Sie hielt inne, rang sich aber dann doch durch, ihren spontanen Einfall auch auszusprechen: »Den lieb ich, der Unmögliches begehrt.«

Matthias stutzte. Stille. Weiter Stille. Dann: »Was sagst du da? Das ist genial. Das könnte von mir sein.«

Sabrina wurde rot. »Ich bin selbst verwundert. Ist mir das peinlich.«

»Das muss es nicht. Es kam von Herzen.« Matthias sprang auf. »Nun gut. Ich will es wissen. Also geh ich gleich hin, bevor ich noch mehr Zeit verliere.«

»Na dann wünsch ich dir viel Glück. Bis heute Abend. Meldest du dich, wenn du Feierabend hast?«

»Ja. Ich werde sofort berichten. Aber vorher muss ich mich noch um eine Schlafgelegenheit kümmern. Beim Pfarrer sollte ich nicht noch ein weiteres Mal übernachten. Heute versuche ich es noch einmal beim Oefelebräu.«

»Gut, dass wir so eine große Auswahl haben.«

»Ja, wenn ich halt so anspruchsvoll bin.«

»Du hast einfach Geschmack.« Matthias lief gleich los, überquerte die Hauptstraße und ging rein in den Oefelebräu.

Er hatte Glück. Das Dachzimmer mit Sternenblick war noch frei. Er bedankte sich, verließ das Gasthaus gleich wieder. Nun konnte er zum Allwanger hinübergehen und sich bewerben.

Der Allwanger - Seines Glückes Schmied

Es waren nur ungefähr fünfzig Meter bis zur Schlosserei Allwanger. Die Werkstatt war am nördlichen Stadttor auf der linken Seite. Das war ein stattliches Gebäude mit großem Eingangstor. Matthias betrat es und sah sich um. Die Geräuschkulisse war ohrenbetäubend. An einem Amboss stand ein älterer Schlosser, der gerade die Beschläge eines Gartentores bearbeitete. Seine Oberarme waren von beeindruckendem Umfang. Aber seine Unterarme waren nicht weniger muskulös. Matthias näherte sich ihm von der Seite. Trotzdem bemerkte ihn der Mann nicht. Als er nur noch einen Meter von ihm entfernt war, erschrak dieser und schrie: »Himmelherrgott, hast mich du erschreckt. Was willst du denn hier?«

»Ich hätte gern den Meister Allwanger gesprochen. Ist er gerade da?«

»Ja, ist er. Du musst durch die hintere Tür. Da ist sein Büro. Er macht gerade eine Rechnung für einen Kunden fertig.«

Matthias bedankte sich mit angedeutetem Kopfnicken und ging nach hinten. Er klopfte mehrmals an der Tür, aber es war so laut, dass es im allgemeinen Gehämmere scheinbar unterging. Also öffnete er vorsichtig die Türe und streckte den Kopf hinein. »Verzeihung, störe ich?«

»Wer bist du denn?« Der Schmiedemeister blickte von seinem Schreibtisch hoch.

»Ich bin der Matthias Kronleichter und wollte fragen, ob ich bei Ihnen lernen kann.«

»Ja, traust du dir das denn zu? Bei uns muss man richtig zulangen.«

»Wenn Ihr mir eine Chance gebt, dann könnte ich es ja mal versuchen.«

»Dann meldest du dich gleich draußen beim Raßheimer Franz. Das ist mein Geselle. Der muss gerade ein paar Nägel schmieden. Nägel zu schmieden ist zwar nicht unsere eigentliche Arbeit, weil das hauptsächlich in der Nagelschmiedgasse gemacht wird. Aber das ist eine überschaubare Arbeit, mit der könnte ich dich mal anfangen lassen. Da ist nicht so viel kaputt, wenn du die Rohlinge verbiegst.«

»Danke, Meister. Ich stell mich gleich bei ihm vor und sag ihm, er soll mir etwas beibringen.« Dann ging Matthias hinaus zum Gesellen und stellte sich ihm vor. »Servus. Ich bin der Matthias und der Meister Allwanger hat gemeint, du könntest mir etwas beibringen.«

»Ja, was bildet er sich denn ein? Ich arbeite hier im Akkord. Und dann soll ich meine kostbare Zeit mit dir verplempern?«

»Wenn ich bei euch eine Lehre anfange, dann kann ich dir später einmal helfen und du wirst schneller fertig. Also. Lernst du mir etwas?«

»Du weißt schon, was Schmiedearbeit bedeutet? Soll ich dir mal etwas von unserer Arbeit erzählen?«

»Darum bin ich da. Wie wäre es, wenn du mir erst mal dein Werkzeug und die Werkstatt erklärst?«

»Wer schafft jetzt da wem was an? Ich glaube, du bringst da etwas durcheinander.«

»Ich bitte dich einfach nur um eine Einweisung. Kannst du mit dieser Bitte leben?«

»Na gut. Halt den Mund und höre zu. Hier, wo das Feuer brennt, das ist die Esse. Wir feuern mit Holzkohle. Die verbrennt viel schneller als Steinkohle oder Koks. Aber die muss man halt nicht so teuer einkaufen. In der Werkstatt verteilt stehen unsere Ambosse. Wir haben welche zum Schmieden von Hufeisen, Pflugscharen, Achsen, Geländern und Nägeln. Auf das Gewicht des Werkstückes kommt es halt an. Wenn das Ambossgewicht falsch ausgelegt wird, kann der Amboss zu federn oder zu schwingen beginnen, was sich ungünstig auf den Schmiedevorgang auswirkt.«

»Soll das heißen, die beginnen zu schwingen, wenn ihr da draufhaut?«

»Davon kannst du ausgehen. Wir hauen ja nicht einmal drauf. Sondern hunderte Male.«

»Beeindruckend.«

»An den Werkbänken sind die Schraubstöcke montiert. Sie

sind zusätzlich mit Rundungen und Kanten versehen, um Biegearbeiten zu erleichtern. An der Wand hängen unsere Hämmer. Je nach Situation nehmen wir verschiedene Hämmer her. Hilfshämmer sind Spalthämmer, Lochhämmer oder Aufdornhämmer. Sie werden verwendet, um Löcher ins Werkstück zu schmieden oder es zu spalten. Ein Spalthammer hat eine gerundete Schneide, wodurch eine bessere Geradführung gewährleistet wird als mit gerader Schneide. Aufdornhämmer werden verwendet, um ein Loch in eine Ellipsen-, Rechteck-, Flach- oder Kreisform zu schlagen. Die Zuschlaghämmer werden von einem zweiten Schmied geführt und wiegen zwischen fünf und 15 Kilogramm. Sie werden in zwei Hauptarten Kreuzzuschlaghämmer und Vorschlaghämmer eingeteilt.«

»Was, die wiegen bis zu 15 Kilo? Die kann ich ja grad mal aufheben. Und ihr haut da hunderte Male drauf?«

»Bis es glüht und sich formen lässt.«

»Man muss das Eisen schmieden, solange es warm ist.«

»Viel schlimmer! Hier kannst du etwas ungestraft zur Weißglut bringen. Leider kommst du bei uns mit Sprichwörtern nicht weit.«

»Da hast du wohl recht. Da ist eher das Sprichwort aus der Bibel passend: Im Schweiße deines Angesichts.«

»Auch richtig. Aber schau weiter nach hinten an die Wand. Dort hängen die verschiedenen Zangen. Für jede Arbeit gibt es die passende oder passend gemachte Zange.«

»In Ordnung. Aber der Meister Allwanger hat gesagt, ich dürfte mit einer einfacheren, nicht so schweren Arbeit anfangen. Er meinte, das Nägelschmieden wäre vielleicht so eine Tätigkeit.«

»Soso. Der Meister meint, das Schmieden der Nägel ist ein Kinderspiel. Dann erzähl ich dir etwas von den Prüfungsaufgaben des Nagelschmieds. Pass mal auf. Da musst du wirklich im Akkord arbeiten. Die Meisterprüfung besteht darin, dass man in fünf Tagen 500 kleine Nägel, 1000 flache Nägel, 1000 Krammernägel mit glatten Köpfen, 400 Tornägel und 500 Bretternägel schmieden muss. Also 850 Nägel an jedem Tag. Und so ein 14-Stunden-Tag kann lang dauern, wenn man in der Stunde 60 Nägel schmieden muss.«

»Oh Gott. Da bleibt einem keine Zeit zum Träumen.« Matthias bekam nun endgültig richtig Zweifel. »Ein jeder ist seines Glückes Schmied, heißt es. Aber bitte sind Sie mir nicht böse. Ich glaube, dass ich beim Schmieden nicht mein Glück finden werde«.

»Das hab ich mir gleich gedacht. Aber du hast mich jetzt eine Stunde von der Arbeit abgehalten.«

»Das tut mir leid, aber ich dachte wirklich, ich könnte mir das zutrauen.«

»Dann wünsch ich dir viel Erfolg bei deiner Suche nach dem passenden Beruf«, sagte der Raßheimer Franz. Matthias verbeugte sich nochmal und ging durch das Werkstatttor wieder hinaus.

Sabrina sah ihn schon von Weitem und empfing ihn mit einem Lächeln. »Na, das war ja ein kurzer Besuch beim Schmied.«

»Das Erdentreiben, wie's auch sei, ist immer doch nur Plackerei.«

»Sprich nicht so geschwollen, Matthias. Ich möcht wissen, wie es dir ergangen ist.«

Matthias sah sie an und schüttelte den Kopf. »Nein, das ist auch nicht das, womit ich mein Leben verbringen will.«

»Ist es so, wie mir schon mal berichtet wurde?«

»Viel schlimmer.«

»Gut. Dann suchen wir weiter. Du sollst ja nicht als Bettler auf Scrobinhusens Straßen enden. Warte ein bisschen. Ich muss kurz bedienen und nachdenken. Setz dich hin. Ich komm gleich wieder.«

»Nein, warte. Ich habe mir gerade überlegt, dass ich in die Abendmesse gehen könnte. Pfarrer Kagerer hat mich heute Vormittag eingeladen. Ich hätte jetzt Zeit.«

»Ja toll, werde mir aber nicht zu christlich.«

Die Messe - Glockenspiel

Matthias überquerte den Rathausplatz und ging durch das kleine Gässchen auf das Hauptportal der Kirche zu.

»Matthias«, rief plötzlich der Pfarrer, der an der Eingangspforte stand. »Schön, dass du meiner Einladung gefolgt bist.«

»Gerne, Herr Pfarrer.«

»Du, ich bin in einer Notlage. Könntest du bei der Messe aushelfen?«

»Äh, ja, aber ich kenne mich mit den kirchlichen Abläufen nicht so gut aus.«

»Das macht nichts. Ich hab ein ganz anderes Problem. Der Mesner Hueber Leonhard ist krank geworden und mein Oberministrant, der Alberstötter Albert, der ist bei Verwandten in Langenmosen. Jetzt hab ich nur noch den Kuhn Konrad und den Prestele Christian als Ministranten, die mir beim Ministieren helfen müssen. Der Thalhofer Michael ist vor einer Woche als Wandergeselle auf Wanderschaft gegangen und der Gabler Josef muss heute in der Vorstadtkirche aushelfen.«

»Und wobei soll ich genau helfen?«

»Ich brauche jemand, der während der Messe die Glocken läutet. Meine jüngeren Ministranten sind alle zu leicht, um die schwere Glocke an den dicken Seilen zum Läuten zu bringen. Komm mit, ich zeige dir, wo es den Glockenturm hinaufgeht. Du weißt doch, wann die Glocken zu läuten haben, oder?«

»So ungefähr schon.« Matthias war etwas unsicher, glaubte aber den Ablauf der Liturgie soweit zu kennen, zumindest dass es ihm während der Messe einfallen würde, wann zu läuten wäre.

»Du machst das schon.« Pfarrer Kagerer ließ ihn allein, denn gleich ging die Messe los.

Nun war Matthias auf sich gestellt. Während der Messe achtete er auf die Worte des Pfarrers. Es folgten Predigt und Fürbitten. Dann die Wandlung. Nun hatte er kurz zu läuten.

Also hing er sich an das dicke Seil und begann die Glocke schwingen zu lassen. Aber das dauerte. Denn die schwere Glocke brauchte ein paar Schwünge Vorlauf. Matthias hing sich mit all seinem Gewicht an das Seil, und als es ihn beim Rückschwung einen Meter in die Höhe riss, ließ er erschrocken los und fiel auf das Treppengeländer des Glockenturms. Er stieß einen kurzen Schrei aus, weil seine Rippen einen heftigen Schlag bekamen. Die Zähne zusammenbeißend, hing er sich erneut an das vor ihm tanzende Seil. Sein Rücken schien auseinanderzureißen, aber er hielt durch. Bis es endlich soweit war, dass die Glocke ertönte, war die Wandlung bereits an ihrem Ende angelangt, eine peinliche Pause war entstanden.

Nun konnte er sich voll und ganz seinem Schmerz hingeben, bis die Messe ihrem Ende entgegenging. Jetzt musste er nur noch zum Auszug die Glocken richtig läuten lassen, und er war erlöst. Es schmerzte immer noch heftig, aber er durfte nun nicht aufgeben, wie weh es auch tat.

Endlich war die Messe vorüber, und der Pfarrer entließ die Kirchengemeinde in den Feierabend. Matthias hinkte mit gekrümmtem Rücken und schmerzverzerrtem Gesicht ins Freie. Wieder festen Boden unter den Füßen, dachte er: »Die Erde hat mich wieder.«

Einige Kirchgänger, an denen er vorbei humpelte, betrachteten ihn, den Fremden, als ob er ein Monster wäre. Der Pfarrer kam kurz noch einmal auf ihn zu, um sich bei ihm zu bedanken.

»Es ist zwar nicht alles perfekt gelaufen, aber beim nächsten Mal geht es bestimmt besser.«

»Beim nächsten Mal? Wie meinen Sie das, Herr Pfarrer?«

»Na wir sehen uns doch jetzt sicherlich öfter.«

»Ich werde mal sehen.«

Da sah ihn der Pfarrer mit gewinnendem Lächeln an und sagte: »Gehe er hin in Frieden.«

»Ich wünsche Hochwürden eine geruhsame Nacht.«

Matthias konnte sich einfach noch nicht vorstellen, dass er mit diesem verbogenen Rücken eine geruhsame Nacht haben würde.

Weil ihm nichts Besseres einfiel, schlenderte er zurück zum Barthenbräu.

Da er gerade nichts trinken wollte, setzte er sich in eine Ecke und hoffte, dass der Schmerz bald nachlassen würde.

Sabrina bediente konzentriert die Gäste. Als sie ihn sah, kam sie kurz an seinen Tisch. »Soll ich dir etwas bringen? Etwas zu trinken, etwas zu essen?«

»Eine Salbe gegen Rückenschmerzen vielleicht.«

»Wieso das denn? Hast du dich wieder geprügelt?«

»Nein, ich war der Glöckner von St. Jakob.«

»Das ist an sich noch nicht schmerzhaft.«

»Nur, wenn man die falsche Technik anwendet.«

»Vieles liegt an der Technik und nicht an der Größe. Also, was ist geschehen?«

»Der Pfarrer hat mich ohne Einweisung auf den Glockenturm geschickt, um während der Messe die Glocken zu läuten. Allerdings bin ich mit dem Seil nicht zurechtgekommen. Also hat es mir den Boden unter den Füßen weggerissen und ich bin ans Treppengeländer gedonnert.«

»Ist was gebrochen?«

»Nein, mein Rücken ist noch heil.«

»Ich meinte das Treppengeländer«.

»Sehr witzig.«

Sabrina schmunzelte, sah sich um und meinte: »Du, ich muss wieder zu den Gästen. Ich komm später nochmal vorbei.«

Das Spital - Kraut und Rüben

Nachdem Sabrina die Tische abgeräumt hatte, kam sie an seinen Tisch. »Mir ist wieder ein Beruf eingefallen, den du auch noch ausprobieren könntest.«

»Wenn ich dabei keine Nägel klopfen muss.«

»Vielleicht hast du ein Händchen für die Pflege von älteren Leuten. Gleich um die Ecke in der Spitalgasse ist das Heilig-Geist-Spital. Das kennst du ja schon. Dort sind unsere Alten und Kranken untergebracht.«

»Und da willst du mich jetzt einliefern?«

»So buckelig, wie du nach der Messe dahergekommen bist, hättest du gute Chancen, aufgenommen zu werden.«

»Du willst mich loswerden. Ist schon recht.«

»Nein. Ich meine es ernst.«

»Mit älteren Menschen kann ich vielleicht umgehen und ihnen helfen. Aber mit Krankheiten kenne ich mich halt nicht aus.«

»Du musst nicht glauben, dass dort alles sehr professionell zugeht. Die medizinische Versorgung ist natürlich sehr einfach und beschränkt sich hauptsächlich auf die Grundversorgung von Krankheiten.«

»Also muss man Glück haben, wenn einem mit der richtigen Behandlung versucht wird zu helfen.«

»Genau. Die Behandlungsmethoden sind schmerzhaft, wie ich gehört habe und trotzdem wenig hilfreich.«

»Das wird sich bestimmt ändern im Laufe der Jahrhunderte. Man sollte gut auf seine eigene Gesundheit achten.«

»Leichter gesagt als getan. Krankheiten wie Pest, Cholera und Seuchen treten immer mal wieder auf und stellen eine große Herausforderung für die Spitalärzte und das Pflegepersonal dar.«

»Und du meinst, sie haben nur noch auf mein Spezialwissen gewartet?«

»Nein, aber Hilfskräfte werden immer gebraucht. Du wärst dann ein Bufdi.«

»Ein was?«

»Ein Bairisch-uriger Freigeist und Dichter.«

»Und damit soll ich das marode Sozialwesen revolutionieren?«

»Genau. Das wäre ein Anfang. Es hat sich schon Vieles gebessert seit früher. Da war es eher eine Unterbringung bei Wasser und Brot. Aber seit man sich beim Kurfürsten in München beschwert hatte, wurde das Essen um Klassen besser.«

»Krankenpflege ist doch immer ein Zuschussgeschäft. Das versteh ja sogar ich mit meinen achtzehn Jahren. Die kann doch niemals gewinnbringend sein.«

»Gut erkannt. Jetzt gibt der Kurfürst einen kleinen Zuschuss. Seitdem gibt es täglich Milchsuppe zum Frühstück und zum Mittagessen Kraut und Milch, manchmal sogar mit Fleisch. Und das Abendessen ist sogar recht üppig, indem Fleischsuppe mit Milch oder einem Viertel Bier, am Freitag Erbsensuppe, am Samstag geschmalzenes Brot und am Sonntag sogar Fleischsuppe mit einem Stück Fleisch serviert wird.«

»Da kann man echt nicht meckern«, ergänzte Matthias leicht zynisch.

»Das wäre zwar eine gewisse Aussicht auf geregelte Mahlzeiten, wenn man sich dort in den Dienst stellen würde, aber etwas abwechslungsreicher könnte der Speiseplan schon sein.«

»Da hast du natürlich recht. Der Speiseplan ist nicht das, was man als ausgewogene Ernährung ansehen könnte. Da wäre der hauseigene Speiseplan des Barthenbräu schon besser«, musste sie ihm beipflichten. »Solange du noch nicht in der Pflege mithelfen kannst, könntest du die Gebrechlichen einmal in der Woche in das Spitalbad hinüberführen. Dort werden sie dann gewaschen oder gebadet. Oder ihnen werden vom Bader alte faulige Zähne gezogen. Vielleicht darfst du sogar beim Schröpfen zusehen. Und nach der Behandlung führst du sie dann wieder zurück ins Spital.«

»Ich überlege es mir. Altenpflege ist sicherlich ein ehrbare Tätigkeit. Und höre«, fügte er mit erhabener Geste hinzu: »Willst du glücklich sein im Leben, trage bei zu anderer Glück; denn die Freude, die wir geben, kehrt ins eigene Herz zurück.«

»Und was soll mir dieser weise Spruch sagen?«

»Dass zumindest mein Seelenheil bei dieser Arbeit gesichert wäre.«

»Jetzt trag doch nicht so dick auf. Pflege ist harte Arbeit, mit Glück hat das weniger zu tun. Gebrechliche Menschen zu füttern und den Nachttopf zu leeren, das ist doch nichts, was dich und die Patienten auf Wolke sieben schweben lässt.«

»Ich motiviere mich nur gerade. Aber ich fürchte, damit kann ich keine Familie ernähren. Und wenn es mir gelingen sollte, eine Frau zu finden, dann wird mir der Lohn nicht reichen.«

»Du denkst daran, eine Familie zu gründen? Ein Schritt nach dem anderen, mein lieber Matthias.«

»Ist ja gut. Ich hätte da noch eine Idee. Man müsste einmal durchrechnen, ob es sich rentieren würde, wenn man sich in der Ausübung der Pflege selbstständig machen würde.«

»Und wozu soll das gut sein?«

»Da würde ich dann mit dem Kurfürsten selber abrechnen, oder?«

»Vergiss es.«

Sabrina stand auf und sagte: »Entschuldige, aber ich muss in die Küche und abspülen helfen. Kann ich dich nochmal alleine lassen?«

»Ich bin wohl der am meisten verlassene Mann in dieser Stadt.«

»Ich hab ja so Mitleid.«

Und er war wieder allein.

Geldsorgen - Neue Banken braucht das Land

Matthias saß da und überlegte. Er musste sich eingestehen, dass sein Geld nicht mehr lange reichen würde. Große Sprünge konnte er sowieso nicht mehr machen. Was wäre, wenn er nun noch etwas brauchen würde? Eine neue Hose oder ein neues Hemd. Womit würde er seine Schuhe beim Sailer Andreas reparieren lassen, wenn sich die Sohle mal lockern würde? Die Fugger in Augsburg hatten dermaßen viel Geld, dass sie es sogar verleihen, wie er hörte. Gab es denn in Scrobinhusen nicht auch einen reichen Mann, der ihm etwas leihen würde, wenn er ihn darum bitten würde? Er sah sich um.

Am Nebentisch saß ein großer, hagerer Mann und trank ganz alleine ein Bier. Matthias fragte sich, ob er stören dürfe, und so nahm er seinen ganzen Mut zusammen und sprach ihn an. »Entschuldigen Sie, darf ich Sie was fragen?«

Der Mann schluckte einen Bissen, den er gerade im Mund hatte, hinunter. »Gerne. Um was geht es?«

»Gibt es in der Stadt einen wohlhabenden Mann?«

»Das ist schwer zu sagen. Was meinst du mit wohlhabend?«

»Na soviel, dass er Geld verleihen würde.«

»Da haben wir einige hier, die Geld haben. Aber verleihen, das will sicherlich keiner eins. Warum fragst du?«

»Mir geht bald mein Erspartes aus. Und bevor ich verhungere, muss ich mir irgendwie eines leihen.«

»Und du glaubst, dass dir irgendjemand Geld leihen würde? Ja, wo kommst du denn her?«

»Aus dem Gerolsbacher Hinterland.«

»So schaust du aus.«

»Was soll das denn heißen?«

»Du hast keine Ahnung. Was hast du bisher gemacht?«

»Ich war Schafhirte. Und dann habe ich Erfahrungen beim Metzger machen dürfen. Und ich war schon beim Kaminkehrer in seinen Diensten. Auch in der Textilbranche war ich kurz. Ich habe quasi auch schon einen Krankentransport begleitet. Und im Betrieb eines Schmieds hatte ich eine gewisse Bildung erfahren dürfen. Ich bin reich an Erfahrungen. Nur aber nicht mehr an Kapital. Also gibt es eine Bank in Scrobinhusen?«

»So etwas, wie die Fugger, die schon vor 1500 eine Bank gegründet hatten, gibt es bei uns nicht. Aber ich habe von einer im Jahre 1705 durch Kurfürst Johann Wilhelm II. gegründeten Bank gehört, die als erste Zettelbank des Reichs galt. Sie gab die ersten Zahlungsmittel in Form von Bankozetteln in Deutschland aus.«

»Was sind denn Bankozettel?«

»Das ist ein sogenanntes Papiergeld. Das haben die Schweizer vor über hundert Jahren schon erfunden, aber bei uns setzt es sich noch nicht so durch. Aber Münzgeld ist halt eigentlich unpraktisch.«

»Aber was soll ich denn mit dem Papier? Wo kann ich etwas dafür kaufen?«

»Das ist derzeit noch etwas schwierig. Aber es wird sich durchsetzen. Es dauert halt einfach.

Mittlerweile entstehen im Staat die ersten Sparkassen, um den ärmeren Bevölkerungsschichten eine sichere Möglichkeit zu eröffnen, kleinste Kapitaleinlagen zur Risikovorsorge im Alter oder bei Krankheit verzinslich zurückzulegen. Als sparkassenähnliches Institut gilt die Leihbank zu Hanau, die erst kürzlich im Jahre 1738 durch Landgraf Wilhelm VIII. gegründet wurde.«

»Was erzählen Sie mir da gerade alles? Sie sind ja bestens informiert. Wer sind Sie?«

»Ich habe mich selbst über das Bankwesen so intensiv erkundigt, weil ich tatsächlich überlege, eine Bank für die bäuerliche und bürgerliche Bevölkerungsschicht zu gründen.«

»Da hab ich ja gerade denjenigen gefragt, der am besten informiert ist.«

»Ich leihe dir aber trotzdem kein Geld, mein Junge. Du hast keine Sicherheiten.«

»Also Sie geben mir erst Geld, wenn ich selber Geld habe?«

»So ähnlich funktioniert das System.«

»Dann danke für das Gespräch.«

»Gerne. Wie heißt du eigentlich?«

»Ich bin der Matthias Kronleichter. Und wer sind Sie?«

»Ich heiße Karlheinz Hofdoerfler.«

»Ja vielleicht sehen wir uns mal wieder.«

»Vielleicht. Bedienung! Bitte zahlen.«

Herr Hofdoerfler stand auf und verließ das Gasthaus. Matthias war wieder allein. Es dauerte eine Weile, bis Sabrina wieder zurückkam. »Na, wie war es so ganz allein?«

»Ich war gar nicht allein. Ein Herr Hofdoerfler hat mir das Finanzsystem erklärt.«

»Und was ist deine Erkenntnis?«

»Ich muss zuerst reich werden.«

»Du sprichst schon wieder in Rätseln.«

»Das macht mich so interessant.«

»Mein Interesse an dir lässt gerade schwer nach.«

Nachdem Sabrina einmal durchgeschnauft hatte, sagte sie: «Ich habe wieder einmal nachgedacht. Willst du meine Ratschläge noch hören oder reicht es dir?«

»Nein, bitte schieß los. Ohne dich bin ich doch aufgeschmissen.«

»Werde doch Bierbrauer, wenn dir das Bier so gut schmeckt.«

»Bei euch?«

»Nein. Dazu sind wir eine zu kleine Brauerei. Mein Vater und mein Bruder bewältigen die Arbeit ganz gut allein. Aber versuch dein Glück doch drüben beim Bräumichl. Das ist unsere größte Brauerei mit einer großen Gaststube und dem imposantesten Saal von ganz Scrobinhusen. Die müssen regelmäßig Bier brauen. Da kannst bestimmt in das Gast- oder das Braugewerbe hineinschnuppern.«

»Interessant wäre es schon. Das hab ich mir schon gedacht, als der Lacherbräu-Wirt mir den Vortrag über das Bierbrauen gehalten hat. Im Gegensatz zum Schmieden von Nägeln finde ich es viel interessanter, die Zutaten von Bier zusammenzumischen, um dann ein wohlschmeckendes Gebräu zusammenzubringen. Und die Arbeitsschritte werde ich schon lernen.«

»Der nächste Schritt für mich ist jetzt der Schritt ins Bett. Meine Füße tun mir weh und ich bin müde. Wo schläfst du heut Nacht? Wieder beim Pfarrer?«

»Nein. Ich bin beim Oefele abgestiegen. Dort genieße ich auch den Sternenhimmel.«

»Vermietet der jetzt Parkbänke?«

»Nein, aber eine Kammer mit kreativer Dacheindeckung.«

»Eine kümmerliche Kammer?«

»Du hast es erfasst.«

Der Bräumichl - Vorstellungskraft

Matthias kam am nächsten Tag zum Frühstücken zurück in den Barthenbräu. Dort fühlte er sich schon wie daheim. Sabrina arbeitete natürlich schon. »Guten Morgen«, begrüßte sie ihn.

»Ebenfalls guten Morgen.«

»Dasselbe wie immer, mein Herr?«, fragte sie kokett.

»Die selbe Prozedur wie immer, Fräulein Sabrina.«

»Und? Gehst jetzt zur Konkurrenz, weil wir dir nichts bieten können?«, fragte sie herausfordernd.

»Tja, man muss sehen, wo man bleibt in dieser Welt«, erwiderte er.

»Na, dann wünschen wir dem gnädigen Herrn ein gutes Gelingen.«

»Der Worte sind genug gewechselt. Lasst uns auch endlich Taten sehen.«

»Red keinen Schmarrn. Steh auf und mach es einfach.«

»Indes Ihr Komplimente wechselt, kann etwas Nützliches entstehen.«

»Du heischst nach Komplimenten? Hier ist eins.« Sabrina machte drei Schritte um ihn herum und gab ihm einen angedeuteten Tritt in den Hintern. Matthias tat erschrocken, drehte sich elegant weg und ging die Hauptstraße los in Richtung Bräumichl. Sie schaute ihm noch eine Weile nach, schüttelte nachdenklich den Kopf und nahm ihre Arbeit wieder auf.

Matthias betrat den Bräumichl über das Hauptportal. Schon war er in der reich verzierten Gaststube. Wieder stand er vor der Frage, an wen er sich wenden solle. Nach kurzem Zögern ging er auf die Bedienung hinter der Theke zu und wartete, bis sie ihn wahrnahm. »Grüß Gott.«

»Servus, was darfs denn sein?«

»Ich hätt gern den Inhaber des Bräumichl gesprochen.«

»Und was willst du von dem?«

»Ich möcht mich vorstellen.«

»Wozu?«

»Um mich bei ihm zu bewerben.«

»Als was?«

»Als Brauer.«

»Da brauchst aber schon ein bisschen Kraft in den Armen.«

»Ist denn Malz und Getreide so schwer?«

»Oh mei. Da fehlt es wohl weiter. Das Schwerste ist die Abfüllerei und das Transportieren von Fässern. Hast schon mal ein Fassl Bier gesehen?«

»Natürlich. Mir sind in den letzten Tagen immer mal wieder Pferdegespanne mit Fässern auf dem Wagen begegnet.«

»Eben. Und was glaubst du, wie viel Liter in einem Fassl drin sind?«

»100 Liter. Das habe ich schon erspäht. Das steht auf den Deckeln der Fässer.«

»Und wie viel wiegen die dann?«

Matthias merkte, dass er nun aufgeflogen war mit seiner Rechenkunst und zuckte nur mit den Schultern.

»Gut, das ist ganz schön schwer. Aber kann ich denn bitte trotzdem den Inhaber sprechen? Ich hätte mich gerne vorgestellt. Vielleicht könnte er sich ja vorstellen, für welche Tätigkeit ich nicht zu schmächtig wäre.«

»In Ordnung. Dann gehst hinten in die Büroräume. Die erkennst du daran, dass auf der Tür steht »Betreten verboten«, hast du verstanden?« Matthias nickte, bedankte sich und ging den Gang entlang. Vor der entsprechenden Tür blieb er stehen. Er klopfte.

Jemand sagte »Herein.« Matthias öffnete die Tür. Vor ihm saß hinter einem mächtigen Schreibtisch ein stattlicher Mann mit Glatze und Schnauzer. »Grüß Gott«, versuchte Matthias mit lauter Stimme zu sagen. »Sind Sie der Besitzer des Bräumichl?«

»Ja, der bin ich. Ich bin der Lanzel Gerhard. Und wer bist du?«

»Ich bin der Matthias Kronleichter und komme vom Land. Ich wollte gnädigst fragen, ob ich bei Ihnen als Brauer anfangen könnte.«

Der gewichtige Mann lachte laut auf, sein großer Brustkorb bebte.

»Glaubst du nicht, dass dein Körperbau für schwere Arbeit weniger geeignet ist?«

»Mag sein. Aber ich bin gewillt, es zu versuchen. Ob ich zu schwach bin, werde ich in den nächsten Tagen herausfinden.«

»Das einzige, was ich mir vorstellen könnte, wäre den Hopfen und das Malz abzumessen und zum Sud hinzuzugeben. Da heißt es Fingerspitzengefühl zu zeigen. Da kommt es auf jedes Kilo an. Denn gibt man zu wenig dazu, schmeckt das Bier zu fad und gibt man zu viel dazu, wird es zu bitter.«

»Das verstehe ich. Ich möchte ein gelehrsamer Schüler sein und konzentriert arbeiten. Und ich werde mit der Zeit bestimmt kräftiger werden. Sie müssen wissen, ich bin nicht zimperlich.«

»Vielleicht wächst an dich tatsächlich noch was dran. In Ordnung. Versuchen wir es. Du fängst jetzt gleich einmal an, dann werden wir schon sehen. Komm mit.«

Beide gingen in den hinteren Bereich, in dem Bier gebraut wurde. Der Herr Lanzel öffnete eine breite Tür und sie betraten eine Halle, in der große kupferne Braukessel standen. Dahinter waren Fässer gelagert. Der Braumeister sagte: »So, da wären wir. Du säuberst jetzt mal die Fässer. Hier sind Bürsten. Du nimmst dir eine und schrubbst die Fässer vom alten Dreck ab. Dann spülst du sie mit Wasser aus, aber gründlich, gell! Sie müssen blitzsauber sein, damit das frisch gebraute Bier eingefüllt werden kann. Wenn da noch ein kleiner Rest vom alten, abgestandenen Bier drin ist, wird das neu eingefüllte Bier schlecht und man muss den ganzen Inhalt wegschütten. Also sei vorsichtig. Da hinten hängen Schürzen. Da hängst du dir eine um und fängst mal an. Ich komm später wieder und kontrolliere das.«

Matthias blieb also nichts anderes übrig, als zu tun, was ihm befohlen wurde. Er begann das erste Fass zu säubern. Dabei roch es doch so penetrant nach abgestandenem Bier. Aber es half nichts. Er werde sich schon daran gewöhnen. Für jedes Fass brauchte er ungefähr eine halbe Stunde. Schrubben, drehen, schrubben, auf den Kopf wuchten, schrubben, drehen und dann mit Wasser ausspülen. Dann das Fass in die Ecke rollen, wo schon die anderen Fässer lagerten und das nächste schmutzige Fass in Angriff nehmen.

Nach drei Stunden hatte Matthias gerade mal sechs Fässer gereinigt. Da kam der Meister durch die Tür und begutachtete seine Arbeit. »Na, wie gründlich hast du geschrubbt und gewaschen?« Er schaute in das Zapfloch und das Spundloch, dann ging er zum nächsten Fass und so weiter. Er war offensichtlich zufrieden. »Dann folge mir und hilf dem Kutscher, die zurückgebrachten leeren Fässer abzuladen, die gerade mit dem Pferdefuhrwerk angeliefert worden sind.« Matthias ging durch die Gaststube hinaus auf die Hauptstraße. Dort stand ein Fuhrwerk mit zwei Rössern.

Der Kutscher schaute ihn von oben bis unten an und meinte: »Was hast du mir denn da für einen Burschen zur Seite gestellt, Meister? Was soll ich denn mit dem? Das erste Fass, das er vom Fuhrwerk abladen möchte, wird ihn unter sich begraben.« Der Kutscher, zweimal so breit wie Matthias und mit einem stattlichen Bauch ausgestattet, sah den Meister fragend an.

»Macht es halt zu zweit. Er ist neu hier. Aber er bekommt die nächste Zeit zweimal am Tag eine gescheite Brotzeit, dann wird schon was hinwachsen.«

Nachdem die Fässer abgeladen waren, war endlich Mittag. Matthias durfte sich mit an den Angestelltentisch setzen und bekam eine ordentliche Mahlzeit. Er kam wieder etwas zu Kräften, aber Ausruhen war nicht angesagt. Nach kurzer Pause ging es wieder in die Abfüllerei, und Matthias hatte nun die zurückgebrachten Fässer zu reinigen.

Am Abend wollte Matthias es sich endlich bequem machen und setzte sich an einen der freien Tische. Da hörte man von draußen das Wiehern von Rössern und das Klappern von Pferdegeschirr. Der Meister rief Matthias schon wieder zu sich und sagte: »Gerade ist von der Hallertau ein Fuhrwerk mit Hopfen angekommen. Geh hinaus und hilf dem Kutscher, die Pferde auszuspannen und hinter das Haus in den Stall zu führen. Lass dir von ihm auch gleich noch zeigen, wo sich unsere Vorräte für

Pferdefutter befinden. Dann gib den Rössern etwas Hafer und Wasser. Dann legst du ihnen ein frisches Streu in eine Pferdebox. Verstanden?«

Matthias nickte und folgte dem Meister. Der ging hinaus auf die Straße und begrüßte den Kutscher: »Servus Sepp, du warst lange unterwegs. Wie ich sehe, bist du wohlbehalten von der Hallertau zurück.“

„Es sind mehr als vierzig Kilometer einfach und da brauch ich mit den Rössern schon zehn Stunden für die einfache Entfernung.“

„Das ist mir klar. Hast du alles bekommen, was ich dir aufgetragen hab?«

»Natürlich«, meinte der Kutscher. »Ich konnte alles besorgen. Aber es ist wieder alles etwas teurer geworden. Angeblich war es ein zu warmer Frühling und den Dolden war es zu trocken. Hätten wir uns ja denken können, dass es einen Grund gibt, weshalb es teurer als letztes Jahr ist.«

»Ja klar. In Krisenzeiten wird immer alles etwas teurer. Vielleicht beruhigt sich der Preis wieder, wenn erst mal etwas Zeit vergangen ist.« Und zu Matthias sagte er: »Wenn du im Stall fertig bist, lässt du dir deine Schlafkammer zeigen. Danach gehst du in die Küche und bestellst für den Kutscher und dich einen Schweinsbraten und ein paar Knödel. Wir werden dich schon aufpäppeln.«

Nach dem Abendessen fiel Matthias nur noch ins Bett und schlief tief und fest ein. Früh morgens wurde er geweckt, bekam sein Frühstück und hatte sich wieder in den Räumen der Brauerei einzufinden. Er war der Jüngste, und deshalb bekam er von allen Mitarbeitern dauernd irgendwelche Hilfsarbeiten zugewiesen.

»Matthias, lauf dort hin.«

»Junge hierher, hilf mir schnell.«

»Matthias mach dies.«

»Wo bleibst du denn?«

»Hast du das schon erledigt?«

»Schau her und merk es dir.«

Und so weiter. So ging es den ganzen langen Tag. Am Abend

wusste er nicht mehr, wo ihm der Kopf stand. Diesen Feierabend würde er genießen, das war sein Plan. Er nahm eine deftige Mahlzeit zu sich und setzte sich in die Gaststube.

Die Bürgerversammlung - Meinungsaustausch

Am Abend kam der Bräumichl-Wirt Lanzel auf Matthias zu. »Matthias, heute findet eine Bürgerversammlung statt. Da brauch ich jede verfügbare Hilfe.«

Der Plan, einen gemütlichen Abend zu verbringen, war soeben geplatzt. »Um was geht es denn da in dieser Bürgerversammlung? Bestimmt etwas Wichtiges.«

»Heute geht es wieder einmal um das Thema, ob man die Straße um die östliche Stadtmauer erweitern oder den Weg durch die Stadt verbessern soll.«

»Und wo ist das Problem?«

»Sollen die Pferdefuhrwerke, die nur auf der Durchreise sind, in die Stadt gelockt werden, um in den Gaststätten einzukehren und ihr Geld hierzulassen.«

»Oh ja, das kenne ich. Als ich vor ein paar Tagen beim Lacherbräu übernachtet hab, hab ich ein paar Kutscher erleben dürfen. Die können ganz schön zechen.«

»Ja, dann kennst du dich ja aus. Hast du gesehen, als du nach Scrobinhusen gekommen bist, dass die Straße von Augsburg an der Vorstadtkirche vorbei und um die Stadt herum bis nach Regensburg führt?«

»Ja klar.«

»Den Oefele Georg hat das auch sehr gestört. Da hat er sogar beantragt, dass die Straße durch Scrobinhusen umgeleitet werden soll, um noch mehr Leute durch die Innenstadt zu schicken, weil dann mehr Geschäfte gemacht werden können.«

»Das ist aber doch wahrscheinlich nicht sehr angenehm, wenn der ganze Verkehr mit den schweren Kutschen durch die Stadt poltert,« wandte Matthias ein.

»Genau! Und darum kommen die Stadtoberen heute zusammen, um darüber zu diskutieren. Stell dir vor, all die Fuhrwerke und Kutschen, all die Pilgersleut und Wandergesellen, alle müssten durch die Innenstadt. Und das andere Problem ist die alte

Geschichte. Scrobinhusen braucht dringend eine Posthalterstelle wie sie Aichach und Waidhofen seit Langem haben.«

»Na, da bin ich mal gespannt, was da heute Abend passiert«, meinte Matthias.

»Weil dazu viele Bürger erwartet werden, muss ich auch dich einteilen. Du wirst in der Gaststube Bier zapfen. Und wenn du dazwischen Zeit hast, dann kannst du beim Austragen der Speisen helfen. Traust du dir das zu?«

»Natürlich, ich werde Sie nicht enttäuschen«, meinte Matthias.

»Gut, dann komm mit, ich zeige dir den großen Saal. Da warst du ja noch gar nicht, oder?«

»Nein, dazu hatte ich noch keine Zeit. Außerdem war der Zugang immer verschlossen.«

Sie gingen durch den Gang und bogen dann rechts ab. Herr Lanzel öffnete die breite zweiflügelige Tür. Matthias ging ihm hinterher, er kam aus dem Staunen nicht mehr heraus. Vor ihm lag ein großer, prächtiger Saal mit vielen schweren Tischen und einer breiten Bühne. Darüber befand sich eine Galerie, die auch rundherum mit Tischen und Stühlen gefüllt war, wie man über der Brüstung noch sehen konnte. Den Saal überspannte eine hohe Decke, die mit Holz prunkvoll vertäfelt war. So etwas hatte er in dieser Stadt nicht vermutet. Hier konnte man sicher auch rauschende Feste feiern, wenn es der Anlass gebot.

»Das ist ein wirklich herrlicher Saal. Ich bin beeindruckt.«

»Gell, da schaust du. Das ist Scrobinhusens größter und schönster Saal. Da sind wir sehr stolz darauf. Es gibt nur einen Saal in Scrobinhusen, der auch noch ganz passabel ist. Und das ist der Saal vom Oefelebräu. Der ist zwar kleiner, aber er hat ein beeindruckendes Deckengewölbe. Da musst du weit suchen, bis du so große und schön gestaltete Säle findest.«

»Das glaub ich. Aber sag, Braumeister, wird der Saal heute voll? Kommen so viele Leute?«

»Das kann schon sein. Das Interesse an den heutigen Themen ist groß.«

»Ich hab noch nie für eine so große Menge Leute bedient. Ich hoffe, ich schaffe das.«

»Du musst nicht alleine arbeiten, sondern wirst unserer besten Bedienung, der Scheitermoser Paula, zuarbeiten. Was die dir anschafft, das machst du, verstanden? Das Bier muss sprudeln. Heute müssen wir Umsatz machen! Da darf es keine Verzögerungen geben.«

»Ich werde mich bemühen, Meister!«

»Schau, da kommt sie gerade. Paula, das ist der Matthias. Den darfst du heute ins Schwitzen bringen.«

Die Bedienung lächelte ihn an und sagte:»Servus, bist du bereit?«

»Ich hoffe.«

»Dann mach gleich mal fünf Humpen voll. Das erste Fass hab ich vorhin schon angezapft. Jetzt musst du bloß noch anfangen.«

Matthias brauchte eine Sekunde, bis er begriff, dass dies der erste Befehl war, den er zu erfüllen hatte, drehte sich aber dann um, nahm den ersten Humpen aus dem Regal und fing mit dem Befüllen an. Zuerst brachte er viel zu viel Schaum in den großen Becher. Beim Zweiten dauerte es nicht mehr so lange. Aber so konnte es nicht weitergehen. Er nahm den Dritten, hob den Becher schräger und ließ das Bier den Becherrand herunterlaufen. So ging es schon besser. Beim vierten und fünften Humpen haute es schon recht gut hin. Nun konnte der den ersten Becher wieder nachfüllen, weil der Schaum etwas zusammengesunken war. Paula schaute ihm geduldig zu, nahm dann die fünf Becher und meinte:»In drei Stunden kannst du es perfekt. Schenk gleich noch ein paar auf Vorrat ein, ich bin gleich wieder da.« Wie zu erwarten, füllte sich die Gaststube im Laufe der nächsten halben Stunde bis auf den letzten Platz, weil jeder, ob Geschäftsmann oder Stadtbürger, großes Interesse an der Diskussion hatte.

Es kam der Metzger Prinzinger von nebenan, den Matthias bereits von der Eskapade mit dem armen Schwein kannte. Natürlich konnte dieser sich eine Bemerkung nicht verkneifen.

»Soso, da bist du jetzt gelandet. Na, dann sehen wir mal, was du diesmal wieder anrichtest. Die Sau kann jetzt wenigstens nicht mehr davonlaufen. Die ist schon im Schweinsbraten drin.« Matthias wurde ganz rot vor Scham, riss sich aber zusammen.

Als nächstes kam der frischgebackene Vater, der Weber Lebheimer bei der Tür herein. »Guten Abend Matthias, heut gibt's nur helles Bier, da kannst du die Farben ja nicht verwechseln.«

Das einzige, was man darauf erwidern konnte, war: »Wer den Schaden hat, braucht für den Spott nicht zu sorgen.«

Auch Herr Allwanger von der Schmiede ließ sich die Versammlung nicht entgehen und kam an der Theke bei Matthias vorbei. »Im Akkord Nägel herstellen war nicht deine Sache, aber heute könnte es sein, dass du im Akkord zapfen musst. Ich habe jedenfalls viel geschwitzt heute. Für mich kannst du gleich mal ein Bier einschenken.«

Matthias nickte artig und nahm einen Krug vom Regal. Als er sich wieder umdrehte, stand der Türmer Hassberger vor ihm und meinte verwundert: »Hilfst du hier dem Wirt heute Abend aus? Ich dachte, du bist mit wichtigen Schutzmaßnahmen betraut.« Matthias tat etwas geheimnisvoll, um nicht antworten zu müssen.

Sogar der Pfarrer Kagerer, der natürlich auch wissen wollte, wie seine Schäfchen so dachten, kam vorbei. Und er wollte verständlicherweise vergleichen, ob weltliche Angelegenheiten bei den Bürgern mehr Interesse weckten als die geistlichen, von denen er predigte. »Grüß Gott Matthias, jetzt ist mir klar, warum ich dich heute nicht in der Abendmesse gesehen habe«, lächelte er ihn an.

Auch ein paar Wachmänner kamen zum Bräumichl, um zu sehen, wie die Zukunft der Straßenführung aussehen könnte. Das betraf ja unmittelbar auch ihre Arbeitsstelle.

Der Wirt vom Lacherbräu, der Stemmer Franz, der ihn an den ersten Abenden seiner Anwesenheit in der Stadt in deren Historie eingewiesen hatte, betrat jetzt den Saal. Er blickte in die Runde, um zu sehen, wer alles schon da ist und ging auf Matthias zu. »Grüß dich. Hast du etwa bei der Konkurrenz eine Anstellung bekommen?« Dabei blinzelte er ihm zu. »Ja, wie der Zufall so spielt. Du zapfst ja selbst in deiner Wirtschaft und deiner Bedienung, der Magdalena, wollte ich auch die Arbeit nicht wegnehmen.«

»Alles bestens. Viel Erfolg in einer der besten Gaststätten Scrobinhusens.«

Fast zeitgleich kam der Bruder von Sabrina herein und sagte: »Einen schönen Gruß von meiner Schwester soll ich dir ausrichten. Du packst das schon, hat sie gemeint.«

Matthias sah, wie der Lanzel Gerhard, der Wirt, die Honoratioren persönlich begrüßte: den Richter Herger, den Schmied Allwanger, den Feuerwehrkommandanten Ehrenhauser, den Wasserwerker Schweiger, den Maurer Wirl, den Bader Ruppert und auch die Frau Graser vom Wollladen. Hoffentlich konnte er sich die Gesichter alle merken, denn das war sicherlich sehr peinlich, wenn man die mal verwechseln würde.

Mittlerweile kam Bedienung Paula schon wieder vorbei und orderte fünf weitere Biere. »Sag mal, wie lange lebst du schon in der Stadt?«, fragte Matthias, während sie neben ihm stand und auf die Biere wartete.

»Ich bin hier geboren.«

»Und du kennst sie alle?«

»Ja, ich glaube.«

»Dann kannst du mir ja vielleicht ab und zu helfen, die Leute kennenzulernen.«

»Wenn ich dazu komme. Du siehst ja, was los ist. Mal sehen, ob es ein paar Pausen gibt.«

Matthias hatte die fünf Biere eingeschenkt und schob sie ihr hinüber. »Hier bitte.« Eines gab sie direkt dem Stadtrat Mühlbauer. Der war bis von Sandizell gekommen, denn auch die Nachbardörfer waren an der zukünftigen Verkehrsentwicklung sehr interessiert.

Als der Kaminkehrer Schindler hereinkam, drehte sich Matthias vorsichtshalber gleich um, so als ob er vom Schrank etwas herausnehmen wollte. Denn ihm wollte er nicht so schnell wieder begegnen. Vor allem, weil er glaubte, auf der Stirn sähe er eine frische Beule.

Matthias zapfte und zapfte, denn jeder bestellte erst einmal einen Humpen Bier. Gott sei Dank hatte der Wirt keine Zeit, um darauf zu achten, wie viel von zu heftigem Einschenken daneben ging oder wie viel Schaum er produzierte. Die ersten 50

Biere waren bald ausgeschenkt, und Matthias musste im Sprint zum Braugesellen in das Fasslager hinüber rennen, um ihm aufzutragen, das nächste Fass zu bringen. Dieser wuchtete das Fass auf einen Karren und schob es durch die Flure bis zur Theke.

Nun ging es endlich los. Der Bürgermeister Ploeckel klatschte dreimal laut in die Hände und eröffnete die Bürgerversammlung. »Liebe Bürgerinnen und Bürger, wir sind heute zusammengekommen, weil unser geschätzter Georg Oefele einen Plan hat, unsere Stadt aufzuwerten. Denn ihn stört es ungemein, dass seit Jahrhunderten die Hauptstraße von Augsburg über Aichach nach Waidhofen und Pörnbach bis nach Regensburg nur über die Altenfurt und daher an unserem Scrobinhusen vorbei verläuft. Und genauso schlimm ist es, dass wir nicht einmal eine Posthalterstelle haben. Aichach hat eine Poststelle und Waidhofen hat eine Poststelle. Deshalb müssen wir bei der Regierung endlich erreichen, dass auch uns eine Poststelle genehmigt wird. So kann es einfach nicht weitergehen. Was ist eure Meinung? Ich bitte um Meldungen.«

Als Erstes hob der Inhaber des Bekleidungsgeschäfts, Herr Stefan Oliver, die Hand, erhob sich und begann seinen Vortrag. »Ich hatte mich in den letzten Tagen mit vielen Bürgern unterhalten und will stellvertretend für die Kaufleute im Ort sprechen«, begann er. »Die Zeiten waren hart, denn in Zeiten des Krieges und der Seuchen, die wir alle noch im Gedächtnis haben, mussten wir auf viel Umsatz verzichten. Da müsse man auf die Toleranz der Bürger hoffen, die sicherlich mit noch mehr Gerumpel und Pferdegetrampel, Peitschenknallen und Geschrei der Kutscher rechnen müssen, wenn die Fernstraße ausschließlich durch die Stadt erfolgen soll. Denn nur gutgehende Geschäfte bringen Steuereinnahmen, mit denen könne die Stadt die allgemeinen städtischen Tätigkeiten erfüllen und die Stadtarbeiter bezahlen. Deshalb sind wir Geschäftsinhaber dafür, dass die Änderung der Straßenführung in Angriff genommen werden soll.« Der Zunftmeister Adelmann als Vertreter der Betriebe konnte dem nur zustimmen.

Da meldete sich der Sommer Gerhard zu Wort, der einst in

der Nachbargemeinde Edelshausen zur Welt gekommen war, aber in Scrobinhusen an der Seite des Brunnenbauers Karl Bauer seine Bestimmung gefunden hatte. »Wie ihr alle wisst, bin ich für viele Fuhrwerke verantwortlich. Und ich muss euch sagen, falls ihr es noch nicht bemerkt haben solltet, dass die Fuhrwerke immer größer werden. Das wird irgendwann dazu führen, dass die Kutscher gar nicht mehr durch die Tore durchkommen werden. Über kurz oder lang werden wir die Stadttore wegreißen müssen.«

Das war allerdings überhaupt nicht das, was die Leute hören wollten. Denn gerade in der letzten Zeit hatten die Tore reichlich Schutz vor ungeliebten Eindringlingen geboten. Diesen Schutz nun aufzugeben des Profits willens, führte zu empörten Zwischenrufen.

Gunter Schmal, der ab und an den Doktor vom Spital kutschieren muss, konnte dem Sommer Gerhard nur beipflichten. »Stellt euch vor, die Hauptstraße wird immer voller, und es kommt fast schon an manchen Stoßzeiten zu einem Stau an den Toren. Wenn dann jemand außerhalb der Stadtmauer verletzt wird, entweder in der Oberen Vorstadt, bei den Badehäusern oder drüben bei den Schleifmühlen, da kommt es zu solchen Verzögerungen, dass man womöglich nicht mehr helfen kann. Dann muss halt der Appler Franz wieder ein Kistl bauen.«

Der fühlte sich gleich angesprochen und führte den Gedankengang fort: »Also an mir solls nicht liegen. Ich freu mich um jede Kiste, die ich zum Hochwürden oder zu den Seelweibern hinüber liefern muss. Meinetwegen auch durch verstopfte Stadttore.«

»Also ich kann mir keine Zukunft ohne Stadttore vorstellen«, meinte Hans Dietenheimer. »Ihr werdet schon sehen, wohin euch der Schmarrn noch bringen wird.«

Paula kam ein weiteres Mal vorbei und flüsterte: »Jetzt wird es immer interessanter. Jeder hat mittlerweile ein Bier. Wirst sehen, die Redebeiträge werden nach und nach emotionaler.«

»Ja, ich merk es.«

»Manchmal beginnen sie auch zu raufen. Dann fliegen die Fetzen.«

»Geht da auch etwas zu Bruch?«

»Kommt darauf an, ob der Braumeister noch dazwischengehen und die Hitzköpfe beruhigen kann.«

»Ja mei, es ist halt auch ein schwieriges Thema.«

»Aber die erwachsenen Bürger benehmen sich dann wie Kinder. Es gibt einen Spruch. Der lautet:
Männer werden sieben. Danach wachsen sie nur noch.«

»Den merke ich mir. Der ist gut.«

Das allgemeine Gemurmel wurde immer lauter. Jeder musste gerade seinen Redebeitrag loswerden, egal ob ihm das Wort erteilt wurde oder nicht.

»Ich versteh nicht!«

»Was hat er gesagt?«

»Ruhe!«, brüllte der Bürgermeister.

»Meine Herren, versuchen Sie doch mal logisch zu denken. Auch unsere Zeit ist begrenzt und aufgrund unserer Gerichtsbarkeit sind uns die Hände gebunden«, begann Herr Advokat Anderl Schloegl mit seinen Ausführungen. »Wenn mehr Fuhrwerke durch die Stadt fahren, dann erhöht sich auch die Zahl der Landstreicher, die vielleicht manchmal sogar von unseren Stadtwachen abgehalten werden, grundlos in unsere Stadt zu kommen. Die Delikte haben in der letzten Zeit zugenommen. Die Kriege haben manche von den Wirren der schlechten Zeiten gezeichnete Gestalten hervorgebracht. Erst gestern wurde wieder ein pöbelnder Raufbold in unser Gefängnis eingeliefert. Wir müssen ihm trotzdem ein ordentliches Verfahren gewähren. Wir haben sowieso schon einen Berg voller Akten, der fast nicht mehr zu bewältigen ist. Ich mag mir das nicht vorstellen, wie es wird, wenn wir in Scrobinhusen Gesetzesbrechern Tür und Tor öffnen. Der Verkehr gehört aus der Stadt heraus.«

Sebastian Luchs, ebenfalls Advokat, konnte dem nur nickend zustimmen. »Die Etablierung der Posthalterstelle muss maximale Priorität bekommen. Denn in der Juristerei ist es unabdingbar, einen effektiven Briefverkehr nutzen zu können. Wir Juristen können doch nicht unsere kostbare Zeit damit verbringen, an der Altenfurt zu stehen und wichtige Akten dem Postkutscher zu

treuen Händen zu übergeben, der sie hinterher an der zugedachten Stelle gesichert überbringt. So kann ich nicht arbeiten.«
»Aber meine Herren, ihr vergesst die Kunst. Der Mensch ist nichts ohne die Kunst. Wenn alle um die Stadt herum weiterwandern, dann kommt auch die Kultur zu kurz«, musste der erst vor ein paar Jahren zugereiste Daniel Kreiser seinen Bedenken nun endlich Luft machen. »Augsburg und Nürnberg sind schon berühmt für ihre Gaukler und Theater. Die Stadt muss sich öffnen, wenn sie nicht zurückbleiben will.«

Normalerweise wäre dem nichts hinzuzufügen, aber nun meldete sich Peter Wiesel, dem es sehr am Herzen lag, dass die Paarauen westlich von Scrobinhusen weiterhin unberührt bleiben sollten. »Lasst euch bei dem Gezeter, ob die Straßenführung außerhalb oder innerhalb der Stadt verlaufen soll, nun bloß nicht darauf ein, obendrein über eine westliche Umgehung nachzudenken.«

Der Plabs Herbert rief gleich dazwischen, noch bevor der Bürgermeister jemandem das Wort erteilen konnte: »Genau! Da brüten oft Wildvögel, die sich vom Peitschenknallen der Fuhrwerke gestört fühlen könnten.«

Der Riefl Gerald, der zwar auch immer darauf aus war, die Natur nicht zu zerstören, sah das nicht ganz so wild und meinte: »Ach geh, die Tiere gewöhnen sich an das Geräusch schon. Außerdem brüten die ja nicht zu jeder Jahreszeit.«

Einer, der immer versuchte, zwischen Streitenden zu schlichten, war der ehrwürdige Herr Allwanger: »Jetzt beruhigt euch doch wieder. Da stellen wir halt ein Schild an die Straße: Bitte zur Brutzeit nicht mit der Peitsche schnalzen. Zufrieden?«

»So einfach ist das nicht«, warf der Kopold Roland ein. »Wie viele Kutscher, glaubst du, können denn lesen?«

Worauf der Lengel Albert einwarf: »Dann stellen wir halt in Peutenhausen ein Schild auf: Ab hier ist die Weiterfahrt nur noch für Kutscher, die lesen können, erlaubt. Mein Gott, ihr könnt aber schon kompliziert sein.«

»Jetzt werden wir bitte wieder sachlich«, warf der Hardtmann Ulf ein. »Da bekommt man ja ein Magengeschwür, wenn man euch zuhört.«

145

Und schon wieder kam die Paula von ihrem Rundgang durch die Tischreihen zurück und orderte zehn weitere Humpen Bier. Die hitzige Diskussion forderte offensichtlich ihren Tribut. »Na, macht es Spaß, dort drinnen zuzuhören?«

»Mich dünkt, ich hör einen ganzen Chor von hunderttausend Narren sprechen.«

»Was quatscht du da? Hast du jetzt schon zu viel getrunken?«

»Entschuldige, aber mir kommen manchmal so blöde Sätze in den Sinn.«

»Ich merk es. Aber es wird einem auch schwurbelig da drin.«

»Wie lange dauert es denn noch, was meinst?«

»Da zeichnet sich noch keine Lösung ab, so wie ich das sehe.«

»Jetzt werdet doch wieder sachlich«, schrie der Oefele Georg mit sich fast überschlagender Stimme in die Runde. »Wir werden über kurz oder lang die Stadt für den Durchgangsverkehr öffnen müssen und gleichzeitig um eine Umgehungsstraße nicht herumkommen. Und ein Weg geht ja sowieso schon zu den Schleifmühlen hinüber. Da können wir auch gleich die ganze Straße ausbauen. Die fremden Soldaten, die wir jetzt wochenlang ertragen mussten, sind endlich abgezogen und wir können uns wieder frei bewegen. Sind wir um diese Erleichterungen doch erst mal froh. Wenn Kutscher und Durchreisende was brauchen, etwas zum Essen, Schlafgelegenheiten, Utensilien für die Kutsche oder vielleicht Kleidung, dann fahren sie doch eh ins Stadtinnere. Und auf all dies sind Steuern drauf und wir verdienen daran. Und wenn unsere Wirtschaften einladend genug sind, dann kehren die Reisenden auch bei uns ein. Wir haben für jeden Geldsäckel das passende Angebot. Der Bräumichl hat einen schönen Saal, wie man hier sieht und auch mein Saal mit dem historischen Deckengewölbe lädt zum Feiern für große Gesellschaften ein. Ein jeder braut ein gutes Bier und Durst haben die Leute immer.«

Da meldete sich auch der Wirt vom Lacherbräu und stellte gleich seine Frage an den Bürgermeister Ploeckel: »Wann wird denn das feuchte Loch in der Lachen endlich trocken gelegt. Ich zahle schließlich auch meine Steuern und hab ein Anrecht darauf, dass für mich auch einmal etwas getan wird.«

Der Bürgermeister wusste, dass der Lacherbräu-Wirt diese Frage immer wieder mal stellt und versuchte ihn zu beruhigen: »Franz, du weißt doch, dass das nicht so einfach ist. Unter dem Platz ist eine Wasserader, und die kann man nicht so einfach trocken legen. Und dieser Umstand wird dir noch in 300 Jahren den Vorteil bringen, dass dort niemand mehr hinbauen wird. Zwischen dem Zeiselmairhaus und deinem Haus wird immer ein freier Platz bestehen bleiben. Und da können die Fuhrwerke der Kutscher abgestellt werden, ohne dass sie stören. Sieh das doch positiv. Also sei geduldig.«

»Immer kommst du mir mit diesem Argument, Bürgermeister. Aber die Zufahrt durch die Obere Tor-Gasse oder der Hippergasse ist schon auch eine Herausforderung. Jedes Mal, wenn das Weingeschäft in der Hippergasse eine Lieferung bekommt, ist eine Zufahrt zu meinem Wirtshaus zu. Und dann kannst du die wütenden Kutscher bis an dein Amtszimmer hören.«

Auch der Lehrer Johann Werber und der Musiker Nepomuk Richtler meldeten sich zu Wort und sagten ihre Meinung. »Du musst den fremden Kutschern mal zuhören. Die fluchen, was das Zeug hält, und das bekämen die Kinder Scrobinhusens alle mit. Und die Kinder wissen nichts Besseres, als den schlimmen Wortschatz nachzuplappern.«

»Ja, genau«, pflichtete ihm der Herr Richtler bei. »Da verrohen die Sitten immer mehr und man weiß nicht, wo das hinführt ...«

»... und was die Kinder in ein paar Jahrzehnten, ja Jahrhunderten so von sich geben werden! Mir graut schon«, ergänzte der Lehrer.

»Und das kann nur eines bedeuten: Die fremden Fuhrwerke gehören aus der Stadt heraus. Jawoll!«

Da hob der Kachelofenbauer Schwarzmeier Kurt seine Hand und begann einzuwenden: »Die Wärme ist etwas Wichtiges. Und die Wärm vom Kurt duad guad.« Alle um ihn herum nickten zustimmend und ein Gemurmel von »Jawoll« und »Genau« war zu hören. »Aber der Durchgangsverkehr bringt mir keine weitere Umsätze. Wenn das so weitergeht, werde ich sowieso meinen

Betrieb aufgeben oder verkaufen müssen. Dann brauch ich auch keine Steuern mehr bezahlen.«

Paula stand gerade neben Matthias und flüsterte:»Der hat heute schon wieder einen hochroten Kopf auf. Dann kommt er so richtig in Fahrt. Manchmal wird er lauter als die Kirchturmglocken.«

»Ist der schon öfter ausgerastet?«

»Nein, er ist nur eifrig bei der Sache. Wenn er gelegentlich als Minnesänger seine selbst komponierten Lieder vorträgt, reißt er sein Publikum genauso mit wie gerade eben. Er hat auch eine Schwester, die sich für das Wohl Scrobinhusens versucht einzusetzen und einen wagemutigen Bruder, der schon viele Abenteuer erlebt hat.«

»Ich wäre auch gerne richtig mutig. Den stellst du mir bitte mal vor. Ich würde ihn gern kennenlernen. Vielleicht kann er mir verraten, was das Geheimnis ist, mutig zu sein.«

»Ist gut. Ich denk dran, wenn ich ihn mal sehe und du in der Nähe bist.«

Auch Ingemar Eberl, bekannt als die Stimme der einfachen, braven Leute, hob die Hand, stand auf und meinte:»Es sind doch eh schon zu viele Pferde in der Stadt, deren Hinterlassenschaften die Straßen verdrecken. Da mag man an manchen Tagen gar nicht mehr zu Fuß gehen.« Und nach einer Kunstpause ergänzte er:»Wenn das nicht besser wird, werde ich sowieso nach Langenmosen umziehen.«

Matthias, für den Scrobinhusen noch neu war, verstand die Argumente sehr gut. In der Stadt stank es ja jetzt schon. Nach Pferdemist, nach menschlichen Exkrementen, nach Essensresten, nach Schweiß, Pisse und Küchenabfällen. Es wäre wirklich eine Überlegung wert, ein Gewerbe ins Leben zu rufen, das den Müll aus der Stadt hinaus befördert, dachte er. Als er eben noch abwog, ob er diese Idee hier als neuer Bürger gleich kundtun solle, blieb sein Blick an einem anderen Bürger hängen, einem drahtigen aufrechten Mann, der ganz ruhig wurde. Als Paula, die Bedienung, das nächste Mal vorbei kam und weitere Humpen einforderte, fragte er, wer das denn sei.

»Der?«, sagte Paula nach einem kurzen Blick. »Das ist der Kigler Adi.« Matthias beschloss, sich diesen Namen gut zu merken. Nun aber wollte auch er unbedingt etwas beitragen. Er meldete sich zu Wort, aber der Bürgermeister übersah ihn geflissentlich.

Stattdessen bekam der Jäger Helmut Eikhamer das Wort erteilt. »Meine Herren«, begann er, »ich verstehe ihre Argumente. Aber ich habe erfahren, dass die Technik des Schwarzpulvers immer weiter voranschreitet. Deshalb werden wir bald andere Möglichkeiten haben, uns zu verteidigen.«

Damit rief er seinen Sitznachbarn auf den Plan, den Hassberger Rainer. »Also, ich habe auf einer meiner Reisen nach München einen Chinesen kennengelernt, und der hat mir erklärt, wie man mit dem Schwarzpulver sprengtechnisch wilde Sachen machen kann. Wenn euch also die Stadttore im Weg herumgehen, lasst es mich wissen. So schnell könnt ihr gar nicht schauen, wie die euch um die Ohren fliegen.« Ein Raunen ging durch die Reihen.

»Spinnst du?«, rief der Stadtkämmerer, der Hammerer Joseph, der sich von jeher für seine Heimat einsetzte, entsetzt auf. »Die Stadttore sind das Erbe unserer Väter! Die zerstört man nicht, sondern man bewahrt sie!«

»Genau!«, mischte sich da der Lehrer Roeding ein. »Allein der Gedanke! Stellt euch vor, wie die Generationen nach uns über uns denken, wenn sie womöglich auf die Idee kommen, an dieser Stelle etwas Neues zu bauen und dann auf die Relikte der Stadttore stoßen. Die werden sich schämen für uns, für ihre Vorfahren, weil wir so kurzsichtig waren!«

»Der Fortschritt ist nicht aufzuhalten«, hielt der Bürgermeister dagegen.

»Was weißt du schon von Fortschritt!«, meldete sich da der kulturbeflissene Kreisler erneut zu Wort, »der einzige Fortschritt, den du kennst, ist der Schritt fort von Herausforderungen«!

Da platzte dem Bürgermeister der Kragen. Er ballte die Hand zur Faust und rannte auf den Kreisler zu: »Ich werde dir zeigen …«

»Gemach, gemach, Bürgermeister!«, wirkte da sogleich der Engerth Nikolaus, der gleich neben ihm saß, auf ihn ein, packte den Bürgermeister am Kragen und fing ihn damit wieder ein. »Gewalt ist doch keine Lösung!«

»Das werden wir ja sehen!«, schrie der Bürgermeister und versuchte sich aus der Umklammerung zu befreien, um dem Kreisler doch noch eine zu verpassen. Und dem Vogel Albert gleich mit, der ihn frech und herausfordernd ansah.

Da war der Moment, wo Matthias nicht mehr länger zusehen konnte. »Meine Herren, meine Herren!«, rief er und hob beschwichtigend seine Arme. Und tatsächlich gelang es ihm, der aufgebrachten Menge Einhalt zu bieten. Dass dieser zugereiste Hilfsarbeiter es wagte, sich einzumischen, verblüffte die Streithansel dermaßen, dass sie sich von ihm in ihrem Tun unterbrechen ließen. Und auf irgendeine merkwürdige Art und Weise strahlte er so etwas wie Autorität aus. »Bitte entschuldigt, wenn ich mich einmische. Ich weiß sehr wohl, dass mir das nicht zusteht, aber ich habe Scrobinhusen als wunderbaren Ort kennengelernt. Ihr solltet ihn lieben und schätzen und dankbar sein, dass ihr hier lebt und nicht an einem anderen Ort! Stellt euch vor, ihr wärt nicht als Scrobinhusener sondern als Neuburger zur Welt gekommen!«

»Was bitte soll das denn heißen?«, rief da der Goschendorfer Friedrich und stand bedrohlich schauend von seinem Platz auf. Alle im Saal – außer Matthias – wussten, woher er stammte.

»Ja gut, ich meinte das andere Neuburg, nicht das eure«, stammelte Matthias.

»Dann ists ja gut«, sagte der Goschendorfer und nahm wieder Platz.

»Und? Was willst du uns nun sagen?«, fragte der ehrwürdige Herr Allwanger. »Nun hast du begonnen, also bring es auch zu Ende.«

»Also«, hob Matthias wieder an, »findet ihr nicht auch, dass euer Scrobinhusen eine ganz wundervolle Stadt ist? Seht euch nur euren Kirchturm an, er ist einer der wichtigsten und schönsten und größten weit und breit. Weil ihr wichtig seid.« Die Männer im Saal hörten das gern und murmelten zustimmend. »Genau! Und deshalb solltet ihr groß denken für eure Stadt und nicht nur ans Jetzt denken, sondern auch an morgen und übermorgen. Ich bin überzeugt davon, dass Scrobinhusen wachsen wird. Eines Tages werdet ihr so groß sein, dass die umliegenden Dörfer und die Stadt eins sind. Scrobinhusen und Mühlried und Steingriff. Und wer weiß, vielleicht sogar Sandizell …«

»Das glaubst du doch selber nicht!«, fiel ihm da der Mühlbauer ins Wort: Wenn, dann umgekehrt!«

Dieser Zwischenruf sorgte für ausgelassenes Gelächter im Saal, manche hoben die Humpen, riefen »Prost!«, und sogar der Bürgermeister beruhigte sich in diesem Augenblick wieder, so dass der Engerth ihm vom Schlawittchen lassen konnte.

»Jetzt lasst ihn doch ausreden«, sagte irgendwann Herr Allwanger. »Ich möchte hören, was der Neuling zu sagen hat.«

»Danke sehr«, nickte Matthias. »Ich möchte euch auffordern, eure wunderbare Stadt zu lieben und in die Zukunft zu denken und das eine zu tun ohne das andere zu lassen: Baut im Osten eine große Straße vorbei, für die Reisenden, die von Pfaffenhofen nach Neuburg möchten. Und pflegt eure Stadttore und die gesamte Stadt, auf dass jeder, der möchte, sich eingeladen fühlt, einen Abstecher hierher zu machen. Und baut einen Ring rund um eure Stadtmauer, auf dem die Kutschen geräuschlos schnellen Schrittes herumfahren können. Dann habt ihr allen gedient.«

»Hört hört!«, rief Herr Riefl, »so macht man aus einem Kaff eine Stadt! Das nenne ich Fortschritt!«

»Und wer soll das alles bezahlen?«, fragte der Kopold Roland. »All diese Straßen kosten doch eine Menge Geld.«

»Und so viel bauen – das macht ja auch jede Menge Arbeit!«, meldete sich Gebhard Wirl zu Wort: »Braucht es das?«

»Also ich finde, wir sollten darüber nachdenken, ob wir nicht groß denken wollen«, sagte der Reisch Heinz, und der ehrwürdige Herr Allwanger pflichtete ihm bei. »Aber als erstes ordere ich erst einmal ein frisches Bier!«, brüllte er dann und winkte Paula herbei. Die gebot Matthias auf dessen Weg zu seinem Platz, sich geschwind wieder hinter seinem Zapfhahn zu verzupfen. Der tat wie ihm geheißen.

Für eine Weile tranken und debattierten alle vor sich hin, dann bat der Bürgermeister wieder um Ruhe. »Ich schlage vor: Für heute belassen wir es dabei. Ein jeder möge daheim noch einmal in Ruhe das Gehörte auf sich wirken lassen, und wenn die Zeit reif ist, setzen wir uns erneut zusammen. Das nächste Mal treffen wir uns aber in der Vorstadt, draußen, beim Gritschenbräu. Ein anderer Ort bringt vielleicht auch eine andere Perspektive.«

»Ja, spinnst du«, schaltete sich da der Lacherbräu-Wirt ein, »außerhalb von der Stadt über die Stadt reden? So weit kommt es noch!« Und schon redete wieder alles durcheinander. Der Bürgermeister machte noch eine verächtliche Handbewegung in Richtung Lacherbräu-Wirt, dann packte er sich seinen frisch gezapften Humpen, setzte sich und stieß mit den anderen am Tisch an.

Als der Saal im Bräumichl sich Stunden später schließlich geleert hatte, war für Matthias noch lange nicht Feierabend. Denn nun musste er mithelfen, die Krüge zu waschen und die Tische zu säubern. Paula hatte alle Gäste abkassiert und saß an einem der Tische in der Gaststube und zählte das Geld. Als sie damit fertig war, kam sie auf ihn zu und gab ihm ein paar Münzen. Matthias fragte: »Was ist das?«

»Das ist dein Anteil vom Trinkgeld.«

»Aber ich hab doch gar nichts getan.«

»Doch. Du hast eifrig gearbeitet. Immer zur rechten Zeit waren die Biere samt Schaum fertig. Das gehört honoriert.«

»Oh, vielen Dank!« Matthias putzte noch die Theke ab, hängte den nassen Lappen über dem Spülbecken auf, dann war er endlich fertig.

»Komm Matthias«, sagte Paula, »nun können auch wir uns ein Getränk gönnen. Ich bin noch ganz aufgedreht.«

»Aber das schickt sich doch nicht, dass wir zu so später Stunde zusammensitzen.«

»Keine Angst, ich bin glücklich verheiratet. Jedoch ist mein Mann in München, im Sommer hilft er oft beim Augustiner-Bräu aus.«

»Na gut, dann zapfe ich uns zwei Biere, wir gehen in deine Kammer und unterhalten uns dabei noch ein wenig.« Also stiegen sie die Treppe hinauf in den zweiten Stock, wo die Kammern der Bediensteten waren. Paula öffnete die Tür und ließ Matthias mit eintreten. Sie setzten sich beide auf den Boden vor das Bett und fingen an, gemütlich zu ratschen. Noch bevor sie ihr Bier ausgetrunken hatten, überkam sie eine unüberwindbare Müdigkeit, und sie schliefen beide ein.

Als Matthias erwachte, schlich er leise aus der Kammer, um nicht entdeckt zu werden. Als er die Türe leise ins Schloss fallen ließ, kam eben das Zimmermädchen Siglinde Faber, die verschwiegenste Magd im ganzen Bräumichl, um die Ecke, stutzte kurz, kehrte dann aber weiter eifrig den Flur.

Die Braukunst - Hopfen und Malz

Matthias eilte in seine Kammer, wusch sich, zog frische Kleidung an. In diesem Moment klopfte jemand an seine Tür. Der Braugeselle war geschickt worden, um ihn zu wecken. »Komm heraus aus dem Stroh. Heute müssen wir wieder Bier in die Fässer abfüllen. Gestern sind einige Fässer geleert worden.«

Matthias rief ihm entgegen: »Ich komme gleich. Nur noch zwei Minuten, dann bin ich unten. Bis gleich.« Er schlüpfte in seine Schuhe, rannte die Treppe herunter, frühstückte eilig und lief in den Raum, wo die Braukessel standen. Dort roch es nach etwas sehr Würzigem. Sicher würde er später erfahren, wo der Geruch herkommt.

Der Hoechst Alexander, Brauergeselle vom Bräumichl, stand neben dem Braukessel, beugte sich gerade über den Rand des großen Bottichs und begutachtete die Flüssigkeit.

»Guten Morgen, Alexander, hier bin ich. Wo soll ich heute mithelfen?«

»Guten Morgen, Matthias. Geh gleich mit mir in die Abfüllerei hinüber. Heute wirst du dort mithelfen. Auf geht's, Zeit ist Geld.«

Am Abend hatte er heute frei. Zum Abendbrot setzte er sich mit den Gesellen in die Gaststube. Er hatte so viele Fragen, was das Brauen betraf. Er wartete einen günstigen Moment ab. »Läuft der Arbeitstag immer so ab, wie gestern und heute?«, fragte er seinen Arbeitskollegen.

»Meistens schon. Wir produzieren in der Regel nur wenige Fässer Bier pro Woche, die wir hinterher selbst ausschenken oder an lokale Gasthäuser und Privatkunden verkaufen. Denn mit der Haltbarkeit ist es nicht weit her. Darum muss das Bier regelmäßig getrunken werden«, zwinkerte er dem Jungen zu, und sie stießen an und nahmen beide einen weiteren Schluck. »Das Bier ist ein Grundnahrungsmittel, verstehst du?«

»Ja, ich weiß. In der Stadt kann man praktisch nur Bier trinken, weil das Wasser der Verdauung nicht gut tut.«

»Genau. Schau auf die Tafel dort hinten im Eck. Siehst du die?«

»Natürlich.«

»Kannst du lesen?«

»Natürlich.«

»Dann bist du gebildeter als ich.«

»Was, du kannst nicht lesen?«

»Nein. Die Politiker reden zwar immer von der Einführung der Schulpflicht in Bayern, aber das wird wohl noch ein paar Jahrzehnte dauern. Also beweise dein Wissen und lies vor.«

Matthias begann stockend zu lesen: »Wir wollen auch sonderlichen, das füran allenthalben in unnsern Steten, Märckten und auf dem Lannde, zu kainem Pier merer Stückh, dann allain Gersten, Hopffen unnd Wasser, genommen und gepraucht sollen werden.«

»Was? Und du behauptest lesen zu können?«

»Das steht da, ehrlich.«

»Ja, ich weiß. Aber so haben die Leute vor 230 Jahren gesprochen.«

»Das war bestimmt Amtsdeutsch. Kein Wunder, dass man es nicht versteht.«

»Wahrscheinlich.«

»Und was heißt es nun?«

»Seit dem Jahre 1516 wird das Bier in Bayern auf traditionelle Weise gebraut. Das nennt man Reinheitsgebot. Dabei werden im Wesentlichen vier Zutaten verwendet: Wasser, Malz, Hopfen und Hefe.«

»Das also ist des Pudels Kern.«

»Was? Ich werd dir gleich einen Pudel geben. Du bist wieder total abwesend!«, schrie der Geselle.

»Nein, du hast mich falsch verstanden. Ich hab nur erkannt, dass es dieses wichtige Gesetz ist, um das sich hier alles dreht. Verzeih, bitte fahre fort.«

»Jetzt pass auf. Zunächst wird das Malz hergestellt, indem Gerste oder andere Getreidesorten gewässert und gekeimt werden, um den Keimprozess zu starten. Anschließend wird das Malz getrocknet und geröstet, um den gewünschten Geschmack und die Farbe des Bieres zu erhalten. Dann wird das Malz in Wasser eingeweicht und erhitzt, um den Zucker im Malz zu lösen und eine Flüssigkeit namens Würze zu erhalten. Diese Würze wird mit Hopfen gewürzt, um das Bier zu aromatisieren und zu konservieren.«

»Und was stinkt da so?«

»Das ist die Maische, die bei diesem Prozess entsteht.«

»Ich musste mich heute Morgen schon erst mal an den Geruch gewöhnen.«

»Das legt sich mit der Zeit. Keine Angst. Du wirst Übung darin bekommen und die Feinheiten des Geruchs unterscheiden lernen. Das ist die Kunst.«

»Du traust mir viel zu.«

»Das hat noch jeder gelernt. Nachdem die Würze abgekühlt ist, wird Hefe hinzugefügt, um den Gärprozess zu starten. Die Hefe wandelt den Zucker in der Würze in Alkohol um und produziert dabei Kohlenstoffdioxid, das das Bier karbonisiert. Das Bier wird anschließend in Fässer abgefüllt und zur Lagerung in einen kühlen Keller gebracht. Hier kann es noch etwas reifen und dabei seinen typischen Geschmack und Charakter entwickeln. So läuft der traditionelle Brauprozess ab. Wie du schon bemerkt hast, ist das sehr arbeitsintensiv und erfordert viel handwerkliches Können.«

»Darum komm ich bei euch den ganzen Tag nicht zur Ruhe.«

»So ist es, Matthias. Nicht, dass du meinst, wir scheuchen dich den ganzen Tag zur Gaudi herum. Zuerst müssen wir die Fässer befüllen. Dann kommen sie, bevor es wieder wärmer wird, in den Keller zum Lagern. Denn das Bier ist nur ein paar Tage haltbar und das auch nur, wenn es kühl gelagert wird. Der Alkoholgehalt ist nämlich nicht hoch, da kippt das Bier schnell um. Und dann spielt deine Verdauung verrückt und du kommst vom Donnerbalken nicht mehr herunter.«

»Das kenne ich«, sagte Matthias. »So ein Bier habe ich schon einmal getrunken.«

»Das sollte nicht passieren. Aber im Sommer, wenn es warm

ist, ist das Bier halt nicht sehr lange lagerbar.« Beide unterhielten sich noch eine Weile, wünschten sich eine gute Nacht und gingen in ihre Schlafkammern.

Am nächsten Tag hatte Matthias das Abfüllen selbst zu erledigen. Er hatte gerade begonnen, da kam Braumeister Lanzel herein. Er wollte mal sehen, wie sich Matthias so machte. »Na, wie geht es meinem neuen Lehrling?«

»Ganz gut, Meister. Am Abend falle ich sofort ins Bett.«

»So ist es recht. Du gefällst mir. Mach ruhig weiter.«

Matthias rollte das erste Faß zum Bierbottich und ließ das Bier über den Hahn in das Fass laufen. Bis es voll war, dauerte es, und er überlegte, wie er noch mehr vom Braumeister erfahren könnte. Vor lauter Nachdenken passte er nicht mehr richtig auf.

»Obacht, dein Fass läuft über,« schrie ihn Braumeister Lanzel plötzlich an.

Matthias erschrak. Er drehte den Hahn des Bottichs zu, klopfte den Pfropfen in das Fass und rollte es auf die Seite. Dann holte er das nächste heran und befüllte auch dieses. »Wie war das mit dem Reinheitsgebot?«, knüpfte er an das vorherige Gespräch an. Noch mal gutgegangen.

Der Meister seufzte, begann aber dann doch zu erklären. »Das Bayerische Reinheitsgebot ist in der von den Herzögen Wilhelm IV. und Ludwig X. erlassenen Landesordnung aufgeschrieben worden. Sie ist zwar auf den 24. April 1516 datiert, wurde aber erst im Juli 1516 abschließend beraten und anschließend gedruckt.«

»Und das weißt du so genau?«

»Ja freilich, ich hab ja Brauwesen gelernt. Und da musst du das auswendig wissen. Sonst bekommst du keinen Meisterbrief.«

»Am besten schreib ich mir das auf.« Matthias passte jetzt im richtigen Moment auf und drehte den Hahn rechtzeitig zu. »Erzählen Sie mir noch mehr?«

Der Meister seufzte: »Pass auf. Nürnberg hat schon vor mehr

als vierhundert Jahren eine Brauordnung erlassen. Das war auch nötig, weil es immer mehr Brauereien gab, die alle ihr eigenes Bier brauten. Also gab es immer mehr Qualitätsunterschiede. Das konnte man so nicht hinnehmen, vor allem, weil man ja auf Bier auch Steuern verlangte. Bei der Neuordnung des wiedervereinigten Bayern wurde in die 1516 zu Ingolstadt verabschiedete Landesordnung eine Bestimmung zum Bierbrauen aufgenommen, die erstmals für ganz Bayern in Form eines Gesetzes festlegte, wie Bier hergestellt werden darf.«

»Aber was soll das bringen?«

»Den Gesetzgebern ging es vor allem um die Schonung der verfügbaren Menge an Getreide, das Eintreiben von Steuern und der Qualität des gebrauten Bieres. Der Brauer möchte natürlich maximalen Gewinn machen.«

»Und der Biertrinker möchte möglichst wenig bezahlen!«, schnellte es aus Matthias heraus.

»Genau. Das Reinheitsgebot trägt dazu bei, dass ein Ausgleich zwischen der Gier der Brauer und dem Recht der Biertrinker auf ein gesundes und bezahlbares Nahrungsmittel erreicht wird.«

»Und der Staat kann dadurch eine Menge Steuern einnehmen.«

»Du sagst es. Am Anfang war das Bier trotzdem noch von unterschiedlicher Qualität. Aber wenn du dir vorstellst, dass der Bierpreis für das ganze Herzogtum Bayern zentral festgesetzt wird und derzeit sogar auf den Rohstoffpreisen und einem Probesud im Münchner Hofbräuhaus beruht, dann bedeutet das schon ein Maximum an Kontrolle.«

»Unfassbar.«

»Das ist schon sehr fortschrittlich.«

»Apropos. Ich war noch nie im Hofbräuhaus, habe aber schon davon gehört.«

»Dann solltest du unbedingt mal hin. Das ist der Himmel der Bayern!«

»Ich nehme es mir vor.«

»So, aber jetzt wird gearbeitet. Zur Mittagspause können wir weiterreden.«

Matthias musste einsehen, dass er den Braumeister erst mal

nicht mehr in ein Gespräch verwickeln konnte, ohne ihn zu verärgern.

Stunden später saßen er und der Alexander und der Braumeister gemeinsam am Mittagstisch. »Würden Sie bitte so nett sein und mir wieder etwas erzählen? Ich möchte alles genau erfahren«, schleimte Matthias sich ein.

»Du bist mir schon der Richtige. Hör zu. Wie heute Vormittag schon besprochen, gibt es beim Einsatz von Rohstoffen genaue Vorgaben. Aus einer gewissen Menge Rohstoffen darf nur eine gewisse Menge Bier gewonnen werden. So wird indirekt vorgegeben, wie viel Gewinn der Brauer damit machen kann. Gleichzeitig wird dadurch erreicht, dass aus dem nach dem Keimen getrocknete Gerstenmalz und dem verwendeten Hopfen ein mehr oder weniger einheitlich hergestelltes Bier gebraut wird.«

»Ich hab aber schon ab und zu schlechtes Bier bekommen.«

»Die Qualitätsunterschiede beruhen auf der Qualität der tatsächlich geernteten Rohstoffe und der Lagerung des fertigen Bieres. Das kann die Regierung natürlich nicht überwachen.«

»Es hat doch nicht jede Brauerei einen geeigneten Bierkeller mit der nötigen Menge Eis, oder?«,

»So ist es. Bis vor etlichen Jahren haben die meisten Bürger noch Wein getrunken. Erst durch das Reinheitsgebot wurde der Wein langsam verdrängt, und das Bier in Bayern löste den Wein als Volksgetränk langsam ab.«

»Ich mag Bier. Damit kann man seinen Durst einfach schön löschen. Bei Wein bin ich immer gleich betrunken und er steigt mir gern zu Kopf. Außerdem schmeckt er oft sauer.«

»Da hast du recht. Aber du musst halt den richtigen Wein trinken. Geh mal in die Hippergasse, dort ist ein Weingeschäft. Da gibt es für jeden Geschmack das richtige. Aber das kann auch teuer werden. Wein ist nicht so reguliert wie Bier. Das Bierbrauen wurde in Altbayern und auch in Böhmen seit 1517 der Ritterschaft, den Prälaten und Klöstern sowie den Bürgern gleichermaßen zugestanden. Das ist nicht überall in Deutschland so. Ein Dekret von 1675 untersagte allerdings Adel und Geistlichkeit, dass sie städtische bürgerliche Brauhäuser erwerben durften. Im Jahre 1580 bestanden in den vier altbayerischen Rentämtern ganze 321 Braustätten, von denen 198 bürgerlich, 105 adelig und 18 Klosterbrauereien waren.«

»Sie wissen wirklich alles über die Braukunst, oder?«

»Das ist auch nötig. Die Konkurrenz schläft nicht! Und wenn du einen guten Draht zu den Rentämtern hast, dann erfährst du auch, wie viel Umsatz die anderen Brauereien so machen und wie du auf dem Markt stehst.«

»Du kannst aber das Bier sowieso nicht an andere Städte liefern. Dazu ist es doch zu wenig haltbar, weil es nicht gekühlt werden kann.«

»In Franken sorgte dagegen die Vielzahl an reichsunmittelbaren Herrschaften, die ihre Brau- und Schankrechte rigoros nutzten, dafür, dass selbst Städte, die durch ihre Bannmeile vor unmittelbarer Konkurrenz geschützt waren, im Brauwesen keine dominierende Stellung erreichten. Aber zurück in unsere Region. Es wurde ausnahmslos eine regelmäßige amtliche Überprüfung der Qualität von Würze und Bier landesweit festgeschrieben und vorsätzliche Verfälschung sanktioniert durch das Landgebot von 1530.«

»Schlechtes Bier wurde echt unter Strafe gestellt?«

»Genau. Und für jeden, der Bier herstellen wollte, wurde eine mehrjährige Brauerlehre verpflichtend. Selbst Käufer eines Brauhauses durften dort nur selber brauen, wenn sie eine zweijährige Brauerlehre absolviert hatten. Und ein generelles Sommerbrauverbot seit 1553 sowie obendrein die sukzessive Durchsetzung der sogenannten kalten Gärung trugen entscheidend zur Qualitätssicherung bei.«

»Oje, was ist denn das schon wieder? Kalte Gärung?«

»Bei der sogenannten kalten Gärführung, also der Kontrolle der Geschwindigkeit von Haupt- und Nachgärung durch Kälte, setzte sich die Hefe am Boden des Gärgefäßes oder Fasses ab und wurde von dort für weitere Gärungen hergenommen.«

»Heißt das, es wird praktisch immer der gleiche Hefestamm verwendet?«,

»So ist es. Es handelte sich dabei aber nicht um Untergärung im eigentlichen Sinn, weil nämlich immer ein Gemisch aus allen möglichen Hefen und Milchsäurebakterien vorhanden ist.«

»Ach so. Es hat also jede Brauerei doch ihr eigenes Bier, weil unterschiedliche Hefebakterien in ihren Bottichen vorhanden sind.«

»Jetzt hast du es begriffen. Die kalte Gärführung wurde wahrscheinlich ursprünglich in Franken und der Oberpfalz entwickelt. Ein gewisser Christoph Kobrer, der 1581 nach älteren Vorlagen die erste Beschreibung der bayerischen Brauverfahren in einer Sammlung zusammenfasste, stellte noch die truckne-oder-kalte-gyer, also Gärung bei der Herstellung der starken oberpfälzischen Biere der warmen Gärung für die schwächeren obergärigen altbayerischen Winterbiere, gegenüber.«

»Es ist schon interessant. Das Bierbrauen hat offensichtlich auch Wissenschaftler zu einer intensiven Abhandlung animiert. Welches Lebensmittel kann das schon von sich behaupten.«

»Woran das liegen mag, kann man nur spekulieren«, meinte der Braumeister augenzwinkernd.

»Die Untergärung war im 16. Jahrhundert allgemein bekannt, galt aber gemeinhin als nachteilig. Dass sie in Bayern zu einer entscheidenden Verbesserung der Bierqualität führte, lag vor allem an ihrer Kombination mit speziellen Gär- und Lagerkellern. Schon 1380, also vor fast 400 Jahren, hatte der Nürnberger Rat verordnet, dass jeder, der Wein oder Bier ausschenken wolle, über einen Felsenkeller verfügen müsse. Für das 15. und 16. Jahrhundert sind zahlreiche Beispiele für Felsenkeller belegt. Die Münchner Brauer haben alle keine Felsenkeller. Deshalb ist das Bier dort gerne mal im Sommer umgekippt.«

»Aber die haben doch die Isar als fließendes Gewässer. Könnten die ihr Bier nicht dort kühlen?«

»Du bist ja ein heller Kopf. Wenn du im Hofbräuhaus bist, schlägst du es denen mal vor. Vielleicht greifen sie diese Idee auf und du wirst damit berühmt.«

»Dann mach ich mich irgendwann mal auf den Weg nach München.«

»Die Münchner müssen derzeit immer noch das Bier von Tölz importieren, weil die Tölzer einen Felsenkeller haben. Das wurmt sie gewaltig. Aber in einem warmen Sommer können sie einfach kein gescheites Bier brauen.«

»Hat der Bräumichl eigentlich einen Felsenkeller?«

»Felsig ist er gerade nicht, aber wir haben unter der Abfüllerei einen tiefen Keller. Den kann ich dir auch noch mal zeigen.«

»Der würde mich ja schon interessieren.«

»Ja, das glaub ich, du Abenteurer. Dazu musst du dich warm anziehen. Weil da ist es saukalt.«

»Ganz so schlimm wird es wohl nicht sein, oder?«

»Doch, doch. Wir haben Juli, da ist noch genügend Eis vom Winter vorhanden.«

»Eis? Ihr habt das so lange eingelagert?«

»Natürlich. Das ist eine Mordsplagerei, die Eisblöcke jedesmal da hinunter zu bringen.«

»Und wo kommt das Eis her?«

»Wir warten, bis die Paar oder das Wasser im Stadtgraben gefroren ist, dann schneiden oder brechen wir es heraus und fahren es mit den Fuhrwerken hierher. Ab dann ist es Handarbeit.«

»Da frieren dir ja die Hände ab!«

»Das kann schon mal passieren. Da brauchst du gescheite Lederhandschuhe.«

»Lagert denn jede Brauerei in Scrobinhusen ihr Eis ein?«

»Schon. Soweit ihr Lager das halt hergibt. Der Zacherbräu hat seinen Lagerkeller tief unten auf dem Hügel Richtung Pfaffenhofen bei den Linden. Darum heißt er auch Lindenkeller.«

»Aber was bringt das? Deswegen ist das Eis ja noch nicht im Lagerkeller vom Zacherbräu.«

»Das ist das Problem. Die tun sich die Arbeit gleich zweimal an. Zuerst ziehen sie mit dem Ochsenkarren die Eisblöcke auf dem Berg hinauf. Später haben sie ihre Plage mit dem Transport in die Brauerei.«

»Wie? Die tragen es zuerst in diesen Keller und dann wieder herauf?«

»Nein. Für das gibt es einen Flaschenzug.«

»Wie viel hat da Platz?«

»Das ist ein riesiges hohes ausgedehntes Gewölbe. Da bleibt dir der Mund offen stehen, wenn du das sehen würdest.«

»Toll. Aber dann im Sommer muss das Eis wieder heraus und den Berg wieder herab in die Stadt hinein und dann drüben, Im Tal, wieder in den Lagerkeller und um die Fässer herum, oder?

»Genau. Aber deshalb haben sie auch vor, einen Gang vom Zacherkeller bei den Linden bis zur Gaststätte zu graben. Und sie hätten es schon lange gemacht, wenn Sie eine Möglichkeit gefunden hätten, die Paar zu untertunneln.«

»Verstehe. Man müsste die Paar aufstauen.«

»Aber dann würde wahrscheinlich ein riesiger See bis nach Peutenhausen entstehen.«

»Also den Flusslauf umleiten, dann ein wasserdichtes Gewölbe erbauen, und wenn der Mörtel abgetrocknet ist, die Paar wieder in ihr altes Flussbett leiten.«

»Technisch möglich wäre das, aber dazu bräuchte es in Scrobinhusen eine Firma, die Spezialist für Tiefbau ist. Der könnte man den Auftrag geben.«

»Wahrscheinlich bräuchte es dazu heftige Spundwände, sonst würde das Wasser der Paar die neu errichteten Ufer gleich wieder wegspülen.«

»Ein solches Unternehmen würde sicherlich reich und bekannt werden mit ihrer Technik. Denn wenn sich herumspricht, dass das mit dem Flussumleiten funktioniert hat, dann würden alle Städte, die einen Fluss und einen Hügel dahinter haben, anklopfen und der nächste Auftrag wäre gesichert.«

»Wir täten es schon wissen. Aber uns fragt ja keiner.«

»Wir verrichten einfach weiter unser Tagwerk nach unserer Bestimmung, die Gott für uns vorgesehen hat und warten bis irgendein gescheiter Meister oder Doktor oder Bauer daherkommt und die Lösung dafür hat.«

»Ich hätte eine einfache Lösung, wenn ich so überlege.«

»Du wieder mit deiner Fantasie.«

»Wie wäre es, wenn man gleich oben auf dem Hügel eine Wirtschaft bauen würde. Dann bräuchte man das Eis nur einmal transportieren.«

»So ein Schmarrn. Dann müsste man das Bier ja da auf den Berg hinaufziehen.«

»Oder durch einen ebenerdig gebauten Stollen unter der Wirtschaft anliefern und durch den Flaschenzug Faßl für Faßl bei Gebrauch nach oben ziehen.«

»Und du glaubst, dass da ein einziger Gast bis auf den Hügel hinauf wandert und wieder heruntertorkelt. Ganz gewiss nicht.«

»Aber wenn man einen Biergarten betreiben würde. Unter den Linden sozusagen. Mit einer zünftigen Brotzeit. Und vielleicht ab und zu ein bisschen Musik dazu.«

»Ist gut. Träum weiter. Und damit du wieder in der Realität ankommst, stehen wir jetzt auf und machen uns an die Arbeit, bevor wir heute Nachmittag zu nichts mehr kommen.«

»Du hast echt keine Fantasie.«

»Und du keine Ahnung.« Und sie erhoben sich und machten sich wieder auf.

Um acht Uhr abends war der Arbeitstag beendet und man setzte sich gemeinsam an einen Tisch. Es gab Brot und etwas kalten Braten. Seine Kollegen musterten Matthias und lachten, als das Brot in seinen Händen nach den Tagen voller schwerer Arbeit immer noch zitterte. »Das legt sich. In ein paar Wochen bist du kräftiger.«

Am nächsten Tag ging die schwere Arbeit für Matthias weiter. Die vorher gereinigten Fässer wurden wie schon Tage zuvor mit dem frisch gebrauten Bier gefüllt. Jedes Fass wurde nummeriert und in den Lagerkeller gerollt. Nachdem die für heute vorgesehenen Fässer alle abgelagert waren, winkte ihn der Braumeister zu sich und sagte: »So. Und du zählst jetzt die abgefüllten Fässer und gehst hinüber ins Pflegschloss. Dort ist das Rentamt untergebracht.«

»Was ist denn das? So was hab ich ja noch nie gehört.«

»Da muss ich wohl weiter ausholen, du Sohn vom Lande. Das Rentamt ist ein Amt, das für die Verwaltung von Steuern und Abgaben zuständig ist. In Bayern gibt es in jedem Bezirk ein eigenes Rentamt und ist somit Teil der bayerischen Verwaltung. Es untersteht direkt dem Kurfürsten.«

»Das heißt, was ich da jetzt in diesem Amt abgeben soll, wird direkt nach München zum Kurfürsten gemeldet?«

164

»So wichtig brauchst du dich jetzt nicht nehmen, mein Junge. Aber im Prinzip ist das schon fast richtig. Wichtig ist auch, dass die Einnahmen und Ausgaben der Stadt nach München gemeldet werden. Und so kann es schon nicht zu Unregelmäßigkeiten in der Stadtverwaltung selbst kommen. Verstehst du?«

»Klar. Wenn der Bürgermeister den Hörzhausenern eine neue Feuerspritze finanziert, muss er das vor der Regierung verantworten.«

»Aha, du bist über Hintergründe und Schachereien bereits informiert?«

»Ich hab da mal was mitbekommen, als ich im Biergarten saß.«

»Na, dann weißt du ja, von was ich rede. Du bittest jedenfalls um Einlass und teilst dem Petter Hubert, das ist der Schreiberling vom Rentamt, die produzierte Menge an Bier mit.«

»Ich geh mal davon aus, dass ich mich nicht verzählen darf.«

»Bist du närrisch? Wehe dem. Der Herr Petter errechnet daraus die Steuern, die wir als Bräumichl zu bezahlen haben. Ich hau dir eigenhändig den Kopf ab!«

»Ich hab schon verstanden. War ja nur ein Scherz.«

»Mit Steuern und Abgaben ist nicht zu scherzen.«

»Bin schon unterwegs.«

»Und wenn du wieder da bist, dann meldest du dich gleich wieder bei mir.«

Matthias lief kurzerhand ins Lager, zählte die Fässer, schrieb die Zahl auf ein Blatt Papier, multiplizierte es mit dem Volumen der Fässer, wiederholte den Vorgang noch einmal bis er sich sicher war, sich nicht verrechnet zu haben und marschierte los.

Im Pflegschloss fragte er sich durch bis zum Amtszimmer des Herrn Petter, klopfte vorsichtig an der Tür, bis er ein »Herein« glaubte gehört zu haben und trat ein. »Herr Petter, nehme ich an.«

»Wer will das wissen?«

»Ich. Ich bin Matthias Kronleichter und bin im Auftrag des Herrn ... äh ... Lanzel unterwegs.«

»Und was hast du mir mitzuteilen?«

»Die Anzahl der Menge Bier, die wir heute im Bräumichl abgefüllt haben.«

»Na, dann zeig mal her.« Matthias gab ihm den Zettel mit der errechneten Menge.

»Gut. Ich quittiere dir hiermit den Empfang. Ich errechne in den nächsten Tagen die Steuern und Gebühren und schicke euch dann wie immer den Bescheid. Du kannst gehen.«

»Darf ich noch etwas fragen?«

»Ich bin kein Auskunftsbüro.«

»Das weiß ich doch. Aber Sie sind doch ein gebildeter Mann.«

»Die einen sagen so, die anderen so.«

»Mir wurde vor ein paar Tagen erzählt, dass die Fugger die Doppelte Buchführung eingeführt hätten.«

»Das stimmt. War das die Frage?«

»Nein. Die Frage lautet, ob Sie mir diese Doppelte Buchführung kurz erklären können.«

»Wie bitte! Da brauchen andere Jahre, um sie zu begreifen. Und dir soll ich sie hier im Stehen schnell erklären? Leidest du unter geistigem Größenwahn?«

»Nein, mein Herr. Ich glaube an ihre präzise und logische Art, komplizierte Dinge einfach zu erklären.«

»Na, dann hör zu: Bei der Doppelten Buchführung werden sämtliche Geschäftsvorfälle doppelt auf den entsprechenden Konten, ob Soll oder Haben, gebucht. Dieses System gewährleistet, dass jeder Geschäftsvorfall in voller Höhe im Soll eines Kontos und zugleich im Haben auf einem Gegenkonto erfasst wird. Bist du jetzt klüger, du Schlaumeier?«

»Heißt das, dass Geschäftsvorfälle, die den Bestand eines Kontos erhöhen, als Zugang im Soll verbucht werden und Geschäftsvorfälle, die den Bestand eines Kontos verringern, als Abgang im Haben verbucht werden? Das ist ja einfach.«

Amtmann Hubert Petter stand der Mund weit offen. Dann schrie er: »Rrrraus !«

Matthias verabschiedete sich artig.

Zurück im Bräumichl angekommen, lief er dem Braumeister über den Weg. »Ist alles gut gegangen im Rentamt?«

»Natürlich. Auf mich kann man sich doch verlassen.«

»Na, dann komm mal mit.« Der Braumeister zeigte Matthias zuerst das Hopfenlager. Es roch sehr streng, aber nicht unangenehm. Er hob den Zeigefinger und sagte: »Auf dieses feine Gezeugs kommt es an. Soll das Bier kräftiger schmecken oder doch etwas milder sein. Wird es süffig oder bitter. Unsere Rezeptur ist streng geheim. Wir achten ganz genau darauf, dass unser Bier immer gleich schmeckt, denn das ist die Kunst beim Brauen. Komm weiter, jetzt zeig ich dir noch das Getreidelager.«

Sie gingen weiter in einen großen Raum. Dort lagen hunderte Säcke voller Getreide. »Pack an. Wir brauen heute wieder ein paar Fässer Bier. Jetzt, wo die Belagerer weg sind, bleibt das Bier wieder uns.« Matthias wusste: Es kommen schwere Zeiten voller harter Arbeit auf ihn zu.

Die Wehrtürme - Rundgang ins Glück

Nach ein paar arbeitsreichen Tagen hatte Matthias endlich wieder Zeit, sich mit Sabrina zu treffen. »Mein schönes Fräulein, darf ichs wagen, meinen Arm und Geleit Ihr anzutragen?«

»Mei, du kannst es nicht lassen, deine niedlichen Sprüche loszuwerden.«

»Gehen wir ein paar Schritte?«

Die beiden schlenderten zunächst die Hauptstraße entlang, bis es nicht mehr weiterging. Das Stadttor war schließlich schon geschlossen, weil es nach acht Uhr abends geworden war. Sie bogen nach links in die Seitengasse am Oberen Tor. Sabrina wurde es langsam unangenehm, dass alle Leute, denen sie begegneten, sie so neugierig ansahen. Sie war schließlich die Tochter vom Barthenbräu, die mit einem in Scrobinhusen nicht bekannten jungen Mann spazieren ging. Rechts von ihnen ragte die Stadtmauer sechs Meter in die Höhe.

»Diese Mauer ist einfach gewaltig. Ich sehe ein, dass sie seit Jahrhunderten Schutz bietet.«

»Vor zweihundertfünfzig Jahren bestand sie noch aus Holz. Dann wurden alle Kräfte gebündelt und dieses Bauwerk mit den Türmen errichtet«, ergänzte Sabrina.

Vor ihnen war der Krankenhausturm. Matthias fiel auf, wie klein er war. Sabrina bemerkte seinen skeptischen Blick und erklärte: »Das ist eigentlich der Heissenturm, in dem einst der Herr Heiss gewohnt hatte. Für ihn hat dieser Turm mit seinen vier Zimmern durchaus gereicht. Aber es ist schon sehr beengt.«

Matthias konnte sich nicht vorstellen, wie man hier ein Krankenhaus führen konnte. Mit vier Kranken war das Haus ja bereits voll. Sabrina erriet seine Gedanken und sagte: »Kranke werden bei uns üblicherweise zuhause gepflegt. Da geht es nur um die Erstversorgung.«

Sie überquerten den feuchten Platz in der Lachen und Matthias meinte: »Da steht ja rechts vom Lacherbräu auch noch ein Stadtturm. Der ist mir vor ein paar Tagen gar nicht aufgefallen.«

Sabrina erklärte: »Das ist der Seelweibturm. Da wohnen die Leichenfrauen, die die Verstorbenen waschen und würdig herrichten.«

»Ihr habt wirklich für alle Tätigkeiten jemanden, der sie verrichtet. Aber diesen Beruf hat mir der Zunftmeister Adelmann nicht vorgeschlagen.«

»Dann musst du ihm einmal sagen, dass seine Aufzählung unvollständig war.«

»Weißt du, ob du irgendwann die elterliche Brauerei und den Gasthof übernehmen wirst?«, fragte Matthias schließlich.

»Ich bin die Zweitgeborene, und deshalb steht meinem Bruder zu, das Gewerbe fortzuführen. Ich muss wie du auch noch schauen, was ich aus meinem Leben mache. Als Bedienung bei meinem Bruder ein Leben lang zu arbeiten, das kann ich mir nicht so recht vorstellen.« Und während sie weitergingen, erzählte Sabrina: »Ein paar Meter weiter die Gasse entlang steht noch ein anderer Turm. Dort könnte man die Hebammen unterbringen, wenn der Turm irgendwann frei werden würde. Außerdem wäre es von Vorteil, wenn die Hebammen ihr eigenes Gebäude hätten. Denn viele Leute trauen ihnen nicht, weil sie doch Kenntnisse über heilende Kräuter und vielleicht auch einen Pakt mit dem Teufel geschlossen hätten.«

»Glaubst du an solche Schauermärchen?«, wollte Matthias wissen.

»Nein. Aber seit Jahrhunderten geistert diese Vorstellung in den Köpfen einiger Menschen herum, weshalb die Hebammen ein gefährliches Leben führen.«

»Dieselben Geschichten kursieren auch bei uns auf dem Land. Aber ich dachte eigentlich immer, sie entspringen nur der Fantasie von besonders ängstlichen oder einfältigen Menschen.«

»Mag sein, aber der Schrecken der Folterungen und Verbrennungen sitzt den Menschen halt noch in den Knochen. Stell dir vor, vor etwa hundert Jahren fanden in Neuburg noch Prozesse statt, in denen die Beschuldigten nicht gut dabei weggekommen sind.«

»Unvorstellbar, wozu der Mensch fähig ist.«

»Und die Kirche ist dabei nicht ganz unschuldig.«

Sie schlenderten weiter, bis sie zum Karpfenturm gelangten. »Hier wohnt der Mann, der sich um die Fischzucht im inneren Stadtgraben kümmert«, wusste Sabrina. »Vor ganz vielen Jahren war das der Siechenturm, in den man die mit der Pest infizierten Menschen untergebracht hatte.«

Matthias meinte: »Das ist aber auch kein angenehmer Wohnort mit so einer Vergangenheit. Also ich weiß auch nicht, ob ich dort wohnen will, auch wenn ich die Aufgabe des Stadtfischers übernehmen würde.«

»Auf der anderen Seite der Stadtmauer geht ein Weg hinüber zu den Schleifmühlen«, erklärte Sabrina.

Dann erzählte Matthias ihr von dem Abend, an dem sie in Scrobinhusen angekommen waren. »Mein Bekannter, der Schuster Sailer Andreas aus Aresing, und ich haben am Morgen vor vielen Tagen das schrille Kreischen der Schleifer bei ihrer Arbeit schon gehört, als wir beim Lacherbräu übernachtet hatten.« Inzwischen waren die beiden am Friedhof angekommen, der um die Stadtpfarrkirche herum angelegt war. Sabrina zeigte auf eine größere Grabstätte. »Schau, das ist das Familiengrab unserer Familie. Da drumherum sind auch die Gräber von Bekannten.« Sabrina wusste zu allen Grabstätten etwas zu erzählen. »Viele sind leider vor zehn Jahren an einer Seuche gestorben, und vor ungefähr 70 Jahren hat es etliche durch die Pest erwischt.«

»Man merkt den Leuten sicherlich die Angst an«, meinte Matthias. »Ich kann mir gut vorstellen, dass jeder auf Abstand geht, sobald bekannt wird, dass eine Ansteckungsgefahr besteht. Das führt dazu, dass das gesellige Leben weitgehend eingeschränkt wird. Aber die Arbeiter müssen trotzdem ihrem Tagwerk nachgehen und können sich nicht isolieren. Was passiert eigentlich mit jemandem, der an der Seuche erkrankt ist und er keine Angehörigen hat?«

»Ein Pater im Franziskanerkloster hat die Kranken unermüdlich gepflegt, bis er selbst daran gestorben ist«, erzählte Sabrina.

»In unserer Gaststube saßen dann monatelang nur wenige Gäste, bis auf die Hartgesottenen, die nicht der Hunger, sondern eher der Durst in unser Wirtshaus trieb. Aber auch diejenigen wurden von einem auf den anderen Tag nicht mehr gesehen.«

Beide standen nun an der hoch aufragenden Giebelseite der Kirche und legten die Köpfe in den Nacken, um das Ende der Kirchturmspitze sehen zu können. »Sollen wir mal in die Kirche reingehen?«, fragte sie.

»Ja gern. Ich hab vor ein paar Tagen zwar die Messe besucht. Dabei war ich aber nur auf dem Glockenturm.« Sie gingen durch die Pforte und standen im Vorraum.

»Die Kapellen gleich am Eingang, eine links und eine rechts, sind erst vor zehn Jahren angefügt worden«, erzählte Sabrina.

»Aber komm, gehen wir in den Hauptraum. Merkst du, was dieser weiträumige gotische Innenraum für eine Wirkung auf einen ausübt.« Sie traten in das große von der Abenddämmerung in sanftes Licht getauchte Kirchenschiff. Ein paar Kerzen verstärkten die andächtige Stimmung.

»Sieh dir die Säulen an, wie sie nach oben ragen.«

Matthias stellte sich in die Mitte des Ganges, legte den Kopf in den Nacken und begann laut zu zählen.

»Eins, zwei, drei ….« Dann machte er leise weiter.

»… achtzehn sind es insgesamt. Beeindruckend.«

»Komm hierher«, sagte sie und forderte ihn auf, ihr zu folgen. Sie führte ihn in die linke hintere Ecke.

»Schau dir diese wunderschöne Schnitzerei hier an der Wand an. Die stellt die Ölberggruppe dar.«

»Ich sehe. Die Jünger sind gerade eingenickt, und Jesus schaut in die Höhe.«

»Ich finde, Jesus wirkt nicht niedergeschlagen aufgrund seines bevorstehenden Tod am Kreuze. Als ob er die Auferstehung bereits erahnen kann.«

Sabrina kam aus dem Schwärmen nicht mehr heraus. »Und siehst du, wie die Figuren des Heiligen Petrus und Paulus auf der anderen Seite so beeindruckend platziert worden sind.«

Matthias hatte so etwas noch nicht gesehen.

»Die Kapelle in meinem Dorf ist sowieso nicht der Rede wert, aber auch die Kirche von Gerolsbach, die mir ja bestens bekannt ist, ist nichts gegen diesen stilvollen Innenraum.«

Sie gingen wortlos und andächtig durch das Kirchenschiff und ließen die Stille auf sich wirken. Matthias bat dabei um etwas göttliche Fügung oder zumindest spirituelle Eingebung.

Als sie am Altarraum angelangt waren, sah Matthias die Johannesstatue und erinnerte sich an die Aussage von Magdalena, der Bedienung vom Lacherbräu.

»Findest du, ich sehe dem Johannes ähnlich?«

»Wer hat das gesagt?«

»Ach, niemand. Nur wegen den Haaren und so.«

Sabrina sah die Statue genauer an und verglich die Gesichtszüge. Dann urteilte sie: »Der hier«, und dabei zeigte sie auf die hölzerne Figur, »ist der Inbegriff der Frömmigkeit. Und davon bist du noch ein gutes Stück entfernt.« Dann schweiften ihre Blicke durch den restlichen Altarraum.

Nach einer Weile nickten sie sich zu und verließen die Kirche wieder in Richtung Pfarrgasse. »An der Stelle stand mal das Pfarrhaus mit dem Pfarrhof. Es muss so vor 20 Jahren gewesen sein, ist mir erzählt worden, da wurde das alte Pfarrhaus abgerissen und mit achtzigtausend Ziegelsteinen aus den Ziegeleien aus Hörzhausen, Sattelberg und Stockensau dieses neue Haus gebaut. Das ist so massiv gebaut worden«, meinte Sabrina, »und steht bestimmt in fünfhundert Jahren noch genauso da, wie auch das Rathaus, das auch so ein mächtiger Baukörper ist. Der wird sicherlich auch noch viele Jahrhunderte unbeschadet überstehen.« Nun deutete Sabrina auf die Gruft, etwas abseits links neben dem Kirchenschiff. »Da wenn man hinuntergeht, kommt man an einen Gang, der vom Zacherbräu hier herüber verläuft. Er soll eigentlich irgendwann bis zum Zacherkeller außerhalb der Stadt auf dem Hügel gebaut werden.«

»Das hab ich vom Gesellen vom Bräumichl schon gehört. Aber da gibt es das Problem, den Gang unter der Paar hindurch zu führen. Und das konnte bisher nicht gelöst werden.«

»Genau. Und das Eis schneiden sie im Winter aus dem Stadtgraben heraus und transportieren es auf den Zacherkeller hinauf. Gerade in den Zeiten der Belagerung wäre es beruhigend zu wissen, dass man im Notfall Hilfe holen oder auch Nahrungsmittel hereinschmuggeln könnte.«

»Besitz macht halt auch Probleme. Es kann Fluch und Segen sein, in einer Stadt zu wohnen. Dort gibt es zwar alles zu kaufen und du kannst alle neuesten Informationen aus der Welt aus erster Hand erfahren. Aber die Sorgen werden nicht weniger.«

»Sag bloß, jetzt sehnst du dich wieder in deine Dorfidylle zurück, wo keine Bedürfnisse geweckt werden, die dann auch nicht gestillt werden wollen.«

»Das lassen wir einmal so im Raum stehen«, meinte Matthias.

Sie waren an der nächsten Ecke angelangt und Sabrina meinte: »Jetzt stehen wir vor dem Totengräberturm. Den dürfen die Totengräber kostenlos bewohnen. Wie man sieht, haben sie es nicht weit zum Friedhof an der Stadtpfarrkirche. Das ist doch sehr praktisch, so nah am Arbeitsplatz zu wohnen«, schmunzelte sie. Sie schlenderten weiter durch die dunklen, nur ab und zu mit Fackeln beleuchteten Gassen. Weiter nördlich kamen sie am Pechlerturm vorbei. Sabrina erklärte: »Das ist der Turm, wo die Arbeiter untergebracht sind, die im Hagenauer Forst das Baumharz von den Bäumen kratzen und es in Öfen zu Pech verarbeiten. Dann kann es als Schmiermittel an Schuster, Schmiede, Wagner und Zimmerer verkauft werden oder auch an Geigenspieler, weil die ihren Bogen mit Kolophonium einschmieren.«

Matthias betrachtete ganz in Ruhe das Gebäude und meinte: »Dieser Stadtturm, wie auch die anderen, sind ja nicht gerade geräumig. Wenn man sich noch vorstellt, dass auch noch eine Treppe im Turm Platz finden muss, dann wird es schon sehr beengt.«

»Man sieht auf diesem Rundweg durch die hinteren Gässchen schon, dass es den Bewohnern in diesen Bereichen der Stadt wohl etwas schlechter geht als den Herrenhäusern auf der Hauptstraße«, wies Sabrina auf die Lebensverhältnisse abseits der Hauptstraße hin.

»Wie du siehst, befindet sich in den beengten angrenzenden

Hinterhöfen das Plumpsklo, daneben oft ein kleiner Hühnerstall oder auch ein Schweinestall, in dem sich eine Sau gerade einmal umdrehen kann.«

»Mir ist schon bewusst, dass jeder sehen muss, wo er bleibt und es daher nur folgerichtig ist, dass man sein eigenes Tier hält. Aber Schweine haben im Dorf ganz sicher ein glücklicheres Leben als in der Stadt.« Sabrina gab ihm recht. »Und vielleicht hätten auch ärmere Leute ohne großen Besitz auf dem Land ein besseres Leben als zwischen diesen einengenden Stadtmauern. Wenn innerhalb dieser Mauern ungefähr 1800 Menschen leben, dann kann das schon zu Spannungen führen. Und wenn ich mir vorstelle, dass ich in Scrobinhusen eine Anstellung finden werde und dann hier in einem dieser engen gedrungenen Häuschen in einer der Gassen wohnen würde, finster und ohne Aussicht, dann fang ich wirklich an zu grübeln, ob das der richtige Platz für mich ist.«

Sabrina stimmte ihm zu und leitete wieder zu seinem Hauptthema über: »Genau deswegen ist es so notwendig, seinem Leben einen Sinn zu geben. Wenn es bei uns nicht klappt, dann hast du zumindest ausreichend Einblick in das Stadtleben gewonnen, dass es dir leichter fällt, nach einer anderen Lösung zu suchen. Du bist eher für etwas weniger Grobes geschaffen, um als Metzger oder Schlosser zu arbeiten.«

»Darum wäre die Idee, als Tuchmacher sein Geld zu verdienen, gar nicht so schlecht gewesen. Aber jetzt wirst du erst einmal Brauer.« Matthias und Sabrina liefen die Stadtmauer entlang, bis sie am Unteren Tor angelangt waren. Das war auch schon geschlossen. Dann überquerten sie die Hauptstraße und gingen auf der anderen Seite in das Schlossergässchen. Schon kamen sie am nächsten Turm vorbei. »Das ist jetzt der Pflastererturm«, klärte ihn Sabrina auf, »da sind die Stadtpflasterer untergebracht.« Vor dem Turm stand ein Tisch mit ein paar Stühlen. Ein älterer Herr mit Glatze und großen, klobigen Händen machte gerade Brotzeit und biss herzhaft in ein Radieschen. »Grüß Gott, Herr Sinzmeier.«

»Servus Sabrina. Wen hast du denn da dabei?«

»Das ist der Matthias Kronleichter, der ist neu in der Stadt.«

»Den hab ich schon mal gesehen. Der wäre schon einmal fast über mich gestolpert. Hat der keine Augen im Kopf?«

»Doch. Das habe ich schon«, mischte sich Matthias ein. »Aber Ihr kniet ja an den unmöglichsten Stellen herum. Wenn ich grad in Eile bin, kann es schon mal passieren, dass man mit einem von euch nicht rechnet.«

»Ach, sollen wir für den Herrn Kronleichter gleich eine riesige Baustelle über die ganze Hauptstraße errichten?«

»Nein, um Gottes Willen. Bloß nicht. Da würden sich die Geschäfte und die Bürger schön bedanken. Da käme man ja nicht mehr von Haus zu Haus.«

»Da siehst du mal, wie wichtig wir sind. Sei froh, dass wir kleine Löcher im Straßenbelag sofort versuchen, auszubessern. Wenn die Löcher nicht sofort wieder geschlossen werden, dann bleiben die eisenbeschlagenen Räder von den Fuhrwerken darin hängen und es entsteht ein Stau. Jetzt, wo alle fremden Fuhrwerke durch die Innenstadt rattern, möchte ich mir nicht vorstellen, was für ein Chaos entsteht, wenn nichts mehr geht.«

»Ja gut, ich hab es verstanden. Ihr seid unwahrscheinlich systemrelevant.«

»Genau. Jetzt hast du es verstanden. Also! Nächstes Mal Augen auf.«

»Aber ernsthaft, wenn ich eine Frage stellen darf: In dem Turm habt ihr Pflasterer nicht alle Platz, oder?«

»Nein, natürlich nicht. Aber wir haben noch Helfer, Bürger, die in der Innenstadt verteilt wohnen. Das wäre für uns Arbeiter mit Familie nicht mehr tragbar, wenn wir eingepfercht leben müssten.«

»Das verstehe ich. Aber hier habt ihr halt so etwas wie euren Treffpunkt.«

»So kann man es auch nennen. Aber wir sind nicht nur zum Pflastern da. Als vor hundert Jahren die Wasserleitung von der Rainerau bis in die Innenstadt gebaut wurde, mussten alle anpacken. Da sind mehrere Arbeitsgruppen gebildet worden, um diesen Arbeitsaufwand in einem einigermaßen erträglichen Zeitraum erledigen zu können.«

Sabrina kannte die Geschichte auch und sprach weiter: »Mir

175

ist erzählt worden, dass die Herstellung dieser Wasserleitungen drei Jahre gedauert hat.«

»Und die Leitungen funktionieren tatsächlich immer noch?«, fragte Matthias ungläubig nach.

»Natürlich«, antwortete der Pflasterer.

»Das ist doch erstaunlich. Mal sehen, ob sie die nächsten Jahrhunderte überstehen«, fragte sich Matthias.

»Und zusätzlich hat jede Brauerei ihren eigenen Zugang vom Stadtbrunnen aus. Das ist schon bemerkenswert. Da darf man nur Fachmänner mit der Leitung solch eines Projektes beauftragen. Metzger, Bäcker, Trommler oder sogar Schneider dürfen dieses Vorhaben nicht leiten.«

»Gott bewahre. Da würde das Wasser bald zu stinken anfangen.«

»Also, noch einen schönen Abend, Herr Sinzmeier.«

»Behüt euch Gott.«

»Gleich gehen wir am nächsten Turm vorbei,« sagte Sabrina und deutete auf das vor ihnen aufragende Gebäude.

»Mir ist immer etwas mulmig zumute, weil das der Gefängnisturm ist und diejenigen untergebracht sind, die verurteilt wurden und ihre Strafe absitzen müssen. Wenn ich mich aus meinem Fenster im oberen Stock unseres Gasthauses lehne, kann ich den Turm sehen. Das finde ich nicht ganz so lustig.«

»Dann ist da bestimmt der Raufbold untergebracht, der in eurer Gaststube Radau gemacht hat.«

»Kann gut sein. Wenn der Rechtspfleger alle nötigen Personalien und was sonst noch so nötig ist, aufgenommen hat und die Tat, dessen er beschuldigt wird, zu den Akten genommen wurde, wird er bis zu seinem Prozess wahrscheinlich in diesem Gebäude untergebracht werden.«

»Ich bin ja schon neugierig, was mit ihm nun passieren wird, nachdem wir ihn persönlich kennengelernt haben.«

»Also mir ist es eher egal. Ich möchte ungern daran erinnert werden.«

»Doch. Mich interessiert es schon. Weißt du, wann seine Verhandlung stattfindet?«

»Nein, aber ich kann mich erkundigen. Mein Bruder und ich sind ja Zeugen, denen es mitgeteilt werden muss.«

»Da bin ich dabei. Ich darf ja sicherlich mit hinein in den Gerichtssaal.«

»Ich glaube schon.«

»Da bin ich gespannt. Vielleicht kann ich etwas vor Gericht beitragen.«

»Ich weiß zwar nicht, wie, aber wir werden sehen. Komm, gehen wir weiter. Als nächstes kommt der Hartlturm. Das ist nur ein Wohnhaus, und es heißt so, weil einmal ein Leonhart dort gewohnt hat.«

»Das ist aber nicht mehr so spannend wie die Türme vorher.«

»Bei dir muss alles abenteuerlich sein.«

»Ja, schon. Nachdem es mich nun in die weite Welt hinausgezogen hat, möchte ich auch etwas erleben und Erfahrungen sammeln.«

Die fünfzig Meter bis zum nächsten Turm gingen sie schweigend nebeneinander her. Matthias wollte ihr näherkommen, fand aber keine Gelegenheit, wie er das anstellen sollte. Endlich erreichten sie das nächste aufragende Gebäude. Sabrina begann sofort wieder mit ihren Erklärungen: »Das ist der Botenturm. Dort wohnen die Bediensteten der Stadt, die die wichtigen Nachrichten von und nach München zu transportieren haben.«

»Da will ich auch noch hin. Ist München größer als Scrobinhusen?«

»Matthias, du bist echt niedlich.«

»Gell, ich hab recht.«

»Ja, allerdings. Scrobinhusen hat ungefähr 1800 Einwohner und München an die 30 000.«

»Darum ist München die Hauptstadt. Wie weit ist sie denn weg?«

»Ungefähr siebzig Kilometer.«

»Da braucht man ja Tage, bis man dorthin gewandert ist.«

»Darum geht oder fährt man nur nach München, wenn man etwas sehr Wichtiges zu erledigen hat.«

Nun mussten sie die Richtung ändern, denn sie standen vor

dem Wassergraben, der den Pflegschlosshof umgab. Sie liefen den halbrund angelegten Wassergraben entlang, der um das Areal führte und die Anlage in eine romantische Stimmung tauchte. Sabrina erzählte derweil weiter: »Das ist das Pflegschloss. Das kennst du ja bereits. Das hat im Dreißigjährigen Krieg schwer gelitten, weil viele Soldaten da einquartiert waren. Und die hatten keine Rücksicht auf die Einrichtung genommen.«

»Ich bin mir sicher, an kriegerischen Auseinandersetzungen teilzunehmen, verdirbt immer den Charakter.«

»Monatelang fern der Heimat zu sein, ist doch nie gut. Man sollte dort bleiben, wo sein Herz zuhause ist. Aber pass auf.«

Sabrina sprach mit erhabener Stimme. »Spürst du den Hauch der Geschichte?«

»Ich rieche nur etwas abgestandenes Wasser im Wassergraben.«

»Nein, das meine ich nicht! Das sagt man so, wenn etwas ganz Wichtiges passiert ist.«

»Und was war das?«

»Der Schwedenkönig Gustav Adolf hat ganz genau am 27. April 1632 bei uns in Scrobinhusen Quartier bezogen und einen ganz bestimmten Brief an die Schweizer Eidgenossen geschrieben.«

»Und was stand da drin?«

»Er hat die Schweizer gebeten, sie sollen doch bitte die spanischen Truppen aufhalten, indem sie ihnen den Durchzug durch die Schweiz verwehren. Und die Schweizer sollen sich dabei neutral verhalten. Sie haben sich einverstanden erklärt und sind seitdem allen Ländern gegenüber neutral.«

»Und das war in diesem Gebäude?«

»Genau. Kannst du dir das vorstellen?«

»Ich versuche es.«

»Blöd für Scrobinhusen war nur, dass er ein Heer von rund 30 000 Mann dabei hatte, die während ihres Aufenthalts das ganze Umland leer gefressen hatten. Da muss sogar bis in euer Dorf nichts Essbares mehr da gewesen sein.«

»Keine Ahnung. Das war vor meiner Zeit.«

»Unsere Vorfahren können nicht nur über ihre durchlebten

schlechten Zeiten erzählen. Das ist vollkommen verständlich. Da wird man ja trübsinnig.«

Es entstand eine kleine Gesprächspause. Irgendwann war es Sabrina, die als Erste die Stille nicht mehr aushielt und mit ihrem Vortrag über das Gebäude fortfuhr. »Die Gerichtsbarkeiten finden hier zwar noch statt, aber die prunkvollen Räume sind seit den missbräuchlichen Nutzungen nicht mehr in gutem Zustand.«

Matthias meinte: »Es ist echt schade, dass die Menschen auf den Besitz anderer oft keine Rücksicht nehmen.«

»Wohl wahr. Das Pflegschloss beherbergt jetzt einen wichtigen Teil der Verwaltung der Stadt und der umliegenden Gebiete. Es wird vom Bayerischen Staat als Verwaltungszentrum genutzt. Darin tagen auch wichtige Ämter wie das Landgericht, das Rentamt und das Pflegamt.«

»Ja. Das weiß ich doch. Beim Herrn Petter war ich schon und habe die Bierproduktion des gestrigen Tages vom Bräumichl angemeldet, damit er seine Gebühren festsetzen kann. Kennst du den Herrn Petter Hubert?«

»Natürlich. Ein sehr fleißiger junger Bediensteter im Rentamt. Aus dem wird sicher mal was. Und gut aussehen tut er auch«, schmunzelte Sabrina.

»Ach ja? Höre ich da etwa heraus, dass du ein Auge auf ihn geworfen hast?«

»Neiiiin. Ich stelle doch nur fest, dass es auch attraktive Männer in Scrobinhusen gibt.«

»Und wie findest du mich?«, fragte Matthias und drehte sich um neunzig Grad, damit sie ihn im Profil begutachten konnte.

»Du siehst aus wie ein Kronleichter«, prustete es aus ihr heraus.

»Das soll mir wohl schmeicheln«, versuchte er das Beste aus der Anspielung zu machen.

»Natürlich. Dass du eine Leuchte bist, steht außer Frage.« Beide lachten und wandten sich wieder dem Pflegschloss zu. Das Gebäude war im barocken Stil gebaut. Es hatte eine imposante Fassade und eine große Hofanlage.

»Innen war das Schloss einmal reich verziert und mit Kunstwerken und Wandmalereien geschmückt. Aber die Schönheit hat halt etwas gelitten während der letzten Jahre der Belagerung.«

»Im Laufe der Zeit wird das Pflegschloss sicherlich einmal renoviert, um die alte Schönheit wieder herzustellen. Wahrscheinlich muss es auch mal erweitert werden. Wie ich unsere Bürokraten kenne, werden die Anforderungen der Verwaltung immer umfangreicher. Und um denen gerecht zu werden, braucht es mehr Zimmer«, überlegte Matthias.

»Ich hoffe nur, dass in späteren Zeiten die Baumeister darauf achten, keinen Stilbruch zu begehen. Denn wenn sich der Geschmack ändert, könnte es leicht sein, dass das Althergebrachte und sich harmonisch in ein Ensemble Fügende nicht mehr geachtet wird. In dem Fall verschandelt man damit das ganze Bauwerk.«

»Ich weiß, was du meinst. Sieh dir den Gefängnisturm da links an. Stell dir vor, in diesem Bau würde ein Feuer ausbrechen, weil ein Wächter oder sogar ein Gefangener eine Kerze umfallen lässt und die Einrichtung daher Feuer fängt. Dann ist man verloren in diesem Verlies.«

»Ja und? Was würdest du dagegen tun?«

»Da müsste eine Leiter am Turm angebracht werden. Dann könnte im Brandfall der Eingeschlossene gerettet werden.«

»Aber dann könnte er auch aus dem Turm steigen, wenn es nicht brennt. Überleg mal.«

»Der Plan mit einer Leiter ist ja noch nicht ganz ausgereift. Sollen sich doch andere ihren Kopf darüber zerbrechen.«

»Du hast recht.«

»Hier wohnt und tagt auch der Vorsitzende des Pfleggerichts«, klärte Sabrina ihn auf. Matthias war schon einmal hier, als er dem Trunkenbold gefolgt war und im Rentamt den Herrn Petter die Zahlen über gebrautes Bier gemeldet hatte. »Die Festgenommenen müssen links in diesem Amtsturm oft tagelang warten, bis der Bürgermeister ein Urteil gesprochen hat. Ich kenne das vom Gefängnisturm in meiner Nähe. Da hört man manchmal die verzweifelten Schreie der Gefangenen. Das ist sicherlich hier nicht anders.« Dabei rückte sie ganz nah an ihn heran, ihre Schultern berührten sich. Aus einem Reflex heraus nahm er sie an der

Hand und drückte sie, so als ob er sie dadurch beschützen wollte. Die plötzliche Vertrautheit überspielend, begann sie, sich Gedanken über die Vorsteher des Pfleggerichts zu machen, die in deren Amtszeit auch in Scrobinhusen wohnten. »Es mag bei uns ja ganz nett sein, von einem idyllischen Wassergraben umgeben zu sein. Aber im Nebengebäude der ehrwürdige Gerichtssaal und ein paar Schritte weiter im Amtsturm die Gefangenen, das nimmt dem Ganzen doch etwas den Reiz«, meinte sie.

Vor der Brücke, die in den Hof führte, blieben beide stehen. Matthias drehte sich zu ihr und sah, wie die Laterne sich in Sabrinas Augen widerspiegelte. Er fühlte sich vollkommen zu ihr hingezogen und schwang seine Arme wie selbstverständlich um sie. Sie genoss diese Umarmung, gleichzeitig lief ein Schauer über ihren Rücken. Jedoch nicht wegen der kühlen Atmosphäre des Gefängnisturms, sondern weil sie von ihren Gefühlen schier überwältigt wurde. Wie konnte es sein, dass sie sich von ihm so angezogen fühlte? Einem jungen Mann vom Land, den sie vor einigen Tagen erst kennengelernt hatte.

Matthias hatte beide Arme um sie geschlungen, und so sahen sie sich lange in die Augen. Matthias nahm sich ein Herz und bewegte seinen Kopf auf sie zu. Er traute sich. Er küsste sie. Sein Herz pochte wie wild, was ihr nicht verborgen blieb, auch ihr Brustkorb hob und senkte sich, weil sie vor lauter Glück keine Luft mehr bekam.

Feuer - Im Schweiße deines Angesichts

»Was ist das? Riechst du das auch?«
»Ja, irgendwie verbrannt. Das wird wohl von den Brennöfen der Töpfer außerhalb der Stadt kommen.«
»Glaub ich nicht. Aber schau doch. Im oberen Stockwerk lodert doch ein Feuer.«
»Stimmt, ich seh es auch.«
»Kann es sein, dass da noch ein Kaminfeuer brennt?«
»Soviel ich weiß, wohnt der Rechtspfleger in den Räumen nach hinten hinaus.«
»Das kann es also nicht sein.«
»Ich hab gehört, dass er sowieso nicht zu Hause ist, weil er nach München zu Gericht gerufen worden ist.«
»Also ist niemand im ganzen Gebäude.«
»Ich glaube nicht.«
»Siehst du auch, dass das lodernde Feuer immer intensiver wird?«
»Ja, schon.«
»Komm, wir rufen schnell die Feuerwehr. Der Kommandant wohnt in der Nähe des Rathauses.«
»Feuer! Feuer!«
»Hilfe, es brennt!«

Matthias und Sabrina rannten auf die Hauptstraße hinaus Richtung Schrannenplatz. »Kommt alle heraus, wacht auf!« Da hörte man vom Kirchturm Trompetenschall. Hassberger, der Türmer, hat die Schreie von beiden ebenfalls gehört und den Rauch und den diffusen Feuerschein auch bemerkt. Wie wild stieß er ins Horn. Es gab jetzt keinen in der ganzen Stadt, der diese Laute vom Turmzimmer nicht hören würde. Die ersten Fensterläden wurden aufgerissen.
»Was ist denn los? Wer stört die Nachtruhe?«
»Ruhe!«

»Feuer! Feuer!« Der Feuerwehrkommandant kam ihnen schon von Weitem entgegen, seine Hose gerade noch zuknöpfend. »Herr Ehrenheimer, im Pflegschloss brennt es!«

»Wie schlimm ist es? Brauchen wir unsere neue Wasserspritze?«

»Ich glaub schon. Das Feuer ist im ersten Stock ausgebrochen.«

»Ich informiere den Schlinghuber Anton, der ist unser Feuerspritzenwart!«

»Wir schreien weiter Alarm und Hilfe.«

Mittlerweile begannen die Glocken am Kirchturm laut zu läuten. Offenbar hat Pfarrer Kagerer die Schreie und die Trompete auch schon gehört und ist in die Kirche zu den Glockenseilen hinüber gelaufen. Einige Bürger kamen aus ihren Häusern und hatten Eimer dabei. »Damit werdet ihr momentan nichts ausrichten können. Das Feuer ist im ersten Stock.«

Kurze Zeit später wurde der Spritzenwagen vom Bäcker Bayerlein und vom Schlosser Schmidbauer aus der Hippergasse herausgeschoben. Die beiden plagten sich, bis sie ihn durch das Pflegschlosstor bugsiert hatten. Nun musste nur noch der Schlauch in den Wassergraben gerollt werden. Jetzt nahm der Baumeister Schlinghuber den Spritzschlauch und hielt ihn in Richtung des Fensters, aus dem der Rauch herausstieg und das Feuer loderte.

»Pumpen!«, schrie er dem Bayerlein und dem Schmidbauer zu. »Los, beeilt euch.« Der Bayerlein legte sein ganzes Gewicht ins Zeug und drückte den Pumpenhebel nach unten. Sogleich erhob sich auf der anderen Seite der Pumpenhebel, den umgehend der Schmied Allwanger mit seinen klobigen Händen umspannte. Schon begann das Wasser aus der Spritze auf das Pflegschloss zu spritzen.

»Hört nicht auf. Jetzt muss es schnell gehen.«

Die beiden pumpten um ihr Leben. Aber auch nach zwanzig Minuten war das Feuer einfach nicht einzudämmen. Die beiden ließen vollkommen entkräftet die Pumpenhebel los und überließen die Hebel dem Metzger Prinzinger und dem Braumeister Lanzel. Bayerlein und Allwanger traten einige Schritte zurück und verlangten nach einem Bier, weil sie vollkommen verschwitzt waren. Das Wasser aus dem Schlossgraben sollte man ja nicht trinken, weil man davon Durchfall bekam. Die beiden leerten die gereichten Humpen in einem Zug und beobachteten weiter das Geschehen. Der Türmer blies immer noch weiter das Signal für Feueralarm.

»Los, nicht langsamer werden«, schrie der Schlinghuber, der den Wasserstrahl immer noch eisern auf den ersten Stock richtete. Aber das Feuer hatte sich mittlerweile auf den ganzen oberen Stock ausgebreitet. Dem Baumeister Schlinghuber Anton ging es nicht schnell genug. Deshalb schrie er: „Nicht nachlassen, wir müssen das alte Bauwerk retten!" Der Metzger Prinzinger schrie dem Schlinghuber entgegen. »Dann pump doch du, wenn du es besser kannst.«

Aber nach einiger Zeit waren auch die beiden entkräftet und verschwitzt und verlangten nach Ablösung. Auch sie ließen sich sofort ein Bier reichen, damit sie das Flüssigkeitsdefizit ausgleichen konnten. Nun war es so weit, dass sogar Bürgermeister Ploeckel und der Bader Ruppert in die Bresche springen mussten, um die beiden abzulösen. Bayerlein und Allwanger ließen sich von den Frauen mittlerweile den zweiten Humpen in die Hand drücken und Prinzinger und Lanzel genossen es sichtlich, ihren Flüssigkeitsverlust durch das Bier wieder aufzufüllen.

Nach weiteren zwanzig Minuten glaubten Bayerlein und Allwanger, wieder zu Kräften gekommen zu sein und sagten auf den Pumpenwagen zuwankend: »Geht weg, jetzt machen wir das Feuer aus.« Sie griffen nach den Hebeln, mehr, um nicht zu wanken, als nach Kräften zu pumpen, verrichteten aber zunächst eifrig ihre Arbeit.

Es verging etwa eine halbe Stunde, bis der Schlinghuber Anton verkündete: »Ich seh keinen Feuerschein mehr. Ich glaube, wir haben es geschafft.«

Die Frauen, die die ganze Zeit beschäftigt waren, die Krüge der Feuerwehrmänner aufzufüllen, nickten zustimmend und applaudierten den Feuerwehrhelden. Die grinsten mittlerweile zufrieden am Boden sitzend und trockneten sich die Oberlippenbärte mit dem Handrücken. Feuerwehrkommandant Ehrenheimer sagte zum Stadtrat Kopeck: »Siehst du? Jetzt hat es sich ausgezahlt, dass wir in diesen modernen Feuerspritzenwagen investiert haben. Gut, dass wir dich damals überstimmt haben.«

»Hast ja recht, ich sag schon nix mehr.«

»Und wer recht hat, zahlt eine Runde. Komm mit zum Schusterbräu, ich bezahle.« Bayerlein und Schmidbauer halfen sich gegenseitig auf, wankten zum Brückengeländer und fütterten die Fische.

»So, jetzt passt wieder ein bisschen etwas hinein.«

Der Bürgermeister rief zum Türmer Hassberger hinauf, der immer noch Alarm blies: »Du kannst aufhören, das Feuer ist aus!«

»Ich kann blasen, so lang ich will!«

»Komm herunter. Ich gebe einen aus!«

Und es war still. Matthias, der die ganze Zeit die Technik eines Spritzenwagens bewundert hatte, hatte insgeheim den Entschluss gefasst, später zuhause im Dorf von dem Vorfall zu erzählen und auf die Anschaffung eines ebensolchen Wagens zu drängen, damit der Feuerwehrtrupp beim nächsten Brand das Feuer schneller löschen kann. Da das Trinkwasser auf dem Land aber von besserer Qualität ist, müssen die negativen körperlichen Auswirkungen auch nicht in solchem Ausmaß eintreten.

Matthias und Sabrina waren wieder allein. »Unser Geselle ist gerade in seinem Heimatdorf in Edelshausen, draußen auf dem Land«, flüsterte Sabrina. »Der hat bestimmt nichts dagegen, wenn du in seiner Kammer übernachtest.« Matthias nickte, und die beiden schlenderten Hand in Hand über die mit Laternen beleuchtete Hauptstraße, bis sie am Barthenbräu angekommen waren. Sabrina verschwand kurz in der Gaststube, um ihrem Vater mitzuteilen, dass Matthias diese Nacht in der Kammer des Gesellen übernachten werde. Dann zeigte sie ihm seine Kammer auf der Rückseite des Gasthauses und verabschiedete sich von ihm mit einem Kuss auf die Wange und einem vielsagenden Blick.

Am nächsten Morgen weckte ihn Sabrina: »Guten Morgen, Matthias, steh auf und wasch dich. In zehn Minuten gibt es Frühstück.« Er tat, wie ihm aufgetragen und kam fast pünktlich in der Stube an, wo ihm Sabrina einen Platz am Fenster zur Hauptstraße anbot. Da stand schon eine Brotzeit bereit. »Warum setzt du dich nicht hin und isst etwas mit mir?«, fragte er.

»Ich bin seit dem Sonnenaufgang wach und habe schon vor zwei Stunden gefrühstückt.« Matthias staunte nicht schlecht. »Ich muss ja auch meine Arbeit als Tochter vom Wirt verrichten. Das gehört einfach dazu.« Also ließ sich Matthias sein Frühstück mal wieder alleine schmecken.

Der Prozess - Gerechtigkeit siegt

An diesem Tag erfuhr Matthias, dass für die Tat des Raufbolds Theo Bergmeier eine Verhandlung angesetzt war. Der wollte er unbedingt beiwohnen, vielleicht könnte er auch dazu etwas beitragen. Außerdem waren Sabrina und ihr Bruder als Zeugen geladen. Ein paar Minuten vor Verhandlungsbeginn fand er sich vor dem Pflegschoss ein.

Da standen schon der Barthenwirt, der Oefelewirt und der Wirt vom Bräumichl zusammen. Sie diskutierten offenbar über die Vorfälle der Raufereien, die in den jeweiligen Gaststätten bereits stattgefunden hatten. »Früher war er doch ein ganz umgänglicher Handwerker«, meinte der Oefelewirt.

»Aber seit er vom letzten Krieg heimgekommen ist, hatte er sich verändert.«

»Genau«, bestätigte der Barthenwirt. »Seitdem ist er streitsüchtig und unberechenbar.«

»Es hilft aber nichts. Man muss ihn endlich einmal in die Schranken weisen«, warf der Oefelewirt ein.

»Deshalb muss der Bergmeier aber nicht alle paar Tage bei einem von uns zu stänkern beginnen«, seufzte der Oefelewirt.

»Hoffentlich dauert es nicht so lange. Ich hab noch so viel zu tun heute«, meinte der Barthenwirt. »Seit das Bayerische Landrecht vor über hundert Jahren geändert worden ist, sollen die Verhandlungen nicht mehr so lange dauern, habe ich gehört. Es braucht jetzt nur noch der entsprechende Vorwurf in einer Anklage vorgebracht werden, dann kann gleich mit der eigentlichen Verhandlung begonnen werden. Früher hat es schon ewig gedauert, bis überhaupt die Fakten auf dem Tisch lagen, weil jeder wild in Form von Rede und Gegenrede drauflos plapperte.«

»Was ist denn eure Meinung?«, fragte der Wirt vom Bräumichl. »Soll man ihn nur züchtigen, einsperren oder gleich aufknüpfen?«

»Eine gescheite Tracht Prügel soll er kriegen«, meinte der Oefelewirt wiederum.

»Ich hab mich mal mit einem Henker aus Ingolstadt unterhalten, als er bei mir genächtigt hatte«, begann der Wirt vom Barthenbräu zu erzählen.

»Relativ einfach kannst du dir dein Geld verdienen als Henker, hat er gemeint. Der hatte an der Straße zu Rettenbach einen Verurteilten auf den Galgen aufhängen müssen. Du musst halt einen festen Knoten in den Galgenstrick machen, der seinen Zweck erfüllt, hat er gesagt. Und bei uns in Scrobinhusen ist er gerne, weil bei uns ist es sogar Gesetz, dass dir die Handwerker am Galgen assistieren müssen. Das ist nicht in jeder Stadt so. Da kannst du den Herren der Zünfte sogar Aufgaben delegieren.«

»Ja, das gefällt den zart besaiteten Handwerkern nicht, dass sie beim Galgenbauen, beim Strickknöpfen und beim Podest zusammennageln auch noch mithelfen müssen«, führte der Wirt vom Bräumichl an.

»Ja mei, die Hinrichtung von Verurteilten ist halt einfach einmal eine Aufgabe, die von einem Scharfrichter oder Henker ausgeführt wird. Wir sind nicht groß genug, um einen eigenen Scharfrichter zu haben, der für die Durchführung von Hinrichtungen zuständig ist. Bei uns muss immer einer aus einer größeren Stadt kommen«, meinte der Oefelewirt.

»Aber du musst ja auch noch flexibel sein. Denn je nachdem, welche Todesart angeordnet wird, musst du deine Aufgabe ausführen«, gewann der Bräumichl der Aufgabe einen zweifelhaften Reiz ab.

»Na, ich finde, sie sind arme Hunde. Wenn bekannt wird, welcher Arbeit du nachgehst, dann bist du in der Gesellschaft ja ein Ausgestoßener und wirst oft gemieden«, warf der Wirt vom Barthenbräu ein.

»Jetzt hab halt auch noch Mitleid für die Personen«, sagte der Oefelewirt.

»Jemanden dazu zu bringen, dass er die Radieschen von unten ansehen kann, wäre nicht meine Berufung«, entgegnete der Wirt vom Barthenbräu.

»Bei uns in der Stube war mal ein Henker eingekehrt, der hat auch die schauerlichsten Geschichten erzählt. Er hat immer gesagt, dass er Leute »in der Luft reiten oder sie durchs hänfene Fenster sehen lasse«, erinnerte sich der Wirt vom Bräumichl. »Das hört sich doch gar nicht mehr so schlimm an, oder?«

»Na, dann werden wir sehen, was heute herauskommt. Der Richter Kuglein wird schon das richtige Urteil fällen«, sagte der Wirt vom Bräumichl. »Und jetzt gehen wir rein. Es geht gleich los.«

Sämtliche Wartenden bewegten sich Richtung Eingang und in den kleinen Gerichtssaal. Theo Bergmeier saß schon da. In Handschellen. Da betrat der Richter den Saal, alle erhoben sich. Nachdem sie sich wieder gesetzt hatten, begann der Richter die Vorwürfe vorzutragen, die ihm zu Last gelegt wurden.

Bergmeier verfolgte das alles mit versteinerter Miene. Der akademisch ausgebildete Verteidiger sprach nun in ausgefeilten Phrasen von den schlechten Einflüssen, denen Herr Bergmeier ausgesetzt gewesen sei. Daraufhin wies der Richter auf die mittlerweile häufig auftretenden versuchten Körperverletzungen hin. Worauf der Verteidiger wiederum versuchte zu betonen, dass die Bevölkerung mittlerweile ihm gegenüber äußerst ablehnend reagiere und er sich ausgestoßen fühle, was zu Frustration und Aggression führe.

Dies ließ der Richter nicht gelten, denn wie man in den Wald hineinrief, so schallt es auch heraus. Und weil er anschließend noch eine weitere Verhandlung zu leiten hatte, stellte er den Antrag, auf die Vernehmung der Zeugen zu verzichten. Nach Annahme bat er um ein Plädoyer des Verteidigers. Dieser wiederholte die Argumente nun noch einmal, worauf der Richter kurz überlegte und dann alle Anwesenden bat, sich zur Urteilsverkündung zu erheben. Im Namen des Volkes sprach der Richter eine Gefängnisstrafe von vier Wochen aus, sofern der Herr Bergmeier Besserung gelobte.

Bergmeier nahm das Urteil erleichtert auf, er hatte schon mit Prügelstrafe gerechnet. Er wurde abgeführt und in das Gefängnis an der Stadtmauer gebracht. Da wandte sich der Oefelewirt dem Bräumichl zu und flüsterte: »Da hat er aber nochmal Glück gehabt, der Hundling. Von mir hätte er persönlich noch eine auf seinen Schädel bekommen.«

Matthias und die anderen verließen geordnet das Pflegschloss, verabschiedeten sich und jeder begab sich wieder an seine Arbeitsstelle.

Der Bischof - Die Leiter des Schreckens

Als Matthias wieder einmal einen Abend frei hatte, führte sein Weg direkt zu Sabrina. Sie waren zu dem Zeitpunkt noch nicht lange zusammengesessen, da bemerkten sie, wie die Menschen in Richtung Oberes Tor liefen. Sie setzten sich auch in Bewegung, um nicht doch vielleicht etwas zu verpassen. Von Weitem sahen sie eine prunkvolle Kutsche mit edlen Pferden herannahen.

Das Gespann ließ sich Zeit. Es war offensichtlich, dass man Aufsehen erregen wollte. Immer mehr Bürger stießen dazu und begleiteten den Tross, der schließlich in den Schrannenplatz einbog. Der Kutscher hielt das Gespann zwischen dem Rathaus und dem Schusterbräu an. Die Menge blieb in gebührendem Abstand von der Kutsche stehen und wartete, bis sich die Türe öffnen würde. Da kam von hinten durch die Menge der Pfarrer Kagerer gelaufen und sprang zur Kutschentüre, um sie, eine tiefe Verbeugung andeutend, zu öffnen. Offensichtlich wusste er, wen er zu empfangen hatte. Er begrüßte den Heraustretenden mit »Eure Exzellenz.« Wortlos stieg ein nobel gekleideter Herr aus der Karosse.

»Wer ist das?«, flüsterte Matthias der Sabrina zu.

»Den hab ich noch nie gesehen, aber wenn er ihn mit ‚Eure Exzellenz' anspricht, ist es wohl der Bischof. Und weil ich mir nicht vorstellen kann, dass es irgendein anderer als der für uns Zuständige sein kann, ist es bestimmt der von Augsburg.«

»Und wie heißt der?«

»Joseph. Und er wird ‚von Hessen-Darmstadt' genannt.«

»Wieso das denn?«

»Soweit ich weiß, ist er in Mantua aufgewachsen. Da war sein Vater ab 1714 als habsburgischer Gouverneur. 1729 wurde er zum Priester geweiht und vor vier Jahren zum Bischof von Augsburg ernannt.«

»Aber wieso wird einer von so weit weg ausgerechnet in Augsburg Bischof?«

»Weil sie einen Wittelsbacher nicht haben wollten.«

»Aber der wäre doch einer von hier gewesen.«

»Schon, aber es sollte auf Drängen der Wittelsbacher eigentlich der Freisinger und Regensburger Fürstbischof Johann Theodor von Bayern drankommen. Und wenn ein Fürstbischof mal dran ist, dann darf immer wieder einer aus seiner Sippschaft Bischof werden.«

»Ach, und deshalb haben sie gleich einen ganz anderen genommen. Ich verstehe.«

»Schlaues Kerlchen. Mit Hilfe der Habsburger, in deren Diensten sowohl der Vater wie auch der Onkel vom Bischof gestanden hatten, konnte sich dieser Joseph durchsetzen.«

»Um Gott geht es da aber schon auch noch, oder?«

»Na, ich weiß ja nicht. Oftmals geht es um Geld.«

»Dann könnte mir ja der Bischof etwas Geld leihen, wenn er so viel davon hat.«

»Ich vermute, er wird eher deines haben wollen, damit dir als Gegenleistung deine Sünden erlassen werden.«

»Kann man eine reine Seele mit Geld kaufen?«

»Behauptet wird es.«

»Ich denke darüber nach. Aber sag, was macht der Herr Bischof Joseph denn bei euch in Scrobinhusen?«

»Keine Ahnung. Finde es doch heraus.«

»Das werde ich. Ich bin immer wieder erstaunt, wie du dir geschichtliche Dinge merken kannst.«

»Ja mei, was erzählt man sich denn so an den langen Winterabenden.«

»Lies halt ein Buch.«

»Siehst du vielleicht irgendwo eine Buchhandlung innerhalb der Stadtmauern?«

»Ist ja gut. Auf alle Fälle muss ich herauskriegen, was seine Exzellenz hierher geführt hat. Mir gefällt das nicht.«

»Was willst du machen? Den Herrn Hochwürden einfach fragen?«

»Warum hält er sich denn im Schuster auf?«

»Weil ihm wahrscheinlich das Pfarrhaus zu schäbig ist und der Schusterbräu eine der größten und bedeutendsten Gasthäuser Scrobinhusens ist.«

»Was hat dieses Gasthaus eigentlich so groß gemacht? Können sie das beste Bier brauen?«

»Nein. Daran liegt es nicht. Aber die Besitzer Götzendorfer, zuerst der Vater und dann der Sohn, heirateten jeweils die wohlhabendsten Frauen Scrobinhusens. Eine kam sogar vom Zacherbräu und war mit einer guten Mitgift versehen.«

»Was du dir erheiratest, brauchst du dir nicht erarbeiten.«

»Genau.«

Matthias überlegte eine Weile, indem er den Pfarrer und den Bischof beobachtete, wie sie sich flüsternd unterhielten. Dabei erinnerte er sich an die Worte des Pfarrers Kagerer, wie er vor einigen Tagen von einem eintretenden Ereignis sprach, das ihm bevorstand.

»Kannst du mir eure Leiter leihen?«

»Und dann?«

»Ich muss nur herausfinden, wo sein Zimmer ist. Und dann klettere ich hinauf und lausche am Fenster.«

»Du meinst, es gibt etwas, was nicht für fremde Ohren gedacht ist?«

»Klar. Beim Pfarrer im Haus ist seine Haushälterin, und wenn die etwas mitbekommt, dann hat er ein Problem.«

»Und du weißt, was du tust?«

»Lass mich nur machen.«

Matthias holte sich die Leiter aus dem Lager vom Barthenbräu und wartete, bis alle im Gasthaus waren. Dann ging er an die Rezeption und fragte den Kajetan, den er als Ministrant kennengelernt hatte, wo sich der Bischof aufhält. Dieser verriet ihm, er sei im Besprechungsraum im Obergeschoss auf der Rückseite des Gebäudes. Matthias dachte, dass dies für seinen Plan vorteilhaft sei, weil er sich dann bei Einbruch der Dunkelheit unbemerkt nähern konnte. Also schlich er sich zu vorgerückter Stunde an, lehnte die Leiter an die Hauswand, stieg hinauf und wartete, bis er Stimmen hörte. Da nahm er ein leises Klopfen wahr und wie der Bischof »Herein!« sagte. Die Tür öffnete sich, Pfarrer Kagerer betrat das Zimmer. »Seine Exzellenz. Was führt Euch in die Stadt?«

»Ab und zu will ich nachsehen, ob meine Schäfchen im Land auch schön brav sind.« Hinter dieser Aussage konnte man den höhnischen Unterton heraushören.

»Wie man sicherlich auch in Eurem Scrobinhusen gehört hat, versuche ich seit einem Jahr meine Residenz in Augsburg zu einer für einen Barockfürsten adäquaten Unterkunft auszubauen.«

»Natürlich ist uns das zu Ohren gekommen.«

»Dafür kann ich jede großzügige Mithilfe gebrauchen. Ihr versteht?«

»Man munkelt, Ihr habt wirklich Großes vor. Für diesen Bau haben die Architekten zehn Jahre veranschlagt.«

»So ist es. Aber da ich alles in Marmor und mit Stuck verziert haben möchte, zieht es sich halt etwas hin.«

»Und eine goldene Badewanne sollt Ihr auch schon in Auftrag gegeben haben.«

»Wenn es hilft, die Seele zu reinigen.«

»Ich werde für euch beten, Exzellenz.«

»Das freut mich. Nach den Plänen des Eichstätter Baudirektors Gabriel de Gabrieli werden drei freistehende Gebäude zu einem dreigeschossigen Gesamtbauwerk mit einer einheitlichen Fassade zusammengefasst. Ich finde, das wird großartig.«

»Ihr habt einfach Geschmack.«

»Der mittelalterliche Pfalzturm bleibt aber so, wie er war.«

»Ihr seid so bescheiden.«

»Allerdings richte ich mir ein Tafelzimmer im Stile des Rokoko ein. Und ich lasse ein für einen Fürsten repräsentatives Treppenhaus bauen.«

»Es wird Eurer würdig sein.«

»Geplant ist auch, dass die drei Hauptflüsse des Bistums Augsburg, nämlich die Donau, der Lech und die Wertach, in einem Fresko symbolisch dargestellt werden.«

»Ihr habt so viel Fantasie.«

»Und die werden dann umrahmt von den vier Kardinaltugenden: von Prudentia, der Klugheit. Von Iustitia, der Gerechtigkeit. Von Fortitudo, der Tapferkeit und von Temperantia, der Mäßigung. Über allem wacht an der Decke die Providentia Divina, die göttliche Vorsehung.«

»Die beste Art, um das Wort Gottes zu verkünden.«

»Ihr sagt es.«

»Aber bei allem Respekt, Eure Exzellenz: Meint Ihr nicht, dass es klug wäre, mehr Energie auf die Verbreitung des christlichen Glaubens zu verwenden? Gerade jetzt, wo der Glaube vieler Menschen ins Wanken geraten ist, seit dieser Johann Kepler das Weltbild verändert hat. Dass die Erde nicht mehr der Mittelpunkt unseres Sonnensystems ist, verwirrt die Gläubigen. Die katholische Kirche müsste zugeben, die Bibel falsch interpretiert zu haben.«

»Papperlapapp! Das Volk ist dumm und muss dumm gehalten werden. Ich bringe die Herrlichkeit Gottes auf Erden durch die Allegorien auf meinen Fresken. Es wird mindestens noch zweihundertfünfzig Jahre dauern, bis der Vatikan zugeben wird, dass man sich geirrt hat. Da sehe ich jetzt erst mal keine Gefahr. Aber die Herrlichkeit muss auch finanziert werden. Und da kommt Ihr ins Spiel, Pfarrer Kagerer.«

»Wie meint Ihr?«

»Ihr könnt euch sicher denken, dass das alles finanziert werden muss. Ihr glaubt ja gar nicht, was das kostet.«

»Und was heißt das genau?«

»Ihr könnt mir helfen, indem Ihr ein paar Gegenstände, die in Eurer Pfarrei nicht unbedingt notwendig sind, für den guten Zweck spendet.«

»Aber wir haben soeben harte Zeiten hinter uns gebracht. Erst vor ein paar Wochen sind die Besatzer abgezogen. Wir haben selbst nicht mehr viel. Das wisst Ihr doch.«

»Ich weiß, ich weiß. Aber vielleicht ein paar alte Teppiche, die man zu Geld machen kann? Oder angelaufenes Silbergeschirr? Es soll Euer Schaden nicht sein.«

»Ihr seid zu gütig.«

»Es wird doch in dieser Stadt ein paar Witwen geben, die man von der schweren Last des Kapitals befreien kann. Oder auch jene, deren Söhne im Krieg geblieben sind und keinen Erben haben. Die Weitergabe an Neffen und Nichten führt doch zu Unruhen in den Verwandtschaften.«

»Ihr habt ja so recht.«

»Oder der Graf von Sandizell. Wollte der nicht immer einen Schatz finden?«

»Davon weiß ich nichts.«

»Es gab vor vielen Jahren mal einen Moritz von Sandizell. Der war Bischof von Freising, soweit ich weiß. Habt Ihr nicht vielleicht einmal zufällig erfahren, ob noch das eine oder andere Schätzchen in dem beschaulichen Örtchen schlummert?«

»Ich nehme die Beichte in Sandizell nicht ab.«

»Oder vielleicht Maria Theresia Freiin von Sandizell. Die starb doch erst 1719, und die war Fürstin und Äbtissin des Klosters in Regensburg. Wisst Ihr da nicht Näheres? Geht doch bitte in Euch. Ich werde Euch demnächst wieder fragen.«

Rrrrrrrruck!

»Aaaah. Zeffix!«, flüsterte Matthias, der merkte, dass die Leiter auf einer Seite nachgab und seitlich wegrutschte.

»Da ist doch wer!«, sagte der Bischof und riss mit einem Ruck den schweren Vorhang auf die Seite.

»Was soll das? Was macht dieser Bengel hier?«, schrie der Bischof, der Matthias nun direkt in das Gesicht sah, das vor Schreck verzerrt war, die Augen weit aufgerissen. Die Leiter, sie rutschte, fiel quer über die Gasse in das Fenster eines Wohnhauses. Matthias stieß sich noch ab, sodass er nicht mit in das Fenster stürzte. Als er unsanft gelandet war, rollte er sich ab und sah zu, wieder auf die Beine zu kommen.

»Haltet den Burschen!«, rief der Bischof.

»Kagerer! Hinterher! Wir brauchen den Kerl. Er weiß zu viel.«

»Aber Eure Exzellenz! Was soll ich machen?«

»Wir müssen ihn beseitigen. Mund … tot machen.«

»Ich verstehe nicht.«

»Mein Gott, er muss schweigen.« Pfarrer Kagerer stand mit offenem Mund da. Nach wenigen Sekunden machte er auf dem Absatz kehrt, rannte aus dem Zimmer, die Treppe hinunter und aus dem Gasthaus hinaus.

Der Kutscher und die Begleiter des Bischofs warteten derweil, wie ihnen aufgetragen worden war, vor dem Gasthaus. Pfarrer

Kagerer rief ihnen zu: »Ein Bursche hat unser Gespräch belauscht. Er ist hinter dem Gasthaus in die Gasse geflohen! Na los, steht nicht da, wie angewurzelt. Folgt mir.« Pfarrer Kagerer machte eine Armbewegung, die die Männer zum Folgen bewegen sollte. Die Begleiter, die eine intensive Ausbildung zum Personenschützer genossen hatten, verstanden sofort. Sie nahmen die Verfolgung auf.

Die Flucht - Die Lebenden und die Toten

Matthias hatte die paar Sekunden genutzt und die Beine in die Hand genommen. Er rannte Richtung In der Lachen und dann nach links durch die Lachergasse. Sollte er zum Seelweibturm und um Einlass bitten? Bis er den Frauen seine Notlage schilderte, hätte es zu lange gedauert. Der Krankenhausturm kam auch nicht in Frage, die hatten doch selber keinen Platz. Er musste es bis zum Totengräberturm schaffen. Die müsste er zwar überrumpeln, aber die komischen Kauze würden ihn vielleicht verstehen. Er lief durch das kleine Gässchen zum Kirchenvorplatz. Er hörte das Stimmengewirr hinter sich noch, also musste er weiter.

Da öffnete sich knarzend die Kirchentür und die sommersprossige Annamaria aus dem Weiler bei Gerolsbach stand plötzlich vor ihm. Beide blieben wie angewurzelt stehen.

»Was machst du hier?«, zischte Matthias, dem in diesem Moment bewusst wurde, dass eine Erklärung an dieser Stelle zu lange dauern würde. Also nahm er ihre Hand und schrie hektisch: »Folge mir, wir müssen weg. Ich erklär es dir später.« Sie verstand zwar nicht, aber ließ sich von ihm mitreißen.

Sie rannten durch das schmale Metzgergässchen, bevor sie rechts in die Tuchmachergasse einbogen. Vor dem Totengräberturm blieben sie stehen. Matthias klopfte mehrmals an die Tür.

Warten.

Nochmal klopfen.

Sie hörten Schritte.

Die Tür ging auf und Totengräber Aumann, ein hagerer älterer Herr mit Hakennase, öffnete.

»Bitte gebt uns Unterschlupf. Der Teufel ist hinter uns her«, sagte Matthias, dem nichts Besseres einfiel. Der Mann ließ sich von solchen Äußerungen nicht irritieren, er hatte schließlich täglich mit dem Tod zu tun und ließ sie herein. »Setzt euch. Was ist los?«

Noch außer Atem begann Matthias stockend: »Der Bischof ist doch in der Stadt.«

»Hab ich gehört.«

»Ich wollt wissen, warum.«

»... und ...«

»Ich hab belauscht, wie der Bischof und der Pfarrer etwas aushecken. Der Pfarrer soll Eigentum der Scrobinhusener Kirche herausrücken.«

»Und? War er dazu bereit?«

»Nein, nicht sofort. Aber der Bischof meinte, er solle den Witwen ihr Hab und Gut abschwatzen. Und dabei habe ich sie belauscht und bin umgeflogen und ... äh ... aufgeflogen.«

»Das ist nicht gut. Wer ist hinter euch her?«

»Der Pfarrer und die Begleiter vom Bischof.«

»Verdammt. Diese Männer sind gut ausgebildete Raufbolde. Mit denen ist nicht zu spaßen. Aber jetzt bleibt erst mal hier. Hier werden sie euch nicht suchen.«

Matthias bedankte sich bei diesem hilfsbereiten Mann.

»Jetzt zu dir, Annamaria, warum bist du hier?«

»Ich bin dir gefolgt. Ich habe seit Tagen nichts mehr von dir gehört und wollte einfach wissen, wie es dir ergeht.«

»Das ist ja lieb«, meinte Matthias und nahm ihre Hand.

»Aber was willst du jetzt machen?«

»Wir müssen zumindest warten, bis der Bischof wieder abreist. So lange müssen wir uns verstecken«, antwortete Matthias und sah dabei den Totengräber an.

»Ihr dürft so lange bleiben, kein Problem«, sagte der Totengräber. Beiden fiel ein Stein vom Herzen. Totengräber Aumann bot ihnen gleich eine mit Stroh gepolsterte Ecke zum Ausruhen an. An Schlaf war bei Matthias sowieso nicht zu denken. Annamaria. Hier in Scrobinhusen. Es war schon nett, dass sie ihn besuchen kam, aber gebrauchen konnte er sie gerade nicht wirklich.

Am nächsten Tag erhoben sie sich von ihrer kalten Ruhestätte, streckten ihre eingerosteten Körper und standen auf. Vom Totengräber Aumann bekamen sie ein karges Frühstück, bedankten sich noch bei ihm und gingen vor die Tür, um sich zu verabschieden. Dabei lauschten sie, ob die Verfolger noch nach ihnen suchten. Die Luft war offenbar rein. Da verabschiedete sich Matthias von Annemarie und schickte sie vor, damit sie nicht gemeinsam gesehen wurden. Ohne ihn würde sie nicht auffallen, so könne sie die Stadt unbeschadet verlassen. Sie gab ihm einen Kuss, wie beim Abschied damals. »Bis bald, mein Lieber«, flüsterte sie. Er nickte ihr zu und deutete ihr zu gehen.

Matthias atmete durch. Das war knapp. Zuerst die Entdeckung vom Bischof, dann die Begegnung mit Annamaria. Alles nochmal gutgegangen.

»Es ist ernst, Matthias«, sagte der Totengräber. »Das, was du weißt, darf nicht an die Öffentlichkeit. Ich höre mich um. Aber wenn die Männer beginnen, die Häuser zu durchsuchen, müssen wir abwägen, ob du noch bleiben kannst. Der Totengräberturm ist ein öffentliches Gebäude und gehört nicht mir sondern der Stadt. Da dürfen die einfach mal reinschauen.«

»Du bist ganz schön mutig. Wenn herauskommt, dass du mir Unterschlupf gewährst, werden sie dich nicht verschonen.«

»Das lass mal meine Sorge sein. Du bleibst erst mal bei mir.«

»Gut. Ich verhalt mich ruhig, dann falle ich nicht auf.«

»Dann lass ich dich für ein paar Stunden allein. Ich muss meine Arbeit wie gewohnt machen, sonst benehme ich mich zu verdächtig. Ich komm heute Abend wieder.« Herr Aumann verließ den Turm, erledigte seine Aufträge und kam am Abend wieder. »Es ist, wie vermutet. Sie sind gerade in der Bräuhiasengasse und klopfen an jede Tür.«

»Ich hab eine gute Idee«, sagte Matthias. »Du sprichst ab sofort mit möglichst vielen Leuten und bringst das Gerücht in Umlauf, dass ich bereits gestern Scrobinhusen in Richtung Augsburg verlassen hätte. Dann werden die Schergen verschwinden und nach Hause abreisen.«

»Das ist gut. Das mache ich. Ich fange gleich damit an.«

»Wie meinst du?«

»Ich drehe meine Abendrunde beim Stieglbräu und beim Oefelebräu. Wenn ich dann noch Durst habe, schau ich noch beim Barthenbräu und beim Bräumichl vorbei.«

»Dann hast du aber vier Bier!«

»Oder acht, wenn man es anders rechnet ...«

»Und das machst du nur wegen mir. Sehr ehrenhaft.«

»Weil ich es mir wert bin.«

»Geh zu und verbreite Gerüchte.«

»Bis später.«

Der Totengräber verbreitete auch am nächsten Tag die Gerüchte. Ganz genau wie besprochen. Am zweiten Abend kam er zurück und konnte vermelden, dass die Augsburger Herren abgereist seien, da sie hofften, dass sie dem ungewollten Zuhörer irgendwann in Augsburg über den Weg laufen würden.

Jetzt traute sich Matthias nach fast drei Tagen wieder aus dem Turm heraus.

Als er bei der Pfarrgasse um die Ecke ging, sah er den Besitzer des Hauses, dessen Fensterscheibe er zerschlagen hatte, am Fensterrahmen stehen. Der maß gerade das Fenster aus, während ihm Matthias fast direkt in seine Arme lief. Er schrie ihm entgegen: »Bist du doch noch da? Stimmt das? Du warst das, wird überall erzählt?« Dabei deutete er auf das zertrümmerte Fenster. »Für den Schmarrn bekommst du zuerst von mir eine Ohrfeige.« Dabei kam er Matthias die paar Schritte entgegen und holte aus.

Matthias tat es unendlich leid, wollte sich aber nun gerade nicht verprügeln lassen. Deshalb rannte er erst einmal in Richtung In der Lachen davon. Er bog in die Hippergasse, um von dort auf die Hauptstraße zu gelangen. Dort wollte er versuchen, irgendwie unbemerkt in die Bräumichl-Gaststube zu kommen.

Da kam ein junger Mann mit braunen Haaren und athletischer Figur auf ihn zu. Seine grünen Augen funkelten vor Entschlossenheit. Er fragte, ob er dieser Kronleichter sei. Matthias wollte schon verneinen, aber ehe er etwas sagen konnte, hatte er schon eine gefangen.

»Wofür war die?«, fragte Matthias verdutzt.

»Das fragst du auch noch so blöd?«

»Bitte klär mich auf.«

»Ich bin der Scheitermoser Rudi. Na, klingelt es?«

»Das ist ein Missverständnis.«

»Was heißt da Missverständnis. So ein Schmarrn. Mir hat die Faber Siglinde, das Zimmermädchen vom Bräumichl, erzählt, dass sie dich gesehen hat. Du bist angeblich in der Früh aus der Kammer von meiner Paula herausgekommen. Stimmt das etwa nicht?«

»Nein, ja, doch. Aber es war ganz anders.«

»Wers glaubt, wird selig.«

»Ehrlich. Wir hatten nur einen Schlummertrunk bei ihr genommen. Dabei bin ich halt eingeschlafen.«

Da kam die Paula um die Ecke. Sie hatte von dem Streit auf der Straße gehört und war dem Geschrei nachgegangen. Sie hatte die Stimme ihres Mannes erkannt. »Rudi! Es ist nicht so, wie du denkst. Glaub mir. Es war ganz harmlos. Er ist nach der langen Bürgerversammlung auf einen Absacker zu mir in die Kammer. Dabei ist er todmüde gewesen und auf dem Teppich eingeschlafen. Bitte vertraue mir. Ich vertraue dir ja auch, während du beim Augustiner-Bräu arbeitest.«

»Das ist was ganz anderes«, entgegnete Rudi.

»Ach. In München arbeiten lauter unansehnliche Bedienungen, oder?«

»Nein, natürlich nicht. Aber das Augustiner hat seinen Ursprung als Kloster. Deshalb halten sich dort auch viele Mönche auf.«

»Und das soll ein Grund sein, an die Keuschheit der Angestellten zu glauben?«, fragte Paula.

»Freilich. Was glaubst denn du?«

»Der Körper ist willig und der Geist ist schwach. Oder so ähnlich«, ergänzte Matthias.

Paula schaute Rudi in die Augen und sagte: »Sind wir wieder gut?«

»Natürlich. Aber die Faber Siglinde. Sie ist doch so eine ehrliche Haut ...« Rudi hatte sich wieder beruhigt.

Matthias rieb seine rot angelaufene Wange und hoffte, nun endlich in seine Stube zu kommen, um sich zu waschen und neue Kleider anzuziehen. Da sah er auf der anderen Straßenseite die Magdalena stehen. Sie überquerte die Straße und blieb vor ihm stehen.

»Ich hab alles beobachtet. Was war hier los? Hast du mit dieser Paula vielleicht die Nacht verbracht? Dass du nicht der Heilige Johannes persönlich bist, weiß ich ja. Ist ja auch in Ordnung. Aber ich hab dich für einen anständigen Jungen gehalten«, fauchte sie ihn an. Matthias wusste nicht, wovon ihm nun schwindelig war. Er war dem Bischof entkommen, hatte gerade noch Glück gehabt, vom Nachbarn mit der zersprungenen Fensterscheibe nicht verprügelt zu werden, musste sich von der Ohrfeige vom Scheitermoser Rudi erholen. Und jetzt kam Magdalena mit denselben Vorwürfen. »Bitte glaub mir, das war gerade ein Missverständnis. Die Watschen hab ich vollkommen unbegründet bekommen.«

»Du bist offenbar vom Pech verfolgt. Aber es kommen auch wieder bessere Zeiten.«

»Ich hoffe es. So macht es jedenfalls keinen Spaß.«

»Dann mach es gut. Ich muss zum Dienst in die Gaststätte. Gott behüte dich.«

»Dich auch.«

»Man sieht sich«, lächelte sie ihn an und zwinkerte ihm zu, drehte auf dem Absatz um und lief in Richtung In der Lachen. Matthias atmete kurz durch, doch im selben Augenblick sah er Pfarrer Kagerer um die Ecke kommen. Sofort wollte er abhauen. »Halt, bleib stehen, ich tu dir nichts«, schrie ihm der Pfarrer entgegen.

Matthias stutzte: »Wie bitte?«

»Ich bin dir so unendlich dankbar, dass du uns belauscht hast. Denn nun ist das, was der Bischof von mir verlangt hätte, keine Option mehr.«

»Sie werden mich nicht verraten?«

»Wo denkst du hin. Ich muss nun den üblen Ideen des Bischofs nicht Folge leisten. Durch dich darf ich auf dem Pfad der Tugend bleiben.«

»Der Kasus macht mich lachen«, meinte Matthias.

»Mich auch. Ich bin verschwiegen wie ein Grab.«

»Hochwürden, es hat mich gefreut.«

»Und mich erst. Behüt dich Gott.« Pfarrer Kagerer drehte sich um und verschwand in Richtung Pfarrhaus.

Jetzt war es genug. »Mehr hält mein Herz nicht mehr aus«, sagte er zu sich selbst und ging endlich in den Bräumichl, um sich gründlich frisch zu machen. Da erschrak er so sehr, dass er fast rückwärts die Eingangsstufen herunter gestolpert wäre. Sabrina saß in der Gaststube und wartete offenbar auf ihn.

»Wo kommst du denn her?«, stellte sie ihn zur Rede. »Ich hatte solche Angst um dich.«

»Ich konnte mich beim Totengräber verstecken. Gut, dass wir vor ein paar Tagen die Wehrturmrunde gelaufen sind.«

»Und wo warst du jetzt so lange? Es ist fast Mittag.«

»Das ist eine lange Geschichte. Zuerst wollte mich der Besitzer des zerschlagenen Fensters wohl erschlagen.«

»Deshalb ist deine Wange so rot?«

»Nicht ganz.«

»Was dann?«

»Ein Missverständnis.«

»Wie, ich versteh nicht.«

»Ein verärgerter Mann hatte mich wohl verwechselt.«

»Hast du ihn angezeigt?«

»Nein, er hat sich bei mir entschuldigt.«

»Die Botschaft hör ich wohl, allein mir fehlt der Glaube«, sagte sie.

»Sabrina, was sagst du da?«

»Du hast mich angesteckt mit deiner Philosophitis.«

»Das soll nicht sehr schmerzhaft sein.«

»Für die Zuhörer gelegentlich schon«, zwinkerte sie ihm zu.

»Das mag sein.«

»Wie dem auch sei. Kommst du zu mir? Hast du Hunger?«

»Du, nein. Du siehst, ich muss mich frischmachen.«

»Ja, ich rieche es. Sehen wir uns später?«

»Gern.«

»Bis dann.«

Sabrina stand auf, umarmte ihn kurz, rümpfte die Nase, wohl aufgrund seines Körpergeruches, und verließ den Bräumichl. Matthias sah ihr nach und ging die Treppe hinauf in seine Kammer. Er schloss die Tür hinter sich. »Endlich Ruhe.«

Das Franziskanerkloster - Das Reich der Armen

»Du musst noch Gras über die Sache wachsen lassen«, meinte Sabrina, als sie und Matthias sich am nächsten Tag wiedersahen. »Wenn du dich jetzt wieder überall sehen lässt, könnte es sein, dass die Augsburger doch noch davon hören, dass du noch da bist.«

»Aber wo soll ich noch hin? Ich hab keine Lust, mich wieder irgendwo in einem Turm aufzuhalten, ohne mich an einem Fenster sehen zu lassen.«

»Schon klar. Darum hab ich mir gedacht, du gehst zu den Franziskanern.«

»Ich soll ein Mönch werden?«

»Nein, du Tölpel. Du sollst die Franziskaner bitten, dass sie dich für einige Zeit in ihrem Kloster aufnehmen. Da kannst du dich frei bewegen und brauchst dich nicht eingesperrt fühlen.«

»Stehen die nicht mit dem Bischof in Kontakt?«

»Garantiert nicht. Die Franziskaner haben ein Armengelübde abgelegt. Und das passt ganz sicher nicht zu den Vorstellungen des Bischofs über Besitz und Kapital.«

»Hoffen wir es.«

»Am besten gehst du gleich zu denen und bittest um Einlass.«

»Und bei wem soll ich mich melden? Kennst du jemanden, dem ich vertrauen kann?«

»Da gibt es den Pater Walter. Den verlangst du, wenn er nicht selbst das Tor öffnen sollte.«

»Gut. Also, wo soll ich hin?«

»Du musst beim Unteren Tor hinaus über den Wassergraben und dann nach links in die Straße Richtung Pöttmes entlanggehen. Da läufst du direkt an der Klostermauer entlang. Du kannst es nicht verfehlen. Es ist eben das einzige Bauwerk außerhalb der nördlichen Stadtmauer.«

»Ich überlege es mir.«

»Matthias! Du hast keine Wahl. Los.«

»Du meinst sofort?«

»Ja. Jede Minute, die du bei mir bist, könntest du in Gefahr geraten.«

»Dir kann es gar nicht schnell genug gehen mich loszuwerden, oder?«

»Nur was man vermisst, lernt man zu schätzen.«

»Für dumme Sprüche bin ich zuständig«, empörte sich Matthias.

»Geh und werde unsichtbar in dieser Stadt. In ein paar Tagen meldest du dich wieder.«

»Na dann: Servus.« Sie verabschiedeten sich mit einer kurzen, innigen Umarmung, er drehte sich um und ging los.

Er marschierte die Hauptstraße in Richtung Unteres Tor, als er von herzzerreißenden Schmerzensschreien vom Weitergehen abgehalten wurde. Die Schreie kamen aus dem Haus neben der Schlosserei, die links neben dem Unteren Tor stand. Das war doch das andere Badehaus, von dem ihm vor ein paar Tagen schon jemand erzählt hatte.

Was ihn irritierte: Die Handwerker, die in der benachbarten Schlosserei eifrig werkelten, nahmen keine Notiz von den Schreien. Er trat näher an die Fenster des Badehauses heran und konnte schemenhaft erkennen, dass ein offenbar mit Zahnschmerzen geplagter Mann auf einem Stuhl saß und der Bader Ruppert mit einer bedrohlich aussehenden Zange den faulen Zahn zu entfernen versuchte.

Offenbar war das eine übliche Geräuschkulisse in dieser Umgebung, sodass man nicht mehr darauf reagierte. Der Bader war zuständig für die Reinlichkeit und andere körperliche Angelegenheiten, unter anderem auch für das Ziehen von Zähnen oder das Schröpfen oder das Aufsetzen von Blutegeln, womit man jede Krankheit heilen konnte, wie es hieß.

Manche Bader waren ausgebildete Ärzte oder hatten sogar Chirurgie studiert, hatte er einmal gehört. Ob das aber auf Scrobinhusener Bader zutrifft, wusste er nicht. Sie waren zumindest geeignet für die Versorgung von offenen Wunden und Hautkrankheiten. Auch dieser Berufszweig konnte getrost von seiner Liste gestrichen werden. Denn im Badhaus an der Paar brauchte er sich sowieso nicht mehr bewerben, angesichts seines überraschenden Besuches vor einigen Tagen. Und in diesem Badehaus wollte er sich nicht mehr bewerben wegen der üblichen Sondertätigkeiten, die ein Bader ausüben muss.

Also ging er weiter, wie Sabrina ihm den Weg beschrieben hatte. Beim Unteren Tor hinaus und dann links. Nach ein paar hundert Metern stand Matthias vor dem Tor des Klosters. Er klopfte. Dann noch einmal. Dann hörte er Schritte, das Tor öffnete sich. »Gott zum Gruße. Ich bin Pater Walter. Wie kann ich dir helfen?«

Vor ihm stand ein kräftiger Mann mit Glatze und einem langen weißen Bart. Er blickte Matthias mit den gütigsten Augen an, die man sich vorstellen konnte.

»Grüß Gott, ich heiße Matthias und würde mich gerne in eurem Kloster einige Tage aufhalten.«

»Hast du etwas ausgefressen?«

»Nein, wenn man mal von einer Glasscheibe absieht, die zu Bruch gegangen ist.«

»Was ist los?«

Matthias erzählte ihm von seiner misslichen Lage. Darauf erhielt er bereitwillig Einlass. Der Pater schritt voraus zum Hauptgebäude. Dort deutete er Matthias, sich auf eine Bank zu setzen.

»Wo kommst du eigentlich her? Ich hab dich noch nie gesehen.«

»Ich habe bisher hinter Gerolsbach gelebt.«

»Und was machst du in Scrobinhusen?«

»Ich bin in die Stadt gekommen, um eine Ausbildung zu beginnen.«

»Spät genug. Aber gut. Lieber spät, als nie. Wir haben hier alle zu tun. Du musst dir deshalb alleine die Zeit vertreiben. Später habe ich Zeit für dich. Schau dich um. Ich hole dich dann zum Mittagessen.« Der Pater stand auf und ging in eines der Gebäude.

Matthias nutzte die Zeit und sah sich um. Zuerst lief er durch die symmetrisch angelegte Gartenanlage. Sie bestand aus acht rechteckigen Feldern, die durch gepflasterte Wege unterteilt waren. In den Feldern waren verschiedene Gemüsesorten oder auch Gewürze angebaut. Daneben befand sich eine Wiese mit etlichen Obstbäumen, an deren Früchte man sich später sicher einmal bedienen könnte. Verwundert war er aber schon über einen großen Hopfengarten. Da er vorher aber schon an einem Gebäude vorbeigegangen war, wo es nach Maische roch, war ihm klar, dass hier klostereigenes Bier gebraut wurde.

Er fand ein Gartenhaus vor, lief an einer Schneiderei und an einem Waschhaus vorbei und entdeckte auch ein Gebäude, in dem den Gerätschaften nach wohl Branntwein hergestellt werden konnte. Wie er das ganze Areal des Klosters so überblickte, wurde ihm erst bewusst, dass es sich über mehr als hundert mal hundert Meter ausdehnte.

Um zwölf Uhr fand ihn der Pater im Gemüsegarten und bat ihn zu Tisch. Er stellte Matthias den anderen Klosterbewohnern vor. Dann wurde das Tischgebet gesprochen und man begann zu essen.

»Du siehst aus wie ein Mensch, der voller Fragen ist.«

»Ja, schon. Wieso gibt es eigentlich in Scrobinhusen ein Kloster?«, wollte Matthias wissen.

»Das ist eine lange Geschichte. 1642 hatten sich die Scrobinhusener nach mehr Seelenheil gesehnt und haben in Ingolstadt bei den Franziskanern nachgefragt, ob es nicht möglich wäre, hier ein kleines Kloster zu bauen.«

»Und die haben dann den Bau befürwortet?«

»Nein, die waren noch unschlüssig. Dann haben sie auch noch den damaligen Bischof von Augsburg und den Kurfürsten in München gefragt, beide haben letztlich nach intensiver Prüfung nachgegeben und die Erlaubnis zum Bau eines Klosters erteilt.«

»Wie gnädig von den hohen Herren. Man meint gerade, das Volk hat keine Rechte, nur Pflichten.«

»Du siehst, so einfach ist das oft nicht für das einfache Volk. Obwohl die Äbtissin von Klosterberg bei Hohenwart dagegen war, haben sie ein Jahr später zu bauen beginnen dürfen. Und wieder ein Jahr später gab es eine riesige Einweihungsfeier unter dem Bürgermeister Christoph Oefele.«

»Was hatte die Äbtissin denn dagegen?«

»Mein Sohn, es dreht sich alles immer um Macht und Einfluss.«

»Ach, und wenn ihr dann hier seid, dann verliert die Äbtissin an Einfluss?«

»Möchte man meinen. Jedenfalls waren bei der Einweihung alle da: der Bischof, der Kurfürst, viele weitere Ehrenleute und tausende Schaulustige.«

»Das war bestimmt ein riesiges Spektakel.«

»Das kannst du glauben. So etwas erlebt man auch in Scrobinhusen nicht alle Tage.«

»Wahrscheinlich sind sie alle in prunkvollen Kutschen gekommen. Und jeder von den hohen Herren hatte sein Gefolge dabei und alle mussten zeigen, was man hat.«

»Davon kannst du ausgehen. Das alles ist jetzt ziemlich genau hundert Jahre her, aber was da alles los war, wurde immer wieder weitererzählt.«

»Und die Äbtissin ist schon lange tot«, rechnete Matthias nach.

»Das stimmt sicher.«

»Ich habe gesehen, dass Ihr auch eine Brauerei habt.«

»Wir haben doch auch Durst.«

»Aber Ihr könnt mir nicht erzählen, dass die Fässer, die da hinten herumstehen, nur für Euch sind.«

»Du hast ein gutes Auge. Wir haben einen guten Ruf in der Scrobinhusener Bevölkerung. Die Bürger kommen gerne vorbei und setzen sich in unser Stüberl. Wir sind schließlich alle gebildete Leute, und den Bürgern macht es Spaß, mit uns zu diskutieren, vor allem, wenn sich die Zunge etwas gelockert hat.«

»Ich verstehe.«

»Ich muss jetzt wieder zu meiner Arbeit. Sieh dich weiter um. Wir können uns gerne heute Abend weiter unterhalten.« Pater Walter stand auf und ging ins Hauptgebäude. Matthias lief etwas herum, und da er nun bei den anderen Patres bekannt war, winkten sie ihm, er solle hier und da bei Putz- oder Aufräumarbeiten helfen.

Gegen Abend begaben sich die Patres wieder ins Haus. Nun gab es Abendbrot. In einem großen Saal saßen bereits alle an einem langen Tisch. Man sprach zuerst das Tischgebet, dann begannen alle zu essen. Matthias wurde einbezogen, wie wenn er richtig dazugehören würde. Als abgeräumt war, wandte er sich an Pater Walter.

»Ich habe mir die Kapelle angesehen. Sie ist sehr stilvoll gehalten. Aber nicht so üppig und riesig wie die Stadtpfarrkirche.«

»Das stimmt. Die Kirche vom Franziskanerkloster ist von Anfang an sehr schlicht gehalten worden. Deshalb war sie viel zu klein gewesen und 1678 schon wieder erweitert worden. Das war auch das Jahr, in dem die Beulenpest in Scrobinhusen eingeschleppt wurde. Stell dir vor, da sind ungefähr 1000 Städter daran erkrankt.«

»Das haben die Stadtbürger immer davon, dass sie so dicht aufeinander hocken«, versuchte Matthias den Grund für die hohe Sterblichkeit zu begründen.

»Das mag sein.«

»Und wie viele seid ihr hier insgesamt?«

»Sechsundzwanzig derzeit. Vor etlichen Jahren hatte das Kloster regen Zulauf bekommen. Ob die Pest oder die daraus resultierende Armut daran schuld war, kann ich dir nicht sagen. Jedenfalls war es bald wieder zu klein. Und so haben wir in den Jahren von 1726 bis 1731 die Klosterkirche im Stil des Barock neu erbaut und uns auch eine etwas prächtigere Ausstattung geleistet.«

»Also war die Kapelle sogar euch zu karg ausgestattet?«

»Naja. Auch wir Franziskaner erfreuen uns an den schönen Dingen, solange sie keinen Prunk verherrlichen.«

»Ihr führt den Namen ja nach dem Heiligen Franziskus von Assisi. Das ist sogar bei mir hängengeblieben.«

»Das zu merken, war nicht schwer, Matthias. Der gründete im 12. Jahrhundert den Orden der Minderen Brüder. Er wollte zurück zu einer strengeren Beachtung der ursprünglichen Ordensregeln. Damit meinte er, es solle mehr Wert gelegt werden auf die Befolgung der Armut und daher eine Abkehr von den Städten und eine Bevorzugung von Niederlassungen in Einsiedeleien.«

»Aber in der Abgeschiedenheit können die Ordensleute doch den Glauben nicht verbreiten.«

»Anfangs nicht, aber es wurde immer mehr bekannt, dass sich die Brüder des Franziskanerordens für die Angelegenheiten der ärmeren Bevölkerungsschichten einsetzten. Das brachte uns die Anerkennung der kirchlichen und weltlichen Fürsten und der Bevölkerung.«

»Und deshalb wurdet ihr auserwählt, als der Wunsch nach mehr Religiosität in Scrobinhusen entstanden ist und man sich nach klösterlichem Beistand gesehnt hat.«

»Genau. Uns wurde in den Zeiten des Dreißigjährigen Krieges am meisten Vertrauen geschenkt. Wir gelten ja auch als der Bettelorden.«

»Ihr solltet also in Armut leben wie die Bevölkerung in diesen schweren Zeiten.«

»Darum arbeiten wir, wie du siehst, handwerklich, helfen im Spital, machen Krankenpflege und Sterbehilfe, helfen dem Pfarrer aus, halten Predigten und nehmen die Beichte ab. Wir machen Seelsorge und geben Unterrichtsstunden in der Schule.«

»Aber wie ich beim Rundgang gesehen habe, ist der Klosterbau schon etwas erweitert und modernisiert worden.«

»Sicher. Mittlerweile ist auch ein Kreuzgang dazu gebaut worden, wie du ihn noch heute vorfindest. Daran schließen sich die Sakristei, das Refektorium und die Küche an. Besonders schön ist auch der kleine Springbrunnen in der Mitte des Kreuzganges, findest du nicht?«

Matthias konnte nur kurz zustimmend nicken, da sprach der Pater schon weiter. »Und eine Bibliothek haben wir auch. Wir sind für das Verfassen von Schriften bekannt. Und wir veröffentlichen immer wieder kirchliche Zeitschriften.«

»Verzeiht, ich dachte immer, man geht nur zum Beten ins Kloster. Und nun finde ich all diese Gebäude vor, in denen überall gearbeitet wird.«

»Wir haben vielfältige Aufgaben zu erfüllen.«

Die Seuchen - Im Wandel der Zeit

Der Pater hatte sich in Fahrt geredet und fuhr fort:»Vor ein paar Jahren, zwischen 1736 und 1738, hat wieder mal eine Seuche das Scrobinhusener Land heimgesucht. Viele wurden krank und mussten gepflegt werden. Wir haben unser Möglichstes getan und den Kranken und Sterbenden Tag und Nacht beigestanden.«

»Wir in unseren entlegenen Dörfern waren da voll auf uns gestellt. In der Stadt, wo alle so eng aufeinander leben, ist es viel schwerer, sich aus dem Weg zu gehen. Und die Stadt mit ihren Gasthäusern und Badehäusern hat sicherlich zusätzlich ein riesiges Problem gehabt.«

»Das stimmt«, meinte der Pater.

»Ich hab auch gehört, dass es Gegenden gibt, in denen die Menschen mit Masken mit langen Nasen herumlaufen. Und damit soll man von der Krankheit verschont bleiben, heißt es«, meinte Pater Walter.

»Da schaut man aber albern aus, irgendwie wie ein langschnabeliger Vogel. Das kann ich mir gar nicht vorstellen.«

»Man nimmt viel in Kauf, solange man glaubt, dass es gegen die Krankheit hilft. Aber es stört ungemein, wenn man in der Gaststube sitzt und diese Maske aufhat. Und bei jedem Schluck aus dem Humpen taucht man den Schnabel ins Bier.« Offensichtlich konnte auch der Pater sich nur schwer die Praktikabilität im Alltag vorstellen.

»Ob man ohne Maske atmet oder unter der Maske, ist doch einerlei. Manche glaubten, ein Hausmittel dagegen zu haben, andere kauften irgendwelchen Scharlatanen Wässerchen ab, die helfen sollten. Ein jeder wusste besser Bescheid als der andere, und täglich kommen welche, die über die Infektionen Auskunft geben.«

»Eine Seuche ist einfach etwas Schreckliches. Gott sei Dank muss ich das nicht erleben. Hoffentlich dauert es noch lange, bis die nächste Seuche die Welt in Atem hält.«

»Meinetwegen braucht es gar keine Seuche mehr. Zu jeder Seuche gehören nämlich auch die Infektionswächter. Nie hattest du in der Stadt Ruhe vor ihnen, weil sie dich ständig kontrollierten. Wenn du von weit hergekommen bist und so einen Passierschein nicht vorweisen konntest, blieb dir nichts anderes übrig, als draußen vor den Stadttoren zu nächtigen.«

»Wie? Die haben dich draußen einfach stehen lassen?«

»Genau. Dann hast du dich an die Paar legen können oder vielleicht beim Gritschenbräu in die Hofeinfahrt.«

»Das konnte auch ungemütlich werden, wenn der Wind durchpfeift«, stellte Matthias sich vor.

»Richtig. Und 64 Jahre vorher, also 1680, hatte, wie du vielleicht schon gehört hast, die Pest das Land fest im Griff«, fuhr der Pater mit seiner Geschichte über die Seuchen, die Scrobinhusen schon heimgesucht hatten, fort. »Man kann das alte vergilbte Schild noch sehen, welches am Oberen Tor damals angebracht wurde«, zitierte der Pater die Inschrift: »Bei Leib und Leben dürfen die Infektionswächter keine Person in die Stadt hereinlassen, welche nicht mit beglaubigtem Passierschein versehen. Da hat es etliche dahingerafft. In dieser Zeit gab es auch viele bettelarme Leute, denen nichts anderes übrig blieb als das Asylrecht in Anspruch zu nehmen.«

»Was heißt Asylrecht? Gibt es ein Recht darauf?«

»Aber ja. Das gibt es seit dem 12. Jahrhundert. Es bedeutet, dass wenn du dich in Kirchen oder in Klöster retten kannst, du dann nicht ausgeliefert werden darfst.«

»Das finde ich genial. Und das wird genau hier ausgeübt?«

»Genau. Die wurden dann von den vier weiblichen heiligen Schwestern aufgenommen. Die hatten in den gegenüberliegenden Häusern vom Kloster gewohnt.«

»Ach, die Frauen waren gegenüber untergebracht?«

»So ist es. Die waren natürlich streng getrennt von uns Mönchen. Doch nun ist es schon spät geworden. Lasst uns zu Bett gehen.«

Der Pater zeigte Matthias sein Zimmer und wünschte ihm eine gute Nacht.

Die Erbfolgekriege - Sterben macht Erben

Der neue Tag begann mit Gebet und Frühmesse. Hinterher wurde gefrühstückt, anschließend begann jeder mit seiner ihm zugedachten Arbeit. Matthias hatte nichts zu tun. Weil er sich aber nützlich machen wollte, fragte er, ob er in der kleinen Brauerei in der hinteren Ecke des Klosterareals mithelfen könne. Das Angebot wurde dankend angenommen. Es war nur eben noch kein Bier zu brauen, weil die vandalierenden Franzosen die Vorräte hatten vergammeln lassen und die Vorrichtungen sinnlos beschädigten. Aber beim Aufräumen der Malztenne mitsamt Bräustüberl und dem notdürftigen Wiederherstellen der Gerätschaften konnte er sich gut nützlich machen.

In der mittäglichen Pause kam Pater Walter wieder auf ihn zu und fragte, wie es ihm gehe. Er meinte, er fühle sich wohl. Und er deutete dem Pater an, der so schön erzählen konnte, mehr über Scrobinhusen erfahren zu wollen.

»Na gut. Vor gut 100 Jahren, kurz vor Ende des Dreißigjährigen Kriegs im Jahr 1646, ist es recht zugegangen. Denn die Dragoner sind von Rain am Lech hierher gezogen und haben das Kloster besetzt, weil sie nicht in die Stadt eingelassen wurden. Die Patres haben sich nach kurzer Zeit ungeschützt außerhalb der Stadtmauern bei diesen ungehobelten Männern nicht mehr wohlgefühlt und sind in die Spitalgasse ins Heilig-Geist-Spital eingezogen.«

»Da ist es aber dann schon ziemlich eng geworden«, überlegte Matthias.

»Ich meine, das war das geringere Übel. Man muss schon sagen, es ist in den letzten hundert Jahren ein schweres Los für die Stadt Scrobinhusen gewesen. Immer kam etwas Neues auf sie zu. Zuerst der Dreißigjährige Krieg. dann der Spanische und jetzt auch noch der Österreichische Erbfolgekrieg.«

»Immer wieder hörte ich in den letzten Tagen von diesen Kriegen. Was hat es denn auf sich mit diesen Erbfolgekriegen?« Das wollte er nun endlich genauer wissen.

»Es war der Krieg, der vor ungefähr 30 Jahren gewütet hat. Da ging es von 1701 bis 1714 um das Erbe des letzten spanischen Königs Karl II. von Habsburg. Karl II. starb kinderlos im Jahr 1700. Kurz davor hatte er einen befreundeten Adligen zum Erben eingesetzt, nämlich Philipp V. Und der war ein Bourbone, das ging gar nicht.«

»Halt, was ist denn ein Bourbone? Du wirfst mit Ausdrücken herum.«

»Das ist ein französisches Adelsgeschlecht. Es war also kein Spanier, der ein Anrecht gehabt hätte. Andere Adlige wollten sich aber lange nicht mit dieser Erbfolge abfinden, denn Philipp war der Enkel vom französischen König Ludwig XIV. Sie hatten Angst, dass sich die Macht zu ihren Ungunsten zu sehr auf Frankreich konzentrierte.«

»Gut, wenn der eine zu mächtig wird, werden die anderen zu schwach, richtig?«

»Du bist schlau. Einer von diesen Adligen war Kaiser Leopold I. Das war ein Österreicher und das Oberhaupt der österreichischen Habsburger. Er war Kaiser des Heiligen Römischen Reiches und wollte ursprünglich einen eigenen Kandidaten haben. Auch England und die Niederlande waren gegen Philipps Thronfolge. Und so kam es, dass England und die Niederlande sich mit den Österreichern, also mit dem Kaiser, zusammengetan hatten.

»Aber das hat den Bourbonen nicht sehr beeindruckt und er ist stur geblieben, oder?«

»Genau. Also waren sie dann die Gegner von Frankreich, Spanien und Ungarn mit Köln, Savoyen und dem Kurfürstentum Bayern. Da kannst du dir denken, dass mit dem Sitz des Kurfürsten in Bayern der Krieg auch in unsere Gegend getragen wurde.«

Matthias seufzte. »Mir wird von alledem so dumm, als ging ein Mühlrad mir im Kopfe rum.«

»Was redest du jetzt von Mühlrädern? Nimmst du meine Erzählungen nicht ernst?«

»Verzeiht, Herr Pater, ich schweife manchmal ins Philosophische ab.«

»Na, wenn das philosophisch ist, dann ist es mit deiner Bildung nicht weit her.«

»In meinem Kopf dreht sich jedenfalls alles. Ich hab gerade mal kapiert, dass Frankreich und Spanien gegen Österreich, Bayern, die Niederlande und England verbündet waren.«

»Gut, das Wesentliche ist hängengeblieben, mein Sohn.«

»Und jetzt musst du dir vorstellen, dass sich Scrobinhusen gerade von diesen Umständen erholt hatte, da kam es nun vor drei Jahren zum Österreichischen Erbfolgekrieg.

»Also geht es wieder darum, dass kein rechtmäßiger Nachkomme vorhanden ist. Hast du keinen Besitz, ist es nichts – hast du zu viel Besitz, ist es auch nichts!«

»Kurz zusammengefasst stimmt das. Da wurde der bayerische Kurfürst Karl Albrecht zum deutschen Kaiser gekrönt. Und einen Tag später drangen Truppen unter der österreichischen Königin Maria Theresia in Bayern ein. Scrobinhusen hatte seine Stadttore geschlossen, und die fremden Soldaten, meist Kroaten, haben Scrobinhusen mit dem Kloster und der Vorstadt belagert.«

»Also ist die Stadtmauer doch Gold wert. Ich habe mich vor ein paar Tagen in einer Bürgerversammlung beim Bräumichl eingemischt und genau das Gegenteil gesagt. Offenbar hab ich mich da total blamiert.«

»Und was haben die Bürger darauf erwidert?«

»Aufknüpfen wollten sie mich auf den nächsten Baum.«

»Na, so schlimm wurde es dann doch nicht, wie man sieht.«

»Ich wusste von diesen Tatsachen aus der Vergangenheit ja noch nichts. Und deshalb hab ich gesagt, dass es unsere Stadttore nicht mehr braucht.«

»Das war etwas vorschnell gesprochen, ohne historisches Wissen. Gott sei Dank hatten wir die Tore. Aber die Zeiten können sich ändern. Möglicherweise braucht man sie später wirklich nicht mehr. Vielleicht wenn der Verkehr noch weiter zunimmt.«

»Wer sollte die abreißen?«

»Du weißt nie, was irgendwelchen Stadtplanern in Zusammenhang mit den Geschäftsleuten so vorschwebt. Manchmal bleiben auch heute schon schwere Fuhrwerke im Torbogen stecken, wenn die Ladung mal verrutscht ist. Und dann gibt es gleich einen Stau und eine riesige Aufregung, bis der Verkehr wieder fließt.«

»In der Ruhe liegt die Kraft. Apropos Ruhe. Die Pause ist zu Ende. Ich muss wieder an die Arbeit.«

Da Matthias gestern etwas Ruhe in der Kapelle finden konnte, dachte er, dass er heute wieder dorthin gehen könnte, um mit sich allein zu sein. Die Stille und der Altar mit dem Kreuz und ein paar brennenden Kerzen verströmten andächtige Stimmung. Er setzte sich in eine Bank und ging in sich. Wo lagen seine Stärken?, fragte er sich. Er war zwar ein Träumer, das konnte er nicht leugnen. Aber er hatte einen klaren Verstand.

Was die Wahl eines Handwerks betraf, so hatte er die letzten Tage eines über sich gelernt: Er war für die eine oder andere Tätigkeit wahrlich nicht geeignet. In einer Amtsstube zu arbeiten, so wie er vor vielen Tagen dem Stadtbediensteten gegenüber gesessen war, das war auch keine Option. Und als Schullehrer zu arbeiten, war ihm vorhin bewusst geworden, als er diese geschichtlichen Vorträge über die Errichtung des Klosters und die Ereignisse des Spanischen und des Österreichischen Erbfolgekrieges über sich ergehen lassen musste, konnte er sich auch nicht vorstellen. Leider konnte er alles Künstlerische, was mit Farben zu tun hatte, auch nicht ausüben, da er feststellen musste, dass er farbenblind war.

Der Musik lauschte er zwar gerne, vor allem, wenn es sich um die Melodien handelte, die die Magd in Singern in der Nähe von Gerolsbach bei der Feldarbeit summte. Jedoch musste er sich eingestehen, dass seine musikalische Begabung nicht dafür reichte, mit Musik sein Geld zu verdienen. Und wenn man sich vorstellt, dass immer wieder Seuchen das Land heimsuchen und deshalb die Minnesänger, die keinen festen Wohnsitz haben, nicht durchs Land ziehen und ihre Kunst darbieten dürfen, ist immer die Gefahr gegeben, am Hungertuch zu nagen. Auf Almosen angewiesen zu sein, fand er auch schrecklich, denn essen und trinken täte er ja schon ganz gerne.

Aber er hatte ein Mädchen kennengelernt, das ihn offensichtlich auch sehr gern hatte. Es ist eben in den letzten Wochen nicht alles schiefgegangen. Deshalb konnte man der ganzen Situation auch etwas Gutes abgewinnen. Er durfte jetzt nur nicht auf halbem Wege aufgeben. Mit diesem Gedanken stand er auf und verließ die Kapelle.

Nach dem Abendbrot nahm sogar der Pater den Gesprächsfaden wieder auf. »Wo waren wir stehen geblieben? Bei den Stadttoren, genau. Jedenfalls war es nötig, um die Stadt mal wieder zu retten, das Stadtsäckel zu erleichtern. Nachdem man den fremden Soldaten dann zwölf Goldgulden bezahlt hatte, hatten sie die Stadt verschont und waren nach einigen Wochen wieder abgezogen. Und gerade jetzt, vor zwei Wochen am 20. Juni, kam ein österreichisches Husarenregiment nach Scrobinhusen. Sie gehören ja eigentlich zu unseren Verbündeten und hatten um Scrobinhusen herum ihr Lager aufgestellt, aber leider alles verwüstet, was ihnen gerade in den Sinn kam. Herzog Karl von Lothringen hat bis vor einer Woche mit allen seinen Generälen in der Stadt gewohnt«, fuhr er fort. »Und die haben es sich äußerst gut gehen lassen. Und den Bürgern hat es derweil an allem gemangelt. Die Biervorräte wurden von den Generälen und ihren Männern fast restlos geleert. Man muss sich vorstellen, dass die Franzosen unsere Verbündeten sind, und dass sie uns eigentlich wohlgesonnen sein müssten. Aber sie haben die Bürger und auch uns Mönche trotzdem ausgenutzt und von oben herab behandelt.«

»Ihr habt es wirklich nicht leicht in dieser Zeit.«

»Diese Männer lassen sich von machthungrigen Herzögen oder wem auch immer anheuern, um versorgt zu sein. Aber durch die oft jahrelang sich hinziehenden Kriege verrohen sie immer mehr und werden rücksichtsloser.«

»Haben sie euch Mönche auch schlecht behandelt?«

»Es ging. Wir sind den Belagerern trotz der schlimmen Zustände immer sehr zuvorkommend begegnet, weshalb wir sie einigermaßen besänftigen konnten. Gott sei Dank sind die Truppen vor ein paar Tagen, wir schreiben den 4. Juli 1744, wieder abgezogen.«

»Ich hoffe«, sinnierte Matthias, »dieser Erbfolgekrieg hat

bald komplett ein Ende und es kehrt wieder Normalität ein im Land.«

Matthias erinnerte sich an das Gespräch vor ein paar Tagen am Stadtbrunnen, als der Fuhrmann sich mit dem Einheimischen unterhielt. Dabei ging es um die Gesundheit des Kaisers, und der Kutscher meinte, es stünde nicht so gut um ihn. »Vielleicht erledigt sich das Problem mit der Erbfolge von allein«, orakelte er, ohne zu dem Zeitpunkt zu wissen, dass der Kaiser tatsächlich am 20. Januar 1745 einen Herzschlag erleiden und sterben würde. Somit war der Krieg zu Ende, und Scrobinhusen musste keine weitere Belagerung mehr über sich ergehen lassen.

»All die Brauereien Scrobinhusens haben mit maximaler Kraftanstrengung in den letzten Tagen, nachdem die feindlichen Heere abgezogen waren, voller Freude einen neuen Sud angesetzt, damit das Bier bald wieder ausreichend zur Verfügung steht.«

Da hatte er ja selbst mitgearbeitet, dachte er sich und meinte dann: »Ich war jetzt ein paar Tage bei euch und dafür danke ich euch. Aber ich bin zu dem Schluss gekommen weiterzuziehen.«

Pater Walter meinte: »Reisende soll man nicht aufhalten. So wünsche ich dir alles Gute auf all deinen Wegen.«

»Danke, lieber Pater. Ihr habt mir wirklich sehr geholfen. Auch ich wünsche Euch alles Gute.«

»Gott sei mit dir.«

Matthias sah noch, wie sich der Pater in Richtung Gemüsegarten, oder das was davon noch übrig war, zubewegte. Seit Tagen hatten sie mittlerweile versucht, die Beete wieder in Ordnung zu bringen, die die Österreicher verwüstet hatten. Matthias fand es einfach bedauerlich, dass ein Kloster, das üblicherweise ein Ort der inneren Einkehr sein sollte, so lange besetzt gewesen war.

Er lief der Straße Richtung Hörzhausen folgend über Wiesen und Felder, bis sie wieder eine Linkskurve machte und der Stadtmauer Scrobinhusens entgegenführte. Von Weitem sah er in diesem Moment an der Oberen Vorstadt mehrere Fischer, die an der Paar ihr Angelglück versuchen wollten. Also machte er diesen kleinen Umweg, um ihnen bei der Arbeit zuzusehen.

Bald kam er an den Brennöfen der Hafner vorbei, die in der Nähe der Paar standen. Um das Badehaus, das er in Begleitung eines überlebenswilligen Schweines besucht hatte, machte er einen großen Bogen. Es war nun fast Abend, als er wieder durch das mächtige Stadttor schritt und die Hauptstraße entlanglief. Aus der Ferne hörte er schon ein Spektakel, was sich wohl auf dem Schrannenplatz abspielte. Während er näher kam, wurde das Stimmengewirr immer lauter. Ein Fest der Stadt. Alle Bürger feiern den Abzug der fremden Truppen.

Das Schrannenfest - Musik und Tanz

Matthias ging langsam vor bis auf den Schrannenplatz. Viele Leute hatten sich unter Fackelschein eingefunden, unterhielten sich angeregt, streunten einfach herum, um nach anderen Ausschau zu halten. Einige hatten etwas zu trinken dabei, andere suchten an den Verkaufsständen noch nach etwas Köstlichem zu essen. Die Gaststätte zur Post und der Stieglbräu schenkten Bier aus, daneben gab es Griebenschmalzbrote oder Bratwürste zu kaufen. Vor dem Gasthaus zur Post hatten sich feurige, urige Gaukler eingefunden, die eine Feuerdarbietung zum Besten gaben. An einem Tisch beim Waaghaus hatte eine Wahrsagerin eine Fackel vor sich in den Boden gesteckt und wartete darauf, jemandem die Zukunft zu lesen.

Dann kam Bürgermeister Ploeckel in seinem Festtagsgewand aus dem Rathaus heraus. Er blieb oben auf der Treppe stehen und begann seine Rede mit dem Gruß:»Liebe Scrobinhusener, einen schönen guten Abend. Ich freue mich, euch heute hier begrüßen zu dürfen. Es ist jetzt über einen Monat her, dass die französischen Generäle und ihr Gefolge unsere Stadt wieder verlassen haben. Ebenso haben wir noch vor vier Wochen ein Heer von 40 000 Mann um uns herum ertragen müssen. Sogar unser Kloster musste darunter leiden. Diese Last ist nun von uns genommen worden und wir hoffen, dass dieser Krieg nicht noch mehr Opfer von uns allen abverlangt. Ich spreche sicherlich im Namen aller, dass wir uns innigst Frieden wünschen. Möge diese grenzübergreifende Fehde bald in einen Frieden führen. Deshalb wollen wir heute auf unserem Schrannenplatz ausgelassen feiern. Und damit es ein schöner Abend wird, haben wir eine Musikkapelle eingeladen. Ich darf die Musiker auf die Rathaustreppe bitten. Bürger von Scrobinhusen: Viel Freude!«

Gitarre, Schlagwerk und eine Geige begannen hintereinander mit den ersten Takten, während auch der Sänger noch einmal die Zuschauer begrüßte und die Gruppe unter dem Namen »Der Tapfere und seine Mägde« vorstellte. Dann begann der Liederreigen aus schwungvollen und getragenen, aus fröhlichen und melancholischen, aus lauten und leiseren Musikstücken. Die Lieder handelten von Banditen und von Liebe, die sich in der Welt verbreitet, von Wundern und Wünschen, vom Stolz im Namen der Liebe, von vollen Händen und brennenden Betten, von Freiheit und Gefängnis, von Mutters Liebsten, von Armut und von Eitelkeit. Alles tanzte und klatschte. Der Fackelschein an den Häuserwänden tanzte mit.

Um Matthias herum, da waren nur noch ausgelassene Leute zu sehen, die sich durch den Abzug der zu erduldenden verbündeten Heeresführer und deren Gefolge so befreit fühlten, dass die ganze Last der letzten Wochen von ihnen abfiel und sie sich amüsierten. Ganz bestimmt konnten sie sich auch von den Beschwernissen des Alltags ablenken.

Matthias blickte in die Menge und konnte sie alle entdecken: zunächst den Metzger Prinzinger, den Schmied Allwanger, den Türmer Hassberger und auch den Brücklmeier, den Fuhrmann. Der war offensichtlich gerade in der Stadt und konnte mitfeiern. Gerade gesellte sich der Sommer Gerhard zu ihnen. Bestimmt, um ein lockeres Gespräch über das Transportgewerbe zu führen. Einige Brauergesellen gingen es dagegen gemütlicher an und hatten sich einen Biervorrat gleich neben ihre Bierbank deponiert. Der Lebheimer Franz war mit seiner Frau auch gekommen. Sie hatten die Großeltern für eine Stunde verpflichtet, damit sie als Paar einige Tänze gemeinsam genießen konnten.

Alle Wirte waren da und standen hinter ihren aufgestellten Schänken. Sie alle hatten frisch gebrautes kühles Bier zuvor angeliefert. Heute gab es keine Konkurrenz untereinander. Auch von Sandizell und Hörzhausen sind sie gekommen. Den Dietenheimer Hans und den Kopfinger Jakob konnte man miteinander plaudern sehen.

Matthias musste schmunzeln, als er den Appler Franz mit dem Totengräber und den Seelweibern heftig anstoßen sah, so dass das Bier über den Krugrand schwappte. Und an der Theke des Lacherbräus hielten sich der Bürgermeister Ploeckel und der Kreisler Daniel an den Schultern. Sie lachten schallend, während der Vogel Albert und der Stemmer Franz offensichtlich gerade vier kleine Gläser Selbstgebranntes einschenkten.

Der Stadtkämmerer Hammerer Joseph und seine liebe Frau Gerlinde tanzten. Gelernt ist eben gelernt. Natürlich waren sie in alter Scrobinhusener Tracht gekommen. Die Ehrenmänner Schloegl, Luchs, Eikhamer und Engerth hatten sich in Schale geworfen und debattierten wild gestikulierend miteinander. Der Größe der Trinkbecher nach hatten sie sich beim Weinhaus Hipper mit einem edlen Tropfen eingedeckt.

Die Pflasterer und die Fischer standen grüppchenweise zusammen und feierten gemeinsam. Nicht ausgeschlossen, dass auch sie heute einfach mal zur Stimmungsmusik tanzen würden.

Auch die Franziskaner waren nach dem Abendbrot aufgebrochen. Pater Walter, der einem guten Bier ja nicht abgeneigt war, stand mit zufriedener Miene und beobachtete das quirlige Treiben. Pfarrer Kagerer saß gemütlich allein auf der Bierbank, denn die Ministranten hielten es schon nicht mehr auf den Bänken aus und schwangen das Tanzbein.

Vollkommen von der Stimmung überwältigt, ließ Matthias seinen Blick durch die Menge schweifen. Die allgemeine Freude der Scrobinhusener Bürger war so intensiv spürbar, dass es auch ihn spontan berührte. Und was ihn so richtig freute: Dass bei all dem Streit und Gezänk, bei all den unterschiedlichen Meinungen, die die Städter beschäftigten, sie doch alle Bürger dieser Stadt waren, die eigentlich alle am gleichen Strang zogen. Matthias kannte mittlerweile viele von ihnen. Und das nach so kurzer Zeit. Aber er gehörte nicht wirklich dazu. Denn er hatte die vergangenen schweren Zeiten nicht miterlebt.

Gegen Ende des Auftrittes der Spielmannsleute leitete die Gruppe den Takt in einen treibenden Rhythmus zum offenbar den Zuhörern bekannten letzten Lied. Die Menge begann zuerst zögerlich, dann kam sie allmählich in Tritt, klatschte euphorisch mit. Die Lautenschläge und die Trommeln hoben und senkten die Stimmung, gerade wie der Text und die Melodie es verlangte.

Der Sänger begann mit eindringlich klingender Stimme die Melodie zu singen.

Geige und Gesang wechselten sich ab, der Liedtext erzählte von der Ewigkeit, von Rausch und Farben und Kerzenschimmer in der Nacht, vom Nebel und vom Blut und Gefühlen, von Vögeln im Regen und schließlich von dem Traume, selbst im Regen durch die Welt zu fliegen.

Die Geige ließ ein furioses Finale erklingen und endete, den letzten Ton lange hinauszögernd, mit dem von den Häuserwänden widerhallenden Echo.

Matthias konnte sich kaum mehr bewegen, so ergriffen war er von den neuartigen Klängen, die er zuvor so noch nie gehört hatte. Die Zuhörer applaudierten langanhaltend und riefen, sie wollten noch weitere Lieder hören. Nun begann die Musikgruppe erneut mit Tanzliedern und die Menge fing an, sich im Takt zu bewegen, und wer einen Tanzpartner fand, nahm sich an den Händen und schwang mit oder bewegte sich im Kreise.

Immer noch stand Matthias etwas abseits in einer dunklen Ecke und ließ die Szenerie auf sich wirken. Fackeln tauchten den Rathausplatz in eine atemberaubende Stimmung. Er sah sich die Menge ein letztes Mal an und ging dann langsam hinaus auf die viel ruhigere Hauptstraße. Dort konnte er wieder seine Gedanken ordnen.

Er fragte sich, wo Sabrina sei und ging in die Gaststube vom Barthenbräu. Aber sie arbeitete heute nicht mehr. Beide hatten keine Zeit verabredet. Vielleicht war sie schon zu Bett gegangen. Matthias begab sich in die Barthengasse und blieb unter ihrem Fenster stehen. Da sah Matthias einen Lichtschein hinter dem zugezogenen Vorhang. Er überlegte, wie er sich bemerkbar machen könnte. Pfeifen war nicht seine Stärke, aber Steine werfen, das konnte er. Also hob er ein paar Kiesel auf und warf sie gegen das Fenster. Beim ersten Mal passierte nichts, und auch beim zweiten Mal war keine Reaktion zu bemerken. Erst als der dritte Stein richtig traf, öffnete sich das Fenster und Sabrina streckte ihren Kopf heraus.

»Matthias«, flüsterte sie. »Du bist wieder in der Stadt? Seit wann?«

»Vor einer Stunde bin ich wieder durch das Tor geschritten.«

»Jetzt wollte ich grade zu Bett gehen.«

Sabrina warf ihm den Schlüssel zur Hintertür herunter. Eine Einladung, mit der er nicht gerechnet hatte. »Das ewig Weibliche zieht uns hinan«, grummelte er lächelnd in sich hinein und bemühte sich, schnell den Schlüssel ins Schloss zu stecken. Er schlich die knarzenden Stufen nach oben, wo sie ihn schon an ihrer Kammer erwartete. Er betrat vorsichtig das unbeleuchtete Zimmer, sie schloss hinter ihm die Tür.

Das Goachat - Ein Bett im Kornfeld

So, wie Matthias am Abend zuvor das Obergeschoss betreten hatte, so verließ er es auf leisen Sohlen auch wieder. Matthias hatte einen Bärenhunger, deckte sich mit reichlich Essbarem ein und setzte sich, so wie ihm das Rathaus nun schon vertraut war, auf die Treppenstufen und aß sich richtig satt.

Inzwischen war er fast einen Monat in Scrobinhusen. Und wie er gestern in der Kapelle schon festgestellt hatte, entsprachen alle Berufe nicht seinen Vorstellungen. Er spazierte aus dem Oberen Stadttor hinaus und blickte nach links, wo der Weg nach Regensburg führte und dann nach rechts in Richtung Augsburg.

Er lehnte sich ans Brückengeländer der Paar. Die Minuten vergingen im Flug. Seine Entscheidung war getroffen. In diesem Zustand erblickte ihn Sabrina, die wohl nach ihm suchte. Sie kam auf ihn zu und fragte: »Darf ich mich zu dir setzen?«

Er sah sie nur kurz an, betrachtete ihre langen blonden Haare, die sie heute offen trug und ihre schlanke Erscheinung, die ihm bereits am zweiten Tag, als er nachmittags beim Stieglbräu gesessen war, so gefallen hatte. »Aber ja«, erwiderte er, »nimm Platz.«

»Du siehst nachdenklich aus«, sagte sie.

Und er erzählte ihr die Erkenntnis, die er gewonnen hatte. »Du hast miterlebt, wie ich immer wieder gescheitert bin. Ich wollte dir eigentlich schon auch imponieren, und deshalb wundere ich mich, warum du mich immer noch magst. Ich will schon irgendwann zurück in mein Heimatdorf, das ist mir in den letzten Tagen schon bewusst geworden. Leider ist das momentan nicht möglich, weil es sein kann, dass mich auch dort die Schergen des Bischofs suchen werden. Aber irgendwann ist hoffentlich Gras darüber gewachsen und ich kann zurückkehren. Bis dahin werde ich mir eine Beschäftigung suchen, die mich ernähren kann. Ich hoffe in Augsburg. Dort werden sie mich am wenigsten vermuten. In der Menge kann man sicherlich gut untertauchen. Und ich kann sogar die Machenschaften des Bischofs verfolgen. Außerdem ist er der einzige Mensch, der mich am Fenster gesehen und mich deshalb wiedererkennen würde, der Bischof selbst. Du kannst dir sicher sein, dass ich ihm nicht noch einmal über den Weg laufen werde.«

Matthias und Sabrina schlenderten Richtung Vorstadt, bogen aber rechts ein, wo die Fischer lebten und folgten der mäandernden Paar in westlicher Richtung. Auf den Wiesen herrschte idyllische Ruhe. Die Weizenfelder schimmerten golden und wogten im Wind. Die Bäume rauschten, Vögel zwitscherten.

Matthias erzählte ihr mehr von seiner Erkenntnis: »Ich habe nicht deshalb bisher Schafe und Kühe gehütet, weil ich zu nichts anderem getaugt hätte, sondern weil ich der Natur dadurch so nah gewesen bin. Und da kommt man halt bisweilen ins Träumen. Wie ich jetzt erkannt habe, war das ein Lebensabschnitt, in dem ich sehr glücklich war.«

»Aber der Fantasie freien Lauf zu lassen, ist doch auch eine Gabe, die man nicht verkümmern lassen darf.«

»Schön, dass du dafür Verständnis hast.«

»Schau«, sagte sie: »Während ich meine Arbeit mache und mich bemühe, einen Gast nach dem anderen zufriedenzustellen, kann ich doch auch nicht meine Gedanken schweifen lassen und mich in eine Phantasiewelt begeben. Dazu bin ich zu sehr Realist.«

»Das stimmt doch nicht. Versuch es einfach.«

»Was? Ich soll einfach fantasieren?«

»Na los.«

Sabrina überlegte. »Kennst du die Geschichte von kleinen lustigen Fabelwesen, die unter der Erde wohnen und dabei Rüben gelb anmalen?«

»Nein, kenn ich nicht«, antwortete Matthias mit gespielter Verwunderung.

»Ich auch nicht«, lachte Sabrina. »Und jetzt du.«

Er überlegte.

»Kennst du die Geschichte einer Prinzessin aus Elfenbein, die in Vollmondnächten den Burschen den Kopf verdreht?«

»Nein, kenne ich nicht.«

»Ich auch nicht.« Sie lachten beide, bis ihnen das Zwerchfell schmerzte. Dann sahen sie sich lange wortlos in die Augen. Dann nahm sie seine Hand und zog ihn auf eine Wiese, wo sie sich ins hohe Gras legten. Er dachte, dass er immer schon ein Bett im Kornfeld haben wollte. Sie stützte sich auf ihren Ellenbogen ab und sah ihn lange an. »Jetzt hab ich mich also in dich verliebt«, stellte sie ganz nüchtern fest. »Mit so etwas hatte ich vor ein paar Tagen noch nicht gerechnet.«

Matthias meinte: »Wer mit mir rechnet, hat sich prompt verrechnet.«

»Kasperl. Wir sind grad ernst geworden, solltest du das nicht bemerkt haben.«

»Verzeih.« Matthias wurde wieder ernst. »Ich bin wohl genauso in dich verliebt.« Und nach einer kurzen Pause erzählte er weiter: »Diese Vertrautheit hatte ich bisher noch nicht erlebt. Wenn mir eine Träne die Wange herunterläuft, dann findest du das nicht abstoßend, sondern du trocknest sie mir wieder. Du zeigst mir deine Stadt und ich könnte mir vorstellen, dass ich dir eines Tages meine Heimat zeige.«

Und dann: der Blick, der langersehnte Kuss. Aufatmen. Durchatmen. »Man muss seinem Gefühl vertrauen, dann ist das auch die richtige Entscheidung. Denn ich fühle, dass es dich im Moment« noch weiter in die Welt hinaus zieht«, flüsterte ihm Sabrina leise ins Ohr.

Sie erhoben sich und spazierten noch eine Weile über die Felder. Der Weg führte sie immer wieder in die Nähe der Paar, deren gemächlichen Lauf sie zufrieden beobachteten. Nach einer Weile sagte sie: »Matthias, ich muss langsam wieder zur Arbeit.« Beide drehten sich um und wanderten Hand in Hand durch die Paarauen zurück Richtung Stadtmauer.

Am Oberen Tor angelangt, drehten sie sich zueinander, umarmten sich lange und innig. Und einem inneren Drang folgend, griff Matthias in seine Tasche und zog wieder mal sein Notizbüchlein heraus. Dieses eine, das er seit Jahren immer bei sich trug und alles das aufgeschrieben hatte, was ihm in den Sinn kam. Das überreichte er ihr, während er ganz gefühlvoll sagte, was ihr noch lange im Gedächtnis bleiben werden sollte: »Schau, ich kam als einfältiger Junge in diese Stadt, hab viel Dummhei-

ten gemacht, aber auch viel gelernt. Das, was ich mir da auf-
geschrieben habe, brauch ich dort, wo ich hingehe, nicht mehr.
Denn ich habe Dinge fürs Leben gelernt, nicht für ein Notizheft.
Zur Erinnerung an unsere schöne Zeit möchte ich es dir gerne
schenken. Bewahre es für mich auf. Das, liebe Sabrina, in diesem
Moment, das ist das Ende meiner träumerischen Lebensphase.
Nun kann ich mit derselben Leichtigkeit ein neues Leben als er-
wachsener Mensch beginnen.«

»Ich hebe es für dich auf, ganz sicher.«

»Und ich werde dieses Büchlein bei dir abholen, wenn die Zeit
dafür gekommen ist.«

»Mach das. Ich freue mich auf unser Wiedersehen.«

Nun hieß es Abschied zu nehmen.

Matthias und Sabrina sahen sich tief in die Augen, Matthias
hauchte ihr ins linke Ohr: »Bis bald. Ich hab dich in meinem
Herzen.«

Die Heimkehr - In die Endlichkeit

Matthias begann an diesem frühen Morgen seine Wanderung nach Augsburg in Richtung Peutenhausen mit dieser Einstellung: Die beste Bildung findet ein gescheiter Mensch auf Reisen. Da näherte sich von hinten die Gruppe der Gaukler, die ihm in Scrobinhusen schon aufgefallen war. Er schloss sich ihnen spontan an. Zwei Tage später kam die Gruppe in Augsburg an. Ihre Wege trennten sich dann, Matthias musste nun wirklich Geld verdienen.

Bei den Marksteiners kam er unter. Karl und Luise Marksteiner waren wohlhabende Eheleute, deren Eltern vor vielen Jahren nach Amerika ausgewandert waren. Nach einigen Jahren kehrten die Kinder wieder nach Europa zurück und wurden in Augsburg am Eisenberg hinter dem Rathaus sesshaft. Matthias lernte die Familie durch Zufall kennen. Und da er sehr wissbegierig war, erzählten sie ihm von dem Indianerland und von vielen nützlichen Dingen, auch das Gerben von Leder. Für das Beglücken von Mägden brauchte er hingegen keine Ausbildung.

Die Jahre zogen ins Land. Erst nach zehn Jahren zog es Matthias Richtung Heimat zurück, mittlerweile war er achtundzwanzig. Er begab sich dafür erst einmal auf den Weg nach Scrobinhusen. Dort erinnerte er sich an Sabrina, die ihm so unendlich viel über diese Stadt erzählt hatte. Als er durch das Obere Tor ging, wurde es ihm ganz warm ums Herz. Er lief an der Bräumichl-Gaststätte vorbei und bog in den Schrannenplatz ein.

Wie immer war geschäftiges Treiben und vertrautes Stimmengewirr um das gotische Rathaus. Er ließ seinen Blick schweifen. Er sah rechts auf das Waaghaus, erinnerte sich an den Postkutscher, den er mit seinen penetranten Fragen nervte. Und er sah die Kirchturmspitze, die das Waaghaus überragte.

Gerade beschloss er, zum Barthenbräu hinüber zu schlendern und Sabrina zu besuchen, da sah er sie aus der Alten Schulgasse herauskommen. Sie ging über den Schrannenplatz und achtete darauf, dass sie ihren Sohn nicht von der Hand ließ. Sie wusste genau, dass sie ihn lange suchen müsste, würde er sich losreißen. Er würde verstecken spielen, und das, wo sie es so eilig hatte. Dann gelang es ihm aber doch, weil Sabrina sich unendlich erschrocken hatte. Aus den Augenwinkeln war ihr jemand aufgefallen, ein fast vergessenes Gesicht, war das nicht …? Das konnte doch nicht sein! »Matthias!«, rief sie verwirrt und verzweifelt, aber ihr Sohn, er war acht, hatte sich schon davongemacht. »Du kriegst mich nicht!«, hörte sie sein hohes Stimmchen aus einer Entfernung. Sie suchte jedoch nicht ihren Sohn, sondern …

Sabrina sah sich um, ging ein paar Schritte nach links und ein paar nach rechts. Aber … nein, da war niemand. Die Erinnerung an Matthias Kronleichter wurde mit den Jahren weniger, ja sie war fast verblasst.

Einmal, vor fast zehn Jahren, da hatte sie tatsächlich sein Heimatdorf aufgesucht. Vielleicht würde ja dort jemand etwas über ihn wissen. Aber niemand konnte ihr helfen. So war sie sehr traurig wieder nach Scrobinhusen zurückgekehrt, wo sie schließlich den jungen, ehrgeizigen Buchhalter Hubert Petter heiratete, der im Scrobinhusener Rentamt arbeitete. Matthias' Büchlein aber hatte sie in ihrer Schublade aufbewahrt. Matthias machte einen tiefen Seufzer, drehte auf dem Absatz um, nicht dass sie ihn doch noch entdecken würde, und schritt die Hauptstraße in entgegengesetzter Richtung, aus der er soeben gekommen war, wieder entlang und aus dem Oberen Tor hinaus. Jetzt konnte er in sein Dorf zurückkehren.

Dort lernte Matthias auf mysteriöse Weise einen gewissen Elias kennen. Mit seiner Hilfe fand er ein Ossuar, eine seltsame Kiste mit den Gebeinen eines Mannes aus dem Land Palästina. So kam er hinter ein Geheimnis, das die Welt nicht erfahren durfte. Deshalb fand er während eines weltlichen Gewitters durch göttliche Fügung in Form eines scharfen Messers in der menschlichen Hand eines skrupellosen kirchlichen Hochwürden den Tod. Ein Tod, der eines Philosophen durchaus würdig ist. All dies ist in einer anderen Geschichte erzählt; sie heißt »Biberg«.

Matthias' Leichnam aber wurde Tage später entdeckt und ins

Dorf getragen. Der Mord an ihm wurde nie aufgeklärt. Und so wurde ihm ein Sarg gezimmert, in dem er seine letzte Ruhestätte fand. Der Steinmetz wurde beauftragt, einen passenden Grabstein zu erstellen.

Der Grabstein - Ruhe in Frieden

Der Steinmetz Kressler meißelte zielstrebig die Inschrift
»Matthias Kronleichter
1726 - 1754
Philosoph«
in den Grabstein.

»Wirklich schade, dass er nur so ein kurzes Leben hatte«, dachte Kressler bei der Beisetzung. Und er sprach das auch aus. Korbinian Kronleichter, der Großvater von Matthias, nickte bedächtig mit dem Kopf und meinte: »Wohl wahr. Matthias hatte immer mehr oder weniger geistreiche Sprüche auf Lager. Das kann jeder bestätigen, der ihn näher kannte. Nur schade, dass dieses Büchlein, in das er alles notiert hatte, was er so erlebte, verschollen ist. Zum Glück hat er uns nach seiner Heimkehr von Augsburg viel von seiner Reise erzählt. Und er hat seine Weisheit, die er erlangt hat, mit uns geteilt. Wir alle wussten, dass er ein großer Philosoph war.«

«Allerdings«, bestätigte der Steinmetz. »Das wird bleiben. Ob mit oder ohne Aufzeichnung. Aber sag, Korbinian, wie geht es dir und deiner Frau? Das Schicksal hat euch schon schwer mitgespielt. Zuerst starb dein Sohn Sebastian, dann deine Schwiegertochter Johanna. Und dann stirbt dein Enkel Matthias auf mysteriöse Weise. Als Großeltern überwindet man so ein Schicksal nicht ohne Spuren.«

»Es geht. Ein gewisser Schmerz wird immer bleiben. Soweit wir wissen, hatte er in der Zeit, die ihm gegeben war, ein erfülltes Leben und das ist doch das Wichtigste.«

Der Philosoph - Diebstahl geistigen Eigentums

Einmal, es war das Jahr 1786, Sabrina und ihr Mann Hubert Petter waren längst im Herbst ihres Lebens, da mussten sie ins ferne München reisen, zur Zentrale des Bayerischen Rentamts. Dort waren die Dienste des Amtmanns gefragt. Sabrina begleitete ihn. Sie entschied für sich, Matthias' Büchlein mit auf die Reise zu nehmen, um sich die Zeit genüsslich zu vertreiben mit seinen alten Geschichten und Sprüchen.

Es begab sich, dass Sabrina am 5. September 1786 in der Kaufinger Straße auf einem Bänkchen saß und in dem Büchlein las. Ein gewisser Geheimrat Johann Wolfgang von Goethe aus Weimar schritt gerade aus dem »Schwarzer Adler«, dem Hotel, in dem er nächtigte, hinaus auf die Straße. Und er überlegte, was er sich von diesem München heute noch ansehen sollte, bevor er seine Reise nach Italien fortsetzen wollte. Denn eigentlich interessierte er sich nicht groß für die Zwischenaufenthalte, bis er endlich sein Ziel erreichen würde. Jenes Land, von dem er sich Inspiration erhoffte. Er hatte sich auch vorgenommen, Reisetagebuch zu führen.

Goethe überlegte, ob er zuerst das Karlstor und den Stachus besichtigen sollte, oder doch den Marienplatz. Also setzte er sich erneut auf die Parkbank und beobachtete das geschäftige Treiben der Großstadt. München hatte ungefähr 38 000 Einwohner, Weimar gerade mal 6260 Einwohner. Kein Wunder, dass ihn München irgendwie verwirrte.

Am anderen Ende der Parkbank saß eine ältere Dame. Sie war scheinbar eingenickt, jedenfalls sank ihr Kopf leicht zur Seite. Ihre Hände lagen auf ihrem Schoß. Auf dem Boden vor ihr lag ein abgegriffenes Büchlein, das ihr aus der Hand geglitten war. Weil es nach Regen aussah und Goethe Angst hatte, das Büchlein könnte Schaden nehmen, stand er auf, ging zu ihr herüber. Ein heftiger Windstoß schob es ihm entgegen, er hob er es auf und begann, darin zu lesen. »Mein schönes Fräulein, darf ichs wagen, meinen Arm und Geleit Ihr anzutragen?«

Naja, dachte Geheimrat von Goethe, schon etwas … banal. Fast plump. Wer glaubt, damit bei den Frauen Erfolg zu haben? Dann drehte er sich um, damit er mehr Licht hatte und schaute auf den gut sichtbaren Bucheinband. »Matthias Kronleichter – Vom Kreuchen und Fleuchen«, stand da geschrieben. Der Geheimrat schlug eine andere Seite auf. »Hier bin ich Mensch, hier darf ichs sein.« Wieder so ein an Einfalt nicht zu überbietender Spruch. Als ob man irgendwo kein Mensch sein dürfte. »Der Mensch bleibt doch immer Mensch«, dachte der Geheimrat. »Ach was«, sagte er leise zu sich, schlug das Buch zu, drehte sich um, um es der Dame zurückzugeben. Aber sie war schon weg. Offenbar musste sie aus ihrem Schlummer erwacht und gegangen sein, ohne ihr Büchlein mitzunehmen.

Was solls, dachte sich der Geheimrat, steckte das Büchlein ein und zog von dannen. Und er beschloss, auf der bevorstehenden, langwierigen Kutschfahrt darin zu lesen. Er hatte da ja ohnehin diese Geschichte im Kopf, von jenem Doktor Faustus, diesem Heidelberger, der sich 1528 in Ingolstadt aufgehalten hatte und behauptete, er sei Philosoph, Wunderheiler, Alchemist, Astrologe, Magier und Wahrsager.

»Hier bin ich Mensch, hier darf ichs sein« – wobei, das könnte sogar ein Satz sein, der zu ihm passte. »Es ist beschlossene Sache, ich stecke es ein«, murmelte Goethe, verneigte sich symbolisch vor der verschwundenen Dame und zog weiter gen Marienplatz. Dort, rechts unten, da sah er diesen Viktualienmarkt, da wollte er eine dieser berühmten gewundenen Gebäckteile kaufen, vielleicht auch eine Wurst dazu.

Als Sabrina zwischenzeitlich das Gebäude des Bayerischen Rentamts erreichte, um ihren geliebten Mann zu treffen, durchfuhr es sie. Heiß und kalt. Das Buch! Sie öffnete ihre Tasche, da war es nicht. Sie tastete ihr Gewand ab, auch da war es nicht. Sie drehte sich um und lief so schnell sie konnte zurück. Sie suchte schier alles ab, aber Matthias Kronleichters Büchlein, sein Vermächtnis, es war verschwunden. Sie suchte den Boden ab, konnte es aber nicht entdecken. Wahrscheinlich hatte es der Wind davongetragen.

Die Schaulustigen - Störenfriede

Die Jahrhunderte zogen ins Land. Generationen von Menschen wurden geboren und starben. Es gab Kriege, darunter zwei ziemlich Große, die die halbe Welt in Schutt und Asche legten. Ein neues Jahrtausend begann, mit ihm kamen neue Kriege. Matthias Kronleichters Grab aber überdauerte all dies, auch wenn es mit der Zeit in Vergessenheit geriet. Eines Tages traf eine Reisegruppe am Friedhof ein. Als sie aus dem Bus ausstiegen, sahen sich die Fremden beseelt um. Sie waren also angekommen, an dem Ort, an dem ...

»Sie, entschuldigen Sie bitte, darf ich Sie kurz stören«, wandte sich einer der Fremden an eine ältere Dame, die offensichtlich gerade ihre Grabpflege beendet hatte.

»Ja?«

»Wir sind die Freunde der philosophischen Literatur. Unsere Gruppe ist von Augsburg hierher gereist, um das Grab eines der bedeutendsten Philosophen seiner Zeit aufzusuchen.«

»Da sind sie hier falsch.«, sagte die ältere Dame.

»Aber ... Matthias Kronleichter ist doch von da, oder?«

»Matthias Kronleichter? Ja, schon, aber ...«

»Also doch! Wir waren schon ganz enttäuscht, weil wir hinten im Dorf nichts fanden, was auf ihm hindeutet. Wo ist denn das Gebäude, in der er die Schulbank gedrückt hat? Wo ist sein Wohnhaus, in dem er seine letzten Jahre verbracht hatte? Wo ist die Würdigung seines Nachlasses in seiner Heimat?«, das alles fragte er ungeduldig. Da er keine Antwort bekam, fuhr er fort: »Wir haben soviel von ihm gehört und gelesen und möchten die Aura, die ihn umgab, kennenlernen und uns in seinen Bann ziehen lassen«, beendete der enttäuschte Literaturliebhaber seine etwas zu wortreiche Rede.

Die Angesprochene zuckte nur mit den Schultern und sagte: »Allein der Vortrag macht des Redners Glück.«

»Wie bitte?«

»Allein der Vortrag macht des Redners Glück.«

»Ja ... und?«

»Das ist ein Matthias-Kronleichter-Zitat. Wir Nachfahren tragen seinen Schatz in uns.«

»Achso! Natürlich! Das ist wunderbar!«, sagte der Fremde.

»Dann wissen Sie sicherlich auch, wo sein Grab ist?«

»Aber natürlich. Dort, ganz hinten links im Eck. Der letzte Grabstein neben der Birke«, sagte die Frau, nickte kurz zum Gruß und machte sich auf den Weg nach Hause. Der Fremde strahlte, zog los und scharte seine Gruppe um den Grabstein. »Meine Lieben!«, rief er. »Leider wurde Matthias Kronleichters Genialität viel zu lange auf das Schlimmste verkannt. Wie gut, dass wir heute im Besitz seines Frühwerks sind, dass es die Jahrhunderte überdauerte und dass wir es heute auswerten und für die Nachwelt aufbereiten konnten. Manchmal hat es doch etwas Gutes, wenn ein Lehrer vermeintlich Unsinniges konfisziert. Auch wenn es Matthias Kronleichter damals geärgert haben wird. Lasst uns seine Schöpfungsgeschichte gemeinsam am Grabe sprechen.« Und so begannen sie:

»Am sechsten Tage der Schöpfer sprach
Macht mir bitte keine Schmach
Ihr, Adam und Eva im Garten Eden
Wandelt im Paradies auf meinen Wegen
Ich lass euch nicht hier ganz allein
Und schaff ganz viel, Rind und auch Schwein
Katz und Maus und Hund und Pferd
Auf dass es wuselt auf der Erd
Dann schaff ich auch noch was mir deucht
Wurm und auch Käfer, was kreucht und fleucht
Rosen, Tulpen und auch Nelken
Wenn ihr sie gießt, tuns nicht verwelken
All dies schlängelnde Getier
Geflügel bekommt ihr noch dafür
Fisch werd ich euch vermehren
In See und Fluss, nichts mehr entbehren
Schnecken sollen um euch schleimen
Gerst und Malz wird auch aufkeimen

So macht die Welt euch untertan
Und stellt die Wahrheit hintenan
Denn Wachstum ists, was wirklich zählt
Die Ehrlichkeit euch ganz viel quält
Drum sucht der Wahrheit Alternative
Sonst kommt ihr tief in eine Krise
Lebt nicht im Schweiße Eures Angesichts
Denn Plackerei das bringt euch nichts
Genießt das Leben und Euer Thun
Am siebten Tage sollt ihr ruhn
Bier und Wein das bringt euch Trost
Drum stoßt oft an und trinket Prost
Wein Weib und auch Gesang
Und zusätzlich Gitarrenklang
Unser Dorf soll berühmt werden
Bis nach Scrobinhusen und auf Erden
Unser Dorf wird nicht dahinkreuchen
Und der Welt niemals entfleuchen«

Als der Text verklungen war, blieb die Reisegruppe noch ein paar Minuten andächtig vor dem Grab stehen. »Es irrt der Mensch, solang er strebt«, sagte eine Stimme vom Eingang des Friedhofs her. Die gebeugte Frau von zuvor hatte es sich offensichtlich anders überlegt, war doch geblieben, um zu sehen, was die Besucher da machten.

»Kronleichter?«, fragte der Reiseführer.

Die Dame nickte. »Aber das sollten Sie doch eigentlich wissen.«

»Das ist der Lauf der Welt«, erwiderte der Reiseführer und alle nickten.

»Und Ihr Name ist ..?«

»Nicht Kronleichter«, sagte sie und lächelte verschmitzt.

»Ich dachte schon, Sie wären mit ihm .... verwandt?«

»Oh, das bin ich«, nickte sie, »meine Familie stammt von einem seiner Brüder ab. Und es ist nicht so, dass das Erbe vollständig verloren gegangen wäre.«

»Weil Sie es immer bei sich haben?«, fragte der Reiseführer

lachend und kramte ein weiteres Kronleichter-Zitat heraus. »Ein jeder denke nicht zu sehr an das, was ihm fehlet, auf dass er mehr daran denke, was er bereits besitze.«

Die alte Dame nickte: »Wer seinen Verstand verloren hat, der muss zuvor nicht unbedingt im Besitze eines Ebensolchen gewesen sein.«

Nachwort

Dem ortskundigen Leser mögen manche Beschreibungen irritieren. Deshalb erläutere ich nachfolgend einige Sachverhalte, die im Laufe der vergangenen Jahrzehnte, ja vielleicht sogar Jahrhunderte, in Vergessenheit geraten sind.

Im ehemaligen Möbelhaus Schöpf, dem jetzigen Spielwaren Krömer, befand sich einst der Barthenbräu.

Der Bauernbräu In der Lachen hieß zum Zeitpunkt dieser Geschichte noch Lacherbräu und wurde im 19. Jahrhundert umbenannt.

Caspar Barth besaß 1744 noch den Gritschenbräu. Erst 1747 verkaufte er es an den Franz Anton Gritsch. Seitdem heißt es erst Gritschenbräu.

Im ehemaligen Brauhaus Bräuhias war später die Oberrealschule, jetzt ist die Volkshochschule untergebracht.

Der Gasthof Schusterbräu wurde nach der Einrichtung einer Poststelle in Schrobenhausen der Gasthof zur Post.

Der Gritschenbräu kam 1854 in den Besitz der Familie Höcht.

Interessant verhielt es sich auch mit dem Haus der Ellwangers. Das befand sich ursprünglich am Unteren Tor, wo längst die Ring-Apotheke steht. Und dann kam es, dass der Herr Ellwanger sich in die Frau Haas verliebt hatte. Die hatte ihr Haus am Oberen Tor, weshalb er mit seinem Geschäft ans andere Ende der Stadt gezogen ist.

An der Stelle des heutigen Trendshop, des früheren Kaufhaus Schmederer, befand sich früher der Gasthof zur Post. Dann wurde sie in Herzog-Max umbenannt, nachdem besagter Herzog Maximilian, der in Wittelsbach wohnte, öfter nach der Jagd in diese Gaststätte gekommen sein soll. Herzog Maximilian war später auch Kaiser Maximilian VII. und somit der Vater von Sisi, der Kaiserin von Österreich.

Der Pflastererturm wurde erst im 19. Jahrhundert von Pflasterern bezogen. Gepflastert wurde hier aber bereits 1527. Trotzdem mussten sich die Bürger oft mit den Schlaglöchern, Spurrinnen, Regenpfützen und Odellachen abgeben. Um das Pflastern der Innenstadt, was sich damals über Jahre hinzog, zu finanzieren, musste unter anderem jeder Fremde ein sogenanntes Pflasterzoll am Oberen oder am Unteren Tor entrichten.

Zu dieser Zeit war es den Metzgern nicht erlaubt, in ihrem Geschäft zu schlachten. Dies durfte aus hygienischen Gründen nur im Untergeschoss des Rathauses erfolgen.

An Stelle des Textilladens Boniberger, dem heutigen Backhaus Hackner, wurde vorher eine Metzgerei betrieben. 1779 war der Tuchmacher Bartholomäus Ponenberger nach Schrobenhausen gekommen. Zuerst hatte er in der Tuchmachergasse seinen Laden eröffnet, dann zog er um an die Stelle des Kaufhauses Boniberger. Jetzt kann man im dortigen Backhaus sozusagen nach Jahrhunderten wieder Leberkassemmel kaufen.

Die alte Straßenführung von Aichach bis Waidhofen ging über Altenfurt. Erst 1767 wurde die sogenannte Hochstraße gebaut und die Benutzung der bisherigen Straße, die eine Abkürzung über Altenfurt gewesen wäre, unter Strafe verboten. Nur die Landwirte durften sie noch benutzen.

Es war viele Jahrzehnte den Schrobenhausenern ein Dorn im Auge, dass sie keine Poststation besaßen und die Hauptstraße an ihnen vorbeiführte.

Der Hebammenturm wurde tatsächlich erst viel später, im 19. Jahrhundert, für die Hebammen hergerichtet.

Man stelle sich nur die Zeiten vor, in denen in Schrobenhausen die verschiedensten Seuchen gewütet hatten. Ohne Aussicht auf einen Impfstoff. Wie sollte man in solchen Zeiten Abstand halten. Man hatte zwar teilweise fließend Wasser, aber Desinfektionsmittel waren noch nicht erfunden. Bestimmt hätten die Leute Klopapier gehamstert, wenn es schon erfunden gewesen wäre.

Vieles wiederholt sich.

Die Scrobinhusener hatten damals auch schon ihre Bediensteten vom Ordnungsamt, die darauf achteten, dass die Grenzen der Stadt geschlossen waren und wie man auf dem noch existierenden Schild lesen konnte: Nur der kam herein, der einen Passierschein hatte. Und mit dem Schließen der Tore um acht Uhr abends war eine gewisse Art von Ausgangssperre durchaus mit Maßnahmen vergleichbar, die die Welt im Zuge einer Viruskrise wiederentdeckte.

Einen Gedanken wert ist auch, warum man sich so zufrieden fühlen kann, wenn man im Gasthaus zum Glück sitzt. Ganz einfach: Das ehemalige Kloster befand sich in greifbarer Nähe.

Der Sohn vom Schuster Andreas Sailer, Johann Michael Sailer, wurde später Bischof von Regensburg. Er war ein berühmter Theologe seiner Zeit und sogar ein Freund König Ludwigs I. Zeitlebens hing er an seinem kleinen Aresinger Elternhaus. In seiner Biografie erzählt er vom Vater und der Mutter, die beide früh gestorben waren, und auch den Großvater, den Hörmerbauern, hat er oft erwähnt. Bischof Sailer starb 1832 in Regensburg. Die Straße hinterm heutigen Schrobenhausener Gymnasium wurde viel später erst nach ihm benannt.

Wie das Leben in Schrobenhausen damals, vor ein paar hundert Jahren, wohl ganz genau war? Das frage ich mich heute manchmal, wenn ich – ein paar Kilometer weiter westlich in Pöttmes geboren – durch die Straßen der Stadt gehe, in der ich zur Schule ging und die mir längst zur Heimat geworden ist.

Als ich irgendwann die Romanreihe von Mathias Petry mit »Hudlhub«, »Kainegg«, »Gailing« und »Biberg« in die Finger bekam, wuchs diese eine Idee: Darin taucht nämlich als Nebenfigur ein imaginärer Philosoph auf, der Mitte des 18. Jahrhunderts lebt. Ums Schrobenhausener Land geht es in Mathias Petrys Büchern nicht wirklich, sie könnten überall spielen.

Nachdem ich mir die Historie der Stadt Schrobenhausen näher angesehen hatte, fiel mir auf, wie anders, wie spannend das Leben damals in Stadt und Umland gewesen sein musste. Also schuf ich eine neue, reale Vergangenheit für den erfundenen Philosophen. Jahreszahlen und teilweise exakte Daten wurden aus Quellen, die sich mit Historischem Schrobenhausens beschäftigen, entnommen. Ausgewählte Beispiele:

Kunstverein Schrobenhausen: »Schrobenhausener Lese- und Bilderbuch«; Verkehrsverein Schrobenhausener Land: »Altes Handwerk – Lebendig geworden im Handwerkerviertel Schrobenhausen«; Werner Vitzthum: »Stadt Schrobenhausen«; Georg August Reischl: »Schrobenhausen – sein altes Handwerk«; Hans und Gertraud Hammer: »Ich zeig dir meine Stadt – Stadtführung als Hobby«

Gerade die Parallelen in Bezug auf die damals aufgetretenen Seuchen und der die ganze Welt beherrschenden Pandemie, die wir erleben mussten, haben mich daran erinnert, dass wir alle auf demselben Planeten wohnen und sich (fast) alles wiederholt. Auch, dass unsere Stadt vor dreihundert Jahren von internationalen Kriegsgeschehnissen nicht verschont blieb, ist uns, die wir hier leben, nicht mehr wirklich in Erinnerung.

Aber wie schön, dass sich das Bild der Innenstadt größtenteils nicht grundlegend verändert hat. Aber wie schade, dass die Schrobenhausener Brauereikultur einen drastischen Niedergang erleben musste. Wer weitere Details kennt, kann sich gerne bei mir melden. Vielleicht gelingt es, die hier erzählte Geschichte zu erweitern.

Übrigens – das hier ist ein Roman.

Das Schöne daran ist, dass der Autor der Regisseur ist, der Fantasie und Realität nach Belieben vermischen kann. Mit aller Deutlichkeit möchte ich an dieser Stelle betonen, dass sämtliche Zitate von Johann Wolfgang von Goethe dann doch vom Meister persönlich sind.

Die Gedanken und Gedichte aus der Feder von Matthias Kronleichter, die es nicht in Goethes Werk geschafft haben, sind jedoch von mir selbst. Zum Beispiel die Folgenden. Man möge mir verzeihen, dass ich sie hier abdrucke. Sie sind zurecht in Vergessenheit geraten:

Wenn du auf dem Rycken eines Schweines reitest, sollst du
nycht ins Badhaus gehen.

Eyn Bett im Kornfeld, das ist immer frey
Und solange ein jeder ein Dach über dem Kopfe habe,
solle niemand ein Lied darüber schreyben.

Und seyst du auch der Geringste, meyn Freund,
fühle dich nicht unnütz, denn dienest du doch vielen noch als
schlechtes Beyspiel

Eyn jeder Mensch spreche nur noch solches,
was seyn Verstand auch erfasst habe,
auf dass es sehr leyse werde auf Erden.

Eyn jeder trynke seine Biere im Stehen,
auf dass er nycht so schnell einen sytzen habe.